ज्ञान गरिमा के
68 वर्ष

भारतीय
ज्ञानपीठ

परिवेश

(लेख)

परिवेश

मोहन राकेश

भारतीय ज्ञानपीठ

लोकोदय ग्रन्थमाला : ग्रन्थांक 237

ग्रन्थमाला सम्पादक

रवीन्द्र कालिया

सह-सम्पादक

गुलाबचन्द्र जैन

ISBN 978-81-263-1782-0

प्रकाशक :
भारतीय ज्ञानपीठ
18, इन्स्टीट्यूशनल एरिया, लोदी रोड
नयी दिल्ली-110 003

मुद्रक : विकास कम्प्यूटर ऐंड प्रिंटर्स, दिल्ली-32

आवरण-चित्र : हेमराज
आवरण-सज्जा : ज्ञानपीठ कला प्रभाग

दूसरा संस्करण : 2011
मूल्य : 150 रुपये

PARIVESH
(Reminiscences & Bellers Letters)
by Mohan Rakesh

Published by
Bharatiya Jnanpith
18, Institutional Area, Lodi Road
New Delhi-110 003
e-mail : jnanpith@satyam.net.in, sales@jnanpith.net
website : www.jnanpith.net

Second Edition : 2011
Price : Rs. 150

प्रकाशकीय

भारतीय ज्ञानपीठ को यह गौरव प्राप्त है कि उसने अपने स्थापना काल से लेकर आज तक प्रत्येक पीढ़ी के श्रेष्ठ रचनाकारों को प्रकाशित एवं प्रतिष्ठित किया है। मौलिकता, प्रतिभा और रचनात्मक सामर्थ्य को पहचानने में ज्ञानपीठ की दृष्टि अचूक रही है। ज्ञानपीठ ने अनेक रचनाकारों की पहली-पहली पुस्तकें प्रकाशित कीं और कालान्तर में ये रचनाकार अपने-अपने क्षेत्र के यशस्वी हस्ताक्षर सिद्ध हुए। मोहन राकेश ऐसे ही विलक्षण रचनाकारों में से एक हैं। कहानीकार, उपन्यासकार, नाटककार, निबन्धकार आदि रूपों में मोहन राकेश ने नये प्रस्थान निर्मित किए हैं। मोहन राकेश की परवर्ती पीढ़ियों पर उनका प्रभाव यह सिद्ध करने के लिए पर्याप्त है कि मोहन राकेश जैसे लेखक पर 'कालातीत' विशेषण शत-प्रतिशत खरा उतरता है। जो रचनाकार अपने समय और समाज को 'यथासम्भव समग्रता' में देखता और चित्रित करता है, उसका लेखन आने वाले समयों के लिए भी सार्थक बना रहता है। मोहन राकेश ने विराट मानवीय नियति के विस्तार में जाकर जीवन की इकाइयों का मूल्यांकन किया है। व्यक्ति और समाज के जाने कितने संवाद और विसंवाद उनकी रचनाओं में प्राप्त होते हैं। 'अस्मिता-विमर्श' के इस युग में मोहन राकेश की अनेक रचनाएँ व्यक्ति की अस्मिता का संवेदनात्मक परीक्षण करती हैं।

'परिवेश' मोहन राकेश के लेखों का संग्रह है जो 1967 में प्रथम बार भारतीय ज्ञानपीठ से प्रकाशित हुआ था। इस उत्कृष्ट लेख-संग्रह का पुनर्नवा संस्करण प्रकाशित करते हुए हमें अत्यन्त प्रसन्नता है। विश्वास है स्तरीय साहित्य के अनुरागी पाठक और विशेषकर मोहन राकेश के प्रशंसक इस पुनर्नवा संस्करण का हृदय से स्वागत करेंगे।

अप्रैल 2009

रवीन्द्र कालिया

(निदेशक, भारतीय ज्ञानपीठ)

पहली प्रति :

डॉ. इन्द्रनाथ मदान

के लिए

कुछ लोगों की ज़िन्दगी में बिखराव बहुत होता है। मैं अपने को ऐसे ही लोगों में पाता हूँ। बिखरना और बिखेरना मेरे लिए जितना स्वाभाविक है, सँभलना और समेटना उतना ही अस्वाभाविक। स्वाभाविक प्रक्रिया में जहाँ सब-कुछ अनायास होता है, वहाँ अस्वाभाविक प्रक्रिया बहुत धैर्य और आयास की माँग करती है। इसीलिए पिछले कुछ वर्षों में अलग-अलग सन्दर्भों और मन:स्थितियों में लिखे गये ये लेख इससे पहले एक जगह एकत्रित नहीं हो पाये। बात शायद मेरी ओर से अब भी टल जाती, यदि भाई लक्ष्मीचन्द्रजी का आग्रह उसका अवसर रहने देता। और सच पूछा जाए, यदि मेरा वश चलता तो मैं भूमिका की ये पंक्तियाँ लिखने से भी बच रहता।

इस संग्रह के सब लेख कहीं एक-दूसरे से इतने अलग पड़ते हैं—भाषा, मानसिकता और निर्वाह सभी दृष्टियों से—कि यह अलगाव ही उन्हें यहाँ एक जगह देने की एकमात्र संगति जान पड़ता है। अन्यथा इन्हें कम-से-कम तीन-चार अलग-अलग पुस्तकों में देना होता, और उस दृष्टि से हर पुस्तक के लिए चार-चार, छह-छह लेख और लिखने की 'अनिवार्यता' सामने आती। परन्तु जिसका मन अनिवार्यता-जैसे शब्द से ही भड़क उठता हो, वह उसका पालन कैसे करता, और कब?

परन्तु शायद एक सूत्र है जो इन सबको आपस में जोड़ता है। वह है अपने को तथा अपने परिवेश को लेकर अस्वीकृति और असन्तोष का भाव। यह भाव यहाँ व्यंग्य में भी है और विश्लेषण में भी। किसी-न-किसी रूप में वहाँ भी जहाँ सामने खुला यात्रा-पथ है, या कोई एक परिचित चेहरा। यह इस भाव की ही चुभन है कि अपने में और अपने आसपास सब-कुछ बहुत अधूरा लगता है—जीने की दृष्टि से भी। वही अधूरापन शायद इन पंक्तियों में भी है, और जो कुछ इनसे आगे है, उसमें भी...।

—मोहन राकेश

(प्रथम संस्करण, 1967 की भूमिका)

अनुक्रम

अपना-आप और कुछ परिचित चेहरे

चींटियों की पंक्तियाँ : ज़मीन से काग़ज़ों तक 15

देखो, बच्चू...! 28

एक एक्स्क्लेमेशन मार्क उर्फ़...राजेन्द्र यादव 33

कोई ग़लतफ़हमी नहीं 45

एक उनींदा शहर

दिल्ली : रात की बाँहों में 49

यात्रा-परक

यात्रा का रोमांस 63

गुलमर्ग की खिड़की से एक रात 72

एक हाथ : कावेरी के किनारे 74

तिरछे कोण

विज्ञापन युग 81

अस्वस्थ और अप्रसन्न 86

अनात्म कथ्य 92

दायरे

यथार्थ की परिधियाँ 99

अन्दर का घाव 102

सम्मेलन, प्रश्न, परिसंवाद

मिलते हैं, बिखर जाते हैं... 109

कमरे...कमरों से बाहर 118

अकेलापन, विकासोन्मुखता और नया आदमी 126
पुस्तकों को चाहिए... 130

रचना-दृष्टि

अनुभूति से अभिव्यक्ति तक 137
उपन्यास और यथार्थ-चित्रण 146

समकालीन बिन्दु

सन्दर्भों की भाषा 155
समय और यथार्थ के शिल्प में 158

अपना-आप और कुछ परिचित चेहरे

चींटियों की पंक्तियाँ : ज़मीन से काग़ज़ों तक

एक रात। उसके आर-पार दो दुनियाएँ हैं। दोनों दुनियाएँ मेरी हैं—मेरी अपनी, निजी। और उनके बीच की वह रात—वह भी मेरी अपनी है। इतनी कि आज तक भी वह बीती नहीं।

उस रात, सारी रात, नींद नहीं आयी थी। पहले अँधेरे जीने में दीवार से सिर टिकाये बैठा रहा था। फिर बैठक में तख़्त पर औंधा पड़ा रहा था। फिर खिड़की की सलाखों से सटकर स्याह आकाश की यात्रा करता रहा था। आकाश की, और आनेवाले कल की अनजान गहराइयों की।

कुछ ही देर पहले पिता की मृत्यु हुई थी। शरीर नीचे पड़ा था। सुबह तक पड़ा रहना था। शायद सुबह के बाद भी। अँधेरे को चीरती हुई एक आवाज़ ने इसकी चेतावनी दी थी। रोने की आवाज़ों को एकाएक चुप कर दिया था।

आवाज़ मालिक-मकान के बड़े लड़के की थी। बाज़ार में खड़े होकर छाती ठोंकते हुए उसने कहा था, "मैं मुरदा नहीं उठने दूँगा! जब तक किराया अदा नहीं किया जाता, मैं किसी को मुरदे को हाथ नहीं लगाने दूँगा!" मकान का कुछ महीनों का किराया कई साल से बाक़ी था। इधर बीमारी में छह-सात महीने का किराया उसमें और जुड़ गया था।

वह चला गया, तो अँधेरे में बहुत देर ख़ामोशी छायी रही। किसी को किसी से कुछ कहने की हिम्मत नहीं हुई। रोने की भी नहीं। जितने लोग जमा थे, वे एक-एक करके खिसक गये।

पर सुबह वे लौट आये। शवयात्रा में कोई बाधा नहीं पड़ी। माँ के हाथों की चूड़ियाँ तब तक बेच दी गयी थीं। किराया अदा कर दिया गया था।

मगर उस रात, खिड़की की सलाख़ों के पास से, आकाश की गहराइयों में न जाने कितना कुछ देख लिया था, वह सब जो बीत चुका था, और वह भी जो बीत रहा था और जिसे अभी बीतना था। बीते हुए कल के कितने ही साये आनेवाले कल के मोड़ पर आ जमा हुए थे। और आनेवाला वह कल बिजली के तारों तथा पेड़ों की टहनियों से परे कभी जुगनू की तरह चमक जाता था, कभी सितारे की तरह झिलमिला उठता था।

कभी वह घुप अँधेरे में खो जाता था, और रह जाता था गुज़रे हुए कल के सायों का हुजूम जो धीरे-धीरे बड़ा होता जाता था।

रात सर्दी की थी। सलाख़ें बहुत ठंडी थीं। फिर भी ठिठुरे हाथों ने मज़बूती से उन्हें थाम रखा था।

जंडीवाली गली के घर की छत। उस घर की, जिसमें मैं पैदा हुआ था।

छत से पीछे के एक घर का आँगन नज़र आता है। कुछ लोग टोकरियाँ या जाने क्या सिर पर उठाये वहाँ नाचा करते हैं। पुरुष भी, स्त्रियाँ भी। दादी माँ मुझे उधर झाँककर नहीं देखने देतीं। कहती हैं—यह घर कंजरों का है। मुझे कंजर अच्छे लगते हैं। मैं ख़ुद उनकी तरह नाचना चाहता हूँ। मगर दादी माँ घूरकर देखती हैं, तो कंजर बनने और नाचने का सारा उत्साह ग़ायब हो जाता है। मैं दादी माँ के घुटनों में दुबक जाता हूँ।

दादी माँ की घर की धुली मैली धोती से ख़ास तरह की गन्ध आती है—पसीने की, मसाले की, फूलों की, ठाकुरजी के भोग की। उन गन्ध की शरण में किसी का डर नहीं। न चमगादड़ का, न भूत का, न डायन का। दादी माँ से भूत-प्रेत भी खौफ़ खाते हैं। उनकी गालियों के आगे किसी का वश नहीं। हमारे घर को छोड़कर मुहल्ले के सभी घरों में भूत-प्रेत, कंजर, छिपकलियाँ, जादूगरनियाँ, चमगादड़, और सिद्ध पुरुष रहते हैं। दादी माँ की सहेलियाँ,सबकी-सब टोना करती हैं। अकसर किसी-न-किसी को बीमार कर जाती हैं, मेरे कान में दर्द होता है, या आँख दुखनी आ जाती हैं, तो उसकी वजह यही होती है कि रंडी गुराँदेई या ख़समखानी ढग्गे की माँ दरवाज़े पर मिर्चें डाल गयी थी। रात को गली में कुत्ता रोने लगता है, तो घर की खिड़कियाँ-दरवाज़े बन्द कर लिये जाते हैं। दादी माँ कहती हैं कि सुहाग-सड़ी फूलकौर प्रेत जगा रही है। फूलकौर और बालकौर दादी माँ की सबसे अच्छी सहेलियाँ हैं। पर उनमें से जिस किसी के साथ उनकी लड़ाई हो जाए, वही रात को प्रेत जगाने लगती है। उनकी घर की खाने की चीज़ों में, यहाँ तक कि फलों में भी, ज़हर मिला रहता है। ठाकुरजी का प्रसाद भी वे किसी-न-किसी रोग के कीटाणु मिलाकर ही देती हैं।

गली में खेलना मना है; सिद्ध पुरुष भानेशाह और कोढ़ी कलजुगप्रसाद की नज़र के मारे। उनकी नज़र के कीटाणु रोग के कीटाणुओं से ज़्यादा ख़तरनाक हैं। घर में बन्द रहते भी, खिड़कियों-रोशनदानों के रास्ते आकर दबोच लेते हैं। घर के अन्दर ताई की बदनज़र के कीटाणुओं से ख़तरा है। उनसे सोखा पड़ सकता है। यूँ, माँ के बारे में भी दादी माँ की राय अच्छी नहीं है। पिताजी को तो वह नज़र से बचाकर रखना चाहती हैं।

घर में सीलन रहती है। नालियों से बदबू उठती है। सीढ़ियाँ अँधेरी हैं। ड्योढ़ी से दाख़िल होते ही पीछे एक कमरा है, दीवानख़ाना। उसमें माँ रहती हैं।

पहली मंज़िल पर आगे तीन दरी हैं। खिड़कियों में किवाड़ों की जगह बस्ते लगे

हैं। पीछे अँधेरा कमरा है, जिसमें बड़े-बड़े सन्दूक़ रखे हैं। इसमें दादी माँ रहती हैं।

दूसरी मंज़िल पर आगे रसोईघर है। पीछे बरतन रखने और खाना खाने का कमरा। वहाँ से घी, अनाज और तरकारियों की गन्ध आती है। कभी-कभी वहाँ पूजा होती है। धूप, अगरु, चन्दन और कपूर की गन्ध आती है। वहाँ हम खेलते हैं।

ऊपर की मंज़िल पर आगे खुली छत और रौंस है। पीछे दो कमरे हैं। एक कमरे में तायाजी का ठाकुरद्वारा है। वहाँ आरती होती है। फूल और गोरोचन बिखरे रहते हैं। बड़ी-बड़ी नालों वाले कमल ठाकुरजी पर झुके रहते हैं। साथ के कमरे में खुली हवा चलती है। उसमें ताई रहती हैं।

घर में अकसर लड़ाई होती है। सीढ़ियों की अँधेरी हवा में ताई और दादी माँ की आवाज़ें नीचे से ऊपर और ऊपर से नीचे यात्रा करती हैं। लड़ाई होती है, तो हमें ऊपर छत पर जाने की मनाही हो जाती है।

घर में दम घुटता है। अकसर गली में भाग जाता हूँ। पकड़कर लाया जाता हूँ, फिर भाग जाता हूँ। कभी देवीद्वारे के आँगन में पाया जाता हूँ, कभी गली के बाहर गौओं के झुंड के नीचे से पकड़ा जाता हूँ। जब घर में बन्द रखा जाता हूँ, तो रो-रोकर बीमार हो जाता हूँ। घर और गली से हटकर मेरी एक अलग दुनिया है। कभी चींटियों की पंक्तियों के साथ दीवार के सूराखों की यात्रा करता हूँ। कभी धूप में उड़ते ज़र्रों को आपस में लड़ाया करता हूँ। दीवारों के टूटते पलस्तर से लेकर हौज़ से बहते पानी तक में तरह-तरह के चेहरे खोजता हूँ। पलस्तर के चेहरों को बदलने के लिए आँख का कोण बदलता हूँ, पानी के चेहरों को हाथ से बदल देता हूँ। बहाव मेरे बनाये चेहरों को बिगाड़ने लगता है, तो उनमें नये रूप भर देता हूँ। देर-देर तक अपने बनाये चेहरों को देखता रहता हूँ। तभी कोई हाथ पीछे से दबोच लेता है। पानी से खेलने के लिए डाँट पड़ती है। कहा जाता है, "यह लड़का जिस तरह एक-एक चीज़ को घूरता है उससे लगता है बड़ा होकर डाकू बनेगा!" डाकू और चाक़ू में मुझे कुछ ऐसी समानता नज़र आती है कि रसोई से सब्ज़ी काटने का चाक़ू लेकर सबको डराना चाहता हूँ, "डाकू! डाकू! डाकू!" श्याम चाचा एक चूहे को पूँछ से पकड़े सामने आ जाते हैं तो चाक़ू फेंककर भाग खड़ा होता हूँ।

अब वह घर नहीं, दूसरा घर है। ताया-ताई और उनके बच्चों को छोड़कर बाक़ी लोग इस घर में आ गये हैं। यह दुनिया गली की दुनिया की तरह रहस्यमय नहीं है,पर बहुत अकेली है। एक तरफ़ देसी साबुन का कारख़ाना है, दूसरी तरफ़ पाँधा है। सामने हल्दी का कोठा है। पड़ोसी हैं—साबुन के कारीगर, हल्दी ढोनेवाले मज़दूर और पाँधे में पढ़नेवाले लड़के।

घर बाज़ार में है। बाज़ार के लड़कों से खेलना मना है।

मैं किताबों से खेलता हूँ। पिताजी की बैठक में बेशुमार किताबों आलमारियों में

भरी हैं। मैं उनके साथ आँख-मिचौनी खेलता हूँ। उन्हें आड़ी-तिरछी रखकर क़िले बनाता हूँ। कोई भारी किताब गिरकर पैर तोड़ देती है, तो उससे नाराज़ होकर उसे आलमारी में पीछे की तरफ़ पटक देता हूँ। जिस किताब से ज़्यादा दुश्मनी हो, उसे पुराने सामान की बुखारी में बन्द कर देता हूँ। मौक़ा मिलने पर बुखारी में झाँककर उसे दाँत झँकाता हूँ, ''यई, यई, यई!'' अदावत ज़्यादा हो तो डंडे से पीट भी देता हूँ। पन्ने फाड़ देता हूँ। उसके बाद फिर वही ''यई, यई, यई!''

दुश्मनी किताबों से आगे बढ़ने लगती है। पहले दो दुश्मन हैं—पंडित लोकनाथ और सरदार निहालसिंह। ये दोनों हमारे घर क़र्ज़ वसूल करने आते हैं।

पंडित लोकनाथ लाठी टेकता हुआ ज़ीने से ऊपर आता है तो मैं अन्दर के कमरे में जा छिपता हूँ। माँ ढूँढ़कर निकालती हैं। मुझे जाकर कहना होता है कि पिताजी घर में नहीं हैं। पंडित लोकनाथ यह सुनकर वापस नहीं जाता, बैठक में बैठकर इन्तज़ार करता है। आख़िर बड़बड़ाता हुआ जाता है। जाते हुए कहता है, ''बाबू आयें तो कह देना, लोकनाथ आया था। कल फिर आएगा।'' उसके ज़ीने में पहुँचते ही मैं उसकी पीठ से बदला ले लेता हूँ, ''यई, यई, यई!''

निहालसिंह का कर्ज़ बड़ा है। उससे दुश्मनी भी बड़ी है।

घर में कोई भी अच्छी चीज़ आये, तो लोगों के सामने खाने-पहनने की मनाही है—निहालसिंह की वजह से। निहालसिंह ने देख लिया, तो? निहालसिंह ने सुन लिया, तो? अच्छे कपड़े ट्रंकों में बन्द रहते हैं। हारमोनियम, सितार, वायलिन निहालसिंह की आहट पाते ही चारपाइयों के नीचे छिपा दिये जाते हैं। खुलकर जीने की हर कामना उस दिन की कील पर टँगी रहती है, जिस दिन निहालसिंह का क़र्ज़ उतरेगा।

पिताजी नया ग्रामोफ़ोन लाये हैं। लोगों से कहना होता है कि हमारा अपना नहीं है। रात को वक़्त हो, तो खाने के बाद लेटकर पिताजी शास्त्रीय संगीत के रेकॉर्ड सुनते हैं। अचानक ड्योढ़ी से आकर मैं दबी ज़बान में कहता हूँ, ''निहालसिंह!'' वह अचकचाकर उठ बैठते हैं। माँ ग्रामोफ़ोन के साउंड-बॉक्स में तौलिया ठूँस देती हैं। निहालसिंह आवाज़ देता हुआ अन्दर चला आता है, तो चलते ग्रामोफ़ोन को लिहाफ़ ओढ़ा दिया जाता है।

पर निहालसिंह वापस ड्योढ़ी में नहीं पहुँचता कि दीवार के पलस्तर में उसकी आकृति को अपना निशाना बना लेता हूँ, 'यई, यई, यई!'

लेनदार बहुत हैं। पंडित लोकनाथ और निहालसिंह नहीं आते, तो लॉ बुक कम्पनी का एजेंट चला आता है। आता है पैसे माँगने, पर जाते हुए कुछ मोटी-मोटी किताबें और छोड़ जाता है। वह न आये, तो कोई बजाज़ या सुनार दादी माँ को पुकारता हुआ चला आता है। पिताजी दादी माँ के लेनदारों से चिढ़ते हैं, दादी माँ पिताजी के लेनदारों से। अपने-अपने लेनदारों की दोनों इज़्ज़त करते हैं।

मुझे उलझन होती है। तरस भी आता है। चाहता हूँ कि कुछ ऐसा किया जाए जिससे सब-के-सब क़र्ज़ एक साथ उतर जाएँ। मेरी लड़ाइयों के बावजूद पिताजी की आलमारियों में किताबों की संख्या दिन-प्रति-दिन बढ़ती जाती है। सोचता हूँ कि किताबें के ख़रीदार नहीं आते, इसलिए क़र्ज़ नहीं उतर पाते। और कि किताबों को बाज़ार में फैलाकर रखा जाए, तो जल्दी बिक्री हो सकती है। इस काम में पिताजी की सहायता करने के लिए उनकी ग़ैरहाज़िरी में एक दिन आलमारियों से कई मोटी-मोटी किताबों निकाल लेता हूँ। किसी तरह बाँहों में सँभालकर बेचने के इरादे से नीचे ले चलता हूँ। मेरे नेक इरादे का पता घरवालों को तब चलता है जब किताबों समेज ज़ीने से लुढ़कता हुआ सिर के बल नीचे जा पहुँचता हूँ।

घर के लोगों से बहुत-बहुत शिकायतें हैं। बहुत-सी चीज़ें, जो मेरे पास होनी चाहिए, उन्होंने अपने क़ब्ज़े में कर रखी हैं।

कुछ चीज़ें माँ की आलमारी में हैं। बंसलोचन के रंग की माला और पीला हरिण। वह न ख़ुद उनसे खेलती हैं, न मुझे खेलने देती हैं। माला के मनके मेरे हाथों में आकर अलग-अलग होने के लिए कुनमुनाया करते हैं। हरिण बेचारा अपनी जगह से हिल तक नहीं पाता और सिर झुकाये मायूस नज़र से मेरी तरफ़ देखता रहता है। मेरी आँख जब भी उससे मिलती है, मेरे हाथों में चुनचुनाहट होने लगती है।

सितार और वायॅलिन, शिकार किये मगरमच्छ और लूमड़ की तरह, दीवार पर लटके रहते हैं। उनके कान उमेठकर उनमें से आवाज़ें पैदा करने का हक़ पिताजी का है। मेरा हक़ इतना भी नहीं कि कुरसी पर खड़ा होकर उनकी कसी आँतों को थोड़ा ढीला कर दूँ या उनके खुले जबड़ों में से एकाध दाँत बाहर निकाल लूँ। ऐसा करने पर मेरे कान उमेठकर मेरे अन्दर से आवाज़ें पैदा की जाती हैं। धमकी दी जाती है कि मुझे भी सितार और वायॅलिन के साथ उसी दीवार पर टाँग दिया जाएगा।

आले के सिंहासन की मूर्तियाँ दादी माँ की हैं। उन्हें नहलाने और कपड़े पहनाने का काम वही कर सकती हैं। मेरी इतनी बात भी नहीं मानी जाती कि उन्हें सर्दी में ठंडे पानी से न नहलाया जाए। मुँह-हाथ धोकर छोड़ दिया जाए। कपड़े ऊनी पहनाये जाएँ। मूर्तियों के दिल की बात मैं दादी से ज़्यादा जानता हूँ। पर दादी माँ हैं कि अपने को ही मूर्ति-मनोविज्ञान की पंडित समझती हैं।

कई तरह की ख़ूबसूरत डिबियाँ और नाज़ुक शीशियाँ पाशी बुआ के बक्से में रहती हैं। वह न ख़ुद उन्हें नीलाम करती हैं, न मुझे करने देती हैं। इस पर मैं उसे चुड़ैल कह दूँ, तो घर-भर में तूफ़ान उठ खड़ा होता है। यूँ ख़ुद ही सब कहते हैं कि चुड़ैलें बहुत ख़ूबसूरत होती हैं, और पाशी बुआ किसी चुड़ैल से कम ख़ूबसूरत नहीं।

कैमरा, बाइनॅक्युलर्ज़ और फ़ौलाद की खुलने-बन्द होनेवाली छड़ी, यह सामान श्याम चाचा की मिल्कियत है। पर उनसे मुझे शिकायत नहीं। कैमरे से वह मेरी तस्वीरें

उतारते हैं। बाइनॅक्युलर्ज़ से आसपास के घरों की छतें दिखाते हैं। फ़ौलाद की छड़ी लेकर कुत्तों का पीछा करने देते हैं। घर में एक वही हैं जिनसे मेरी पटती है। बड़े होकर भी वह बड़ों-जैसी नाजायज़ हरकतें नहीं करते।

"भा जी, मौत क्या होती है?" बरसता है। मैं श्याम चाचा के पास उनके खटोले में लेटा हूँ। जब पानी पड़ रहा हो, तो अकसर वह खुले में चारपाई पर रखकर और ऊपर मोमजामा डालकर खटोला-सा बना लेते हैं। अन्दर लेटकर किताब पढ़ते रहते हैं।

मैं अभी-अभी सुनकर आया हूँ कि मामा देवीदयाल की मौत हो गयी है। श्याम चाचा बाँह आँखों पर रखे खटोले में लेटे हैं। पढ़ नहीं रहे हैं। एक हाथ मेरे भीगे शरीर को धीरे-धीरे सहला रहा है। पहली बार उत्तर नहीं मिलता, तो मैं दूसरी बार पूछ लेता हूँ—"भा जी, मौत क्या होती है?"

श्याम चाचा बाँह आँखों से हटाकर मेरी तरफ़ मुँह कर लेते हैं। बताने लगते हैं कि ज़िन्दगी क्या चीज़ है। बच्चे कहाँ से आते हैं। मैं उन्हें टोककर अपना सवाल फिर दोहरा देता हूँ।

उनका हाथ मेरे कन्धे पर रुक जाता है। वह मुझे अच्छी तरह अपने साथ सटा लेते हैं। अपनी बात जारी रखते हुए बताते हैं कि मौत ज़िन्दगी का आख़िरी पड़ाव है। और मरता हुआ आदमी अपनी जान अपने बच्चों में छोड़ जाता है। मैं सोचकर सिहर जाता हूँ कि क्या एक दिन पिताजी भी अपनी जान मेरे अन्दर छोड़ जाएँगे?

"मौत के बाद क्या होता है?"

"मौत के बाद कुछ नहीं होता। मौत के साथ आदमी ख़त्म हो जाता है, बस।"

आदमी ख़त्म हो जाता है, बस! मैं श्याम चाचा के साथ और सटकर उनकी छाती के बालों को सूँघता हूँ। विश्वास नहीं होता कि आदमी सचमुच ख़त्म हो जाता है। श्याम चाचा कई बार मुझे छेड़ने के लिए मज़ाक़ किया करते हैं। उनकी साँसों से अन्दाज़ा लगाना चाहता हूँ कि कहीं यह भी उनका मज़ाक़ तो नहीं। इन्तज़ार करता हूँ कि शायद अभी मुसकराकर मेरी तरफ़ देखें। मेरा सिर सहलाकर कहें कि गधे, तू मज़ाक़ भी नहीं समझता? आदमी ख़त्म कैसे हो सकता है! पर उनकी आँखें गम्भीर रहती हैं। होठों की सिकुड़नें ज्यों-की-त्यों बनी रहती हैं।

मोमजामे पर बूँदें टप-टप गिरती हैं। नीचे फ़र्श पर पड़ी बूँदें बुलबुले बनकर तैरती हैं। ऊपर से आती नयी बूँदें उन्हें तोड़ जाती हैं। कुछ देर बुलबुले फ़र्श पर फिसलते हैं, फिर एकाएक बिना आवाज़ किये लुप्त हो जाते हैं। फुहार की जालियाँ कभी झीनी, कभी घनी होती हैं। वर्षा से डरकर जाले में छिपा कबूतर डैने फड़फड़ाता है। ज़ीने पर पैरों की आहट सुनाई देती है, पर कोई निकलकर छत पर नहीं आता। मेरा मन सहम जाता है। लगता है कि खटोले से निकालकर अपना पैर ज़मीन पर रखना चाहूँगा, तो ज़मीन छूने में नहीं आएगी। पैर को मैं कितना भी लम्बा कर लूँ, ज़मीन

और-और नीची होती जाएगी।

स्कूल की बेंच पर बैठे, ज़ीना चढ़ते, बंटे खेलते, अचानक मौत का ध्यान हो आता है। सबक़ भूल जाता है। पैर पत्थर हो जाते हैं। हाथ ठंडे पड़ने लगते हैं।

क्या सचमुच...

अपने चारों तरफ़ देखता हूँ। क्या सचमुच एक दिन... ?

मन होता है कि किसी और से भी पूछ लूँ। हो सकता है, श्याम चाचा ने मज़ाक़ में ही कहा हो या उन्हें भी ठीक पता न हो। या किसी ने उन्हें झुठला दिया हो। पर बात सच्ची न निकल आये, इसलिए किसी से पूछता नहीं।

मगर श्याम चाचा ही अपनी बात की सचाई भी साबित कर देते हैं। उनका हार्निया का ऑपरेशन हुआ है। ऑपरेशन के बाद सिंक करने लगे थे, इसलिए रातों-रात मेयो अस्पताल लाहौर से उन्हें अमृतसर ले आया गया है।

बन्द दालान है। दस-बीस लोग उनकी चारपाई को घेरे हुए बैठे हैं। मैं डरा-डरा उनके पास जाता हूँ। उनकी आँखों में हमेशा की-सी चमक नहीं है। मेरा हाथ अपेन हाथों में लेकर वह होठों से लगा लेते हैं। कहते हैं, "आ मद्दी यार!" मुझे उनका हाथ बहुत ठंडा लगता है। पैरों के नीचे फ़र्श भी बहुत ठंडा लगता है। ख़ुद अपना-आप भी बहुत ठंडा लगता है। वहाँ से आकर तकिया छाती के नीचे रखकर औंधा पड़ रहता हूँ। थोड़ी देर में ख़बर आती है कि श्याम चाचा...

दिमाग़ में एक बुख़ार-सा चढ़ता जाता है। लगता है कि मैं और श्याम चाचा उसी खटोले में लेटे हैं। मैं अपना पैर लम्बा कर रहा हूँ, पर वह ज़मीन को नहीं छू पाता। आख़िर श्याम चाचा ख़ुद उतरकर मुझे सहारे से उतार लेते हैं। पैरों के नीचे ज़मीन अब भी नहीं है। वह अँगुली पकड़कर मुझे अपने साथ ले चलते हैं। आगे धुन्ध है। डैने फड़फड़ा रहे हैं। ज्यों-ज्यों हम बढ़ते जाते हैं, धुन्ध गहरी होती जाती है। डैनों की फड़फड़ाहट बढ़ती जाती है। श्याम चाचा की गरदन पर पसीने की बूँदें हैं। धुन्ध सुर्ख़ होने लगती है, जैसे कि उसमें आग लग गयी हो। फड़फड़ाते हुए डैने ख़ामोश हो जाते हैं। मुझे कुछ दिखाई नहीं देता। गले से आवाज़ भी नहीं निकलती। तभी कोई आकर कन्धे पर हाथ रख देता है। श्याम चाचा की अँगुली हाथ से छूट जाती है। यह हाथ मुझे धुन्ध से बाहर ले आता है—फड़फड़ाते डैनों के बीच। वहाँ आकर देखता हूँ कि यह हाथ—वापस लानेवाला हाथ—भी और किसी का नहीं, श्याम चाचा का ही है।

मुझे अँधेरे से डर लगता है। दिन में सपने देखता हूँ। घर में, स्कूल में, जहाँ कहीं, जिस किसी समय। सिर एक तरफ़ को झुक जाता है। आँखें भारी होने लगती हैं। माथे पर झिल्ली-सी चढ़ जाती है। हाथ की स्लेट या तख़्ती पर आड़ी-तिरछी लकीरें बनने लगती हैं। सामने के व्यक्ति एक से दो-दो होने लगते हैं। सुनाई देती आवाज़ों के नोक-नुक़्ते ग़ायब हो जाते हैं। मास्टरजी कुछ समझा रहे होते हैं कि बात के बीच से ही मैं

सपने में फिसल जाता हूँ।

संगमरमर के फ़र्श पर बिखरा गोरोचन और आरती की घंटियाँ...गंगा की तेज़ धार और उस पर तैरते नन्हे-नन्हे दीये...घाट पर नहाती हुई युवतियाँ...उजले सुडौल शरीर और गीली पारदर्शक साड़ियाँ...हवन का धुआँ और मन्त्रोच्चार...खुलते किवाड़ और सजी हुई मूर्तियाँ...अगरबत्ती से निकलते धुएँ की लकीर...उत्सव की भीड़ में टकराती आकृतियाँ...बारिश के पानी से भरा रास्ता और उसमें नंगे नाचते बच्चे...बच्चों को गालियाँ देती बुढ़िया पारो...''पारो गंडे-खानी! पारो गंडे खानी...!'' अच्छी तरह मुझे अपने साथ सटकार चूमती हुई मुझसे दस साल बड़ी लड़की...कॉपियों के फटे पन्ने...रात की हवा में तैरते गीत...मोमबत्ती का पिघला मोम...काँपते साये...रोटी की ख़ुशबू और ज़ीने के मोड़ पर बनारसी की आहट...चाक़ू से दरवाज़े पर खुदे हुए अक्षर...छत पर फैली धूप और गन्ने के बिखरे हुए छिलके...कटी पतंगों के लिए उठे हुए हाथ...''आ बो काटा! काटा ई बो!''...कच्चे रास्ते...थके हुए पाँव, और नींद से झुकी जाती आँखें...'इन्क़लाब ज़िन्दाबाद' के नारे लगाता हुआ हुजूम...भीगे अँधेरे में वायॅलिन के स्वर...काँपते हाथ, सूखते होठ और शरीर में कामना की पहली दस्तकें...!!

बीते कल का यथार्थ आज का सपना बन जाता है, आनेवाले कल का सपना आज का यथार्थ। जीने का कोई भी क्षण अकेला और स्वतन्त्र न रहकर आगे-पीछे के क्षणों में खोया रहता है। जो बीत जाता है, मन उसमें अपनी जड़ें फैलाए रखता है। जो अनागत है, उसकी ओर उसकी डालियाँ हिलती रहती हैं। जीवन का हर दिन पिछले दिन के अन्दर से उगकर आता लगता है—आनेवाले कल को जल्दी से अपने अन्दर से उगा लेने को व्याकुल।

यह व्याकुलता, यह अस्थिरता, स्वभाव बनती जाती है। कोई भी क्षण, आनेवाले क्षण को जल्दी से पा लेने की चाह में, सहज नहीं रह पाता। जहाँ हो, वहाँ से उठो, कहीं और को चल दो। जो कर रहे हो उसे छोड़ो, कुछ और करने लगो। पढ़ने बैठो, तो दो-दो मिनिट में पन्ने पलटकर देख लो कि अध्याय कहाँ समाप्त हो रहा है। खाने बैठो, तो चार मिनिट में सब-कुछ निगलकर हाथ धो आओ। काँच का गिलास हाथ से छूट जाए तो उसके ज़मीन को छूने से पहले ही मान लो कि वह टूट गया है।

अस्थिरता से अतिवादी प्रवृत्तियाँ आने लगती हैं। चाय पियो, तो इतनी गरम कि ज़बान जल जाए। पानी पियो तो इतना ठंडा कि गला दुखने लगे। हँसो, तो इतना कि मन उदास हो जाए। चुप रहो, तो ऐसे कि लोग परेशान हो उठें।

पहाड़ से ढुलकते झरने की तरह उमड़ आना। दूसरे में ज़रा-सी उदासीनता देखते ही घोंघे की तरह सिमट जाना। ज़रा-सी आत्मीयता पाते ही अपना सब कुछ कह देना। उकताहट का आभास मिलते ही कोसों दूर हट जाना। जीना कुछ इस तरह कि लगे हर समय एक ढलान के सिरे पर खड़े हैं। इससे पहले कि मौक़ा आये, ख़ुद ही गिरने के

लिए तैयार हो रहना।

अकसर बुख़ार हो आता है। तीन दिन में चेहरा पीला पड़ जाता है। फिर तीन दिन में सुर्ख़ हो जाता है। स्कूल जाने को मन नहीं करता। रोज़ सोचकर चलता हूँ कि हो सकता है आज स्कूल की बिल्डिंग को आग लग गयी हो। पर रोज़ निराशा होती है। कभी दूर से स्कूल के बाहर फ़ायर ब्रिगेड खड़े नज़र नहीं आते। बार-बार बुख़ार हो आने में एक बात अच्छी लगती है, स्कूल जाने से छुट्टी मिल जाती है।

बुख़ार में अकेले पड़े रहना होता है। पिताजी भी अकसर बीमार रहते हैं। माँ को ज़्यादा समय उनकी देखभाल करनी होती है। वकालत से ज़्यादा काम वह साहित्यिक और सांस्कृतिक संस्थाओं का करते हैं। इसलिए बीमार न हों तो भी कमरे में आते ही पलंग पर पड़ जाते हैं। आधी-आधी रात तक माँ सिर या टाँगें दबाती रहती हैं।

मैं अकेला पड़ा हर करवट अपने को व्यस्त रखता हूँ। छत की कड़ियों को बार-बार तोड़ो और जोड़ दो। आँगन में एक पूरी दुनिया बसा दो और समेट लो। रोशनदान के रास्ते बाहर कूद जाओ और दुनिया-भर में घूम लो। हर चेहरे की लकीरों का इतिहास जोड़ो और तोड़-फोड़ दो। कान में पड़ी हर बात के गिर्द एक कहानी बुनो और तहख़ाने में डाल दो।

श्याम चाचा ने व्यायाम से अपना शरीर फ़ौलाद का-सा बना रखा था। कहा करते थे कि अच्छी ज़िन्दगी के लिए अच्छी सेहत बहुत ज़रूरी है। उनकी बात तो समझ में आती थी, पर सेहत बनाने से अच्छा लगता था बाग़ में पेड़ों के नीचे से पत्तियाँ बटोरना, कुएँ में झाँककर पानी की सतह पर तैरते फूलों को देखना, तारों पर बैठे कबूतरों पर कंकड़ फेंकना और कमरा बन्द करके 'गाड़ीवानों का कटरा' और 'चरित्रहीन' पढ़ना।

ज़र्द चेहरे का दुबला-सा लड़का। माँ, हमेशा की माँ से बदली हुई, उसके सामने खड़ी थी। बाल खुले थे। सिर पर कपड़ा नहीं था। घर में बन्द रहने से पैदा हुआ हमेशा का झुका-झुका भाव भी नहीं था। शवदाह के बाद दोनों श्मशान से लौटकर आये थे।

"तू अब से मेरी रखवाली करेगा?"

लड़का सकपका गया। कुछ कह नहीं पाया। माँ का भाव कठोर हो गया। उसने लड़के की कलाई अपने हाथ में ले ली। "नहीं करेगा?"

लड़के ने एक बार काँपकर सिर हिला दिया, "करूँगा।"

"भाई-बहन की पालना करेगा?"

लड़का सोचने लगा। बहन उससे डेढ़ साल बड़ी है। उसकी पालना वह किस तरह करेगा?

"नहीं करेगा?"

"करूँगा।"

माँ पल-भर उसी तरह उसकी कलाई पकड़े रही, फिर उसे छाती से लगाकर रोने लगी।

कोई विकल्प नहीं था। सोलह साल की उम्र में ज़िन्दगी ने एक चौखटे में फ़िट कर दिया था। जैसे भी हो, अपने को उस चौखटे के आकार में ढालना था।

आँखें आसपास की ज़िन्दगी के प्रति बहुत सतर्क हो रही थीं। अपने से बाहर घर को और घर से बाहर सामाजिक बन्धनों को प्रश्नात्मक दृष्टि से देखने लगी थीं। बरसात के दिनों में अमृतसर के बाज़ारों में बहुत कीचड़ हो जाता था। गुज़रकर जाते हुए टाँगें ऊपर तक लथपथ हो जाती थीं। अपने आसपास का माहौल भी कुछ वैसा ही लगता था। परिचय-क्षेत्र के बहुत-से लोग हर गुज़रते दिन के साथ पहले से छोटे होते जान पड़ते थे।

पिताजी की मृत्यु के बाद एक शोक-सभा हुई थी। उसमें बहुतों ने भाषण किये थे। मैंने भाषा नहीं सुनी। उस सभा में गया नहीं था। कइयों को उसके बाद देखा भी नहीं। वे कभी हमारे यहाँ नहीं आये।

जो लोग आते, उनसे मिलकर लगता जैसे रोज़ किसी-न-किसी चेहरे की एक परत टूटती हो। रोज़ उसके पीछे छिपे किसी रहस्य का उद्‌घाटन होता हो। चेहरे, चेहरे न हों, उन पर चढ़ी झिल्लियाँ हों, जो एक-एक करके उतरती जाती हों। स्नेह, सहानुभूति, साहस और उत्साह की झिल्लियों के नीचे असली चेहरे बहुत मजबूर, डरपोक और हतोत्साह हों। अपने से बचना चाहते हों और बच न पाने के लिए अपने को कोसते हों। झिल्लियों को नोचते हों कि वे ठीक से काम नहीं देतीं। जब जिस तरह की सलवटें चाहिए, उसी तरह की सलवटें नहीं ला पातीं।

अपने में एक मतिभ्रत-सा लगता। मन में बहुत हलचल रहती। सोचता कि क्यों नहीं लोग ऊपर की झिल्लियाँ उतारकर बात करते? क्यों जान-बूझकर अपना ही निषेध करते हैं? कौन-सी विवशता है कि जो इन्हें झूठ बोलने, दिखावा करने और वास्तविकता को छिपाने के लिए मजबूर करती है? जैसे हैं वैसे बनकर जिएँ, और विश्वास के साथ जिएं, तो इनके हितों को क्या क्षति पहुँचेगी? क्या कभी, किसी भी क्षण ये अपने छल के साक्षी नहीं होते? उसकी प्रताड़ना नहीं सहते?

अस्थिरता, अतिवादिता और आक्रोश! उन्नीस साल की उम्र में बहुत विद्रोही हो गया था।

विद्रोही मन:स्थिति की साक्षी थी दिव्या (यह उसका असली नाम नहीं।) अकसर कह देती थी, "इतनी ऊँची आवाज़ में क्यों बोलते हो? धीरे से बात नहीं की जाती?"

तब एम.ए. में पढ़ने लाहौर चला गया था। ट्यूशन और स्टाइपेंड से गुज़ारा करता

था। घर की देखभाल बहन करती थी। वह ओकाड़ा के एक स्कूल में नौकरी कर रही थी।

दिव्या बहुत कम बात करती थी। बोलकर बात कहना उसे आता ही नहीं था। ज़्यादा बात वह चुपचाप देखती रहकर कह देती थी।

मिलने के लिए वह अमृतसर से लाहौर आया करती थी—शनिवार के दिन क्लासें मिस करके। मैं भी उस दिन क्लासें मिस करता था।

कॉलेज की बोट में मैं उसे रावी के पार ले जाता। वहाँ मूली और शलजम के खेतों में टहलते हुए अपना सिनिसिज़्म झाड़ता रहता। वह बीच में कभी इतना ही कहती, ''क्यों?''

मेरे माथे पर बल पड़ जाते। उसका हाथ मैं अपने हाथ में भींचकर कहता, ''तुम अभी बहुत छोटी हो। इन बातों को नहीं समझ सकोगी।'' वह चेहरा तिरछा करके मेरी तरफ़ देखती। तब मुझे अहसास होता कि सत्रह साल की उम्र में वह इतनी छोटी नहीं है जितनी कि मैं समझता हूँ।

''देखो,'' मैं कहता, ''आर्थिक क्रान्ति के साथ-साथ सारी दुनिया में एक और क्रान्ति का होना अनिवार्य है। यह क्रान्ति होगी मानवीय सम्बन्धों में, हमारी सामाजिक संस्थाओं में। धर्म, नैतिकता और संस्कृति-सम्बन्धी हमारे संस्कार जिस सभ्यता की देन हैं, वह अब खोखली पड़ चुकी है।''

दिव्या चलते-चलते रुककर आश्चर्य के साथ मुझे देखती। फिर इतना ही कहती, ''क्यों?''

क्यों? क्यों?

मन में उठनेवाली कितनी ही बातों पर इस शब्द से विराम-चिह्न लग जाता था। सारा-सारा दिन दोस्तों के साथ स्टैंडर्ड या लोरैंग्ज़ के बार में बैठा रहता। ट्यूशन और स्टाइपेंड के पैसे दस तारीख़ तक ख़र्च हो जाते और सिर पर क़र्ज चढ़ने लगता। अन्दर हर समय कोई चीज़ सुलगती रहती और लगता कि दिमाग़ की नसें फटने जा रही हैं। कई-कई चीज़ें आपस में टकराती महसूस होतीं—कल के संस्कार आज की अनुभूतियों के साथ, कैशौर्य के सपने घिरे आते यथार्थ के साथ। जिस रूप में तब तक ज़िन्दगी को जाना था, उसे ग़लत मानने की मजबूरी सामने थी। अपने जिये हुए जीवन के प्रति मन में तीव्र वितृष्णा जागती थी। हालत उस कीड़े की-सी थी, जो पहले बन्द डिब्बे में छटपटाता रहा हो और अब खुली धूप में आकर और छटपटा रहा हो।

मन कहीं नहीं लगता था—न क्लास-रूम में, न उसके बाहर, न होस्टल के कमरे में, न बैडमिंटन कोर्ट में। न कॉफ़ी हाउस में, न लॉरेन्स बाग़ की क्यारियों में। न सिनेमा हाउस में, न लाइब्रेरी में। एक लावा-सा मन में उठता रहता था जो कहीं, किसी भी समय, अपने को भूलने नहीं देता था। क्लास में भाषा-विज्ञान पर भाषण सुनते हुए

या शिलालेखों की अनुलिपि करते हुए, सहसा मन में एक जड़ता घिर आती थी। आँखें धूप में चमकती पत्तियों पर स्थिर हो रहतीं और मन फिर अन्दर के उन्हीं जमघटों में खो जाता जिनके आतंक से वह बचा रहना चाहता था। प्राध्यापक सहसा कोई सवाल पूछ लेते तो चौंककर वीरान नज़र से मैं उनकी तरफ़ देखने लगता।

जवाब न देने पर पूछा जाता, "तुम बीमार तो नहीं हो?"

"नहीं, सर!"

"फिर तुम्हारे चेहरे से क्यों लगता है जैसे तुम..."

"मैं बिल्कुल ठीक हूँ, सर!"

"तुम्हारे साथ दिक़्क़त यह है," एक साहब-मिज़ाज दोस्त कहा करता, "कि तुम्हें गणित नहीं आता। तुम अपने पर पड़ते प्रभावों में सन्तुलन नहीं ला पाते। इस छोर और उस छोर के बीच तुम्हारा मन पेंडुलम की तरह घूमता रहता है। इसीलिए तुम कभी रिलैक्स नहीं कर पाते और हर वक़्त 'टेंस' बने रहते हो। सिर्फ़ दो चीज़ों से तुम्हारा इलाज हो सकता है—एक नर्व टॉनिक, दूसरे स्त्री का शरीर।"

परन्तु अपने वार्डेन से सुनने को मिलता, "तुम एक चकाचौंध में भटकते जा रहे हो, क्योंकि तुम्हारे लिए वह बिल्कुल नयी चीज़ है। मैं देख रहा हूँ कि गम्भीर विषयों से तुम्हारा मन हटता जा रहा है। हँसने-हँसाने और पीने-पिलाने में तुम अपने को ख़त्म किये दे रहे हो। मैं जब भी तुम्हारे बारे में सोचता हूँ, मुझे अफ़सोस होता है।"

पेंडुलम के दो छोर! सचाई शायद दोनों में थी, या शायद दोनों में ही नहीं थी। न साहब-मिज़ाज दोस्त के नुस्ख़े से इलाज हो सकता था, न वार्डेन के अफ़सोस से दिशा मिल सकती थी। सचाई थी, तो और ही कहीं थी—पेंडुलम के फेर से बाहर। उसकी एक तार गति से दूर। किसी और गति में। ऐसी गति में जिसमें प्रवृत्ति तो होगी, पर साथ ही प्रवृत्ति की मज़बूरी नहीं होगी। चलते जाना ही होगा, लौटकर आना नहीं होगा।

"मुझसे पूछो, तो तुम एक अभिशापित व्यक्ति हो," साँवले चेहरे का मेरा एक कवि-मित्र कहता, "तुम्हारे लिए ज़िन्दगी में कोई भी रास्ता नहीं है।"

रास्ता क्यों नहीं है?—मन विद्रोह करता। रास्ता होना चाहिए और ज़रूर होगा। और कई बार अपने से कटकर अपने को देखा करता।

कृष्णनगर के एक हवेलीनुमा घर में ऊपर की मंज़िल पर दो कमरे। उनमें यह आदमी माँ, बहन और भाई के साथ रहता है।

कभी कमरे में बैठकर यह माँ के साथ लड़ रहा होगा कि वह इसकी पुरानी कमीज़ें काटकर अपने जम्पर क्यों बनाती है? नये जम्पर क्यों नहीं सिलाती? क्या वह उसे इतना निकम्मा समझती है कि घर के लोगों के लिए वह ढंग के कपड़े भी नहीं जुटा सकता?

तभी नीचे से कोई आवाज़ देगा और यह घर से भाग खड़ा होगा। दो घंटे कॉफ़ी

हाउस या किसी रेस्तराँ में बैठा रहेगा। बिना ज़रूरत कॉफ़ी पीएगा, बिना मतलब बहस करेगा। जिस किसी को विट' के काँटे में फँसाकर मज़ा लेता रहेगा। बार-बार इतने ज़ोर से हँसेगा कि मैनेजर मज़बूर होकर बैरे के हाथ चिट भेजेगा, "प्लीज़!" कुछ देर बाद, और कहीं ह्विस्की का गिलास हाथ में लिये वह वैदिक ऋचाओं की व्याख्या कर रहा होगा। 'सेक्रेड डिप्रेशन' की बात कर रहा होगा। दोस्तों से अलग होने में इसे अलग होना बहुत महसूस होगा। जैसे कि इसके अस्तित्व के रेशे उनके अस्तित्व में बिने हों, और अब इसे रेशे काटकर अलग होना पड़ रहा हो।

फिर लॉरेन्स की किसी बेंच पर यह अकेला बैठा रहेगा। किसी भी परिचित-अपरिचित से बात करने को इसका मन नहीं होगा। अकेला बैठकर सोचता रहेगा, घुमड़ता रहेगा। पास से गुज़रते घनिष्ठ परिचित को भी नहीं पहचान पाएगा। समझा जाएगा कि यह बहुत बददिमाग़ है। या सख़्त इन्फ़ीरियॅरिटी कॉम्प्लेक्स का शिकार है।

शाम तक कॉलेज के हॉल में यह नाटक की रिहर्सल में लगा रहेगा। कई-कई पात्रों का अभिनय करेगा। अलग-अलग भूमिकाओं में जिएगा। इसे लगेगा कि इसमें एक नहीं, कई व्यक्ति साथ-साथ रहते हैं। उन सब में यह अपने वास्तविक रूप को पहचानना चाहेगा।

फिर स्टूडेंट्स यूनियन की मीटिंग में या किसी जुलूस में शामिल होने चला जाएगा। ऊँची आवाज़ में बात करेगा। नारे लगाएगा। ज़रूरत पड़ने पर लड़ने को तैयार हो जाएगा।

रात को बिस्तर में दुबककर दॉस्तोएव्स्की का कोई उपन्यास पढ़ेगा। फिर लिखेगा, फिर फाड़ देगा। लिखते-लिखते दिमाग़ जड़ हो जाएगा, तो काग़ज़-क़लम परे फेंककर उनसे मुक्त हो जाएगा। फटे काग़ज़ों के पुलन्दे माँ को जलाने के लिए दे देगा।

सोने से पहले आईने में चेहरा देखेगा। सिर पर बालों को उलझे देखकर इसे दहशत होगी। आँखें बौखलाई देखकर बुख़ार-सा चढ़ने लगेगा।

दो दुर्घटनाएँ लगभग साथ-साथ हुईं। पहले विभाज, फिर दिव्या की मृत्यु। पहली ने परिवेश से उखाड़कर परे फेंक दिया। दूसरी ने उखड़ने के अहसास को बहुत गहरा बना दिया।

बाईस साल की उम्र में लड़का बुज़ुर्ग हो गया।

पर तब तक रास्ता मिलने लगा था—उन काग़ज़ों में जिनके कई-कई ढेर बाद में भी जलाये और नष्ट किए जाते रहे।

देखो, बच्चू... !

मेरे पिता वकील थे। उनकी बैठक में अकसर भीड़ रहती थी, क्योंकि वहाँ जितने मुवक्किल आते थे,उनसे कहीं ज़्यादा दूसरे मिलने वाले लोग आया करते थे। मुझे बैठक में जाते हमेशा डर लगता था क्योंकि कुछ पता नहीं होता था कि वहाँ जाने पर कब प्यार से गाल सहला दिये जाएँगे और कब एकाएक डाँट पड़ जाएगी। यह इस पर निर्भर करता था कि मैं किन लोगों के सामने और पिताजी के किस मूड में बैठक में जाता हूँ। मैं बहुत छोटा था और यह तय नहीं कर पाता था कि कब मुझे बैठक में जाना चाहिए और कब नहीं। मुझे सब लोग एक-से लगते थे—अपने से बहुत बड़े और हमारे लिए बिल्कुल अजनबी। इसलिए मैं बैठक में जाने से बचता था और ऊपर छत पर जाकर पतंगों के पेंच देखता रहता था।

मगर जब-तब बैठक से बुलाहट हो जाती थी। जब भी बुलाहट होती, मुझे पता होता कि नीचे कोई ऐसे सज्जन आये हैं, जिन्हें जाकर 'जय श्री कृष्ण' कहना होगा। हमारा घर कट्टर सनातनधर्मी था और 'नमस्ते' कहना हमारे घर में वर्जित था, क्योंकि नमस्ते आर्यसमाजी अभिवादन समझा जाता था। जब भी बुलाहट होती, मैं छत से नीचे जाता हुआ अपने हाथों को पहले से तैयार कर लेता कि जो भी आया हो, उसे जल्दी से 'जय श्री कृष्ण' कहूँ और वापस छत पर पहुँच जाऊँ।

इसी तरह एक दिन बुलाहट हुई तो बैठक में जाकर देखा कि एक काले कोटवाले सज्जन अपनी फ़ाइल खोले बैठे हैं और उसमें से कोई चीज़ पढ़कर पिताजी को सुना रहे हैं। मैंने बिना पिताजी का आदेश पाये उन्हें 'जय श्री कृष्ण' कह दी और झट से वापस लौटने को हुआ। परन्तु तभी पिताजी की डाँट सुनाई दी, ''सुन!''

मेरे पैर अपनी जगह पर जकड़ गये। पिताजी की हल्की-सी डाँट से भी मेरे पैरों को फ़ौरन ब्रेक लग जाती थी।

''तुझे पता है ये कौन हैं?'' पिताजी ने पूछा।

मैंने एक बार काले कोटवाले सज्जन को फिर ग़ौर से देखा और सिर हिला दिया कि मुझे नहीं पता ये कौन हैं।

''ये अश्कजी हैं, उपेन्द्रनाथ अश्क,'' पिताजी ने कहा।

मेरा मुँह कानों तक लाल हो उठा क्योंकि अश्क शब्द से बेशर्मी की गन्ध आती थी। हमारी दादी कहा करती थी कि इस तरह के शब्द बोलना बेशर्मी की बात होती है और ऐसा ही एक शब्द बोलने पर हमारे चाचा को एक दिन उनसे मार खानी पड़ी थी। मैं सोचने लगा कि कहीं चाचा उस दिन इन्हीं सज्जन का नाम तो नहीं ले रहे थे। मन में डरा भी कि पिताजी की आवाज़ कहीं दादी के कानों में न पड़ गयी हो, और ऐसा न हो कि दादी वहीं आकर उनके मुँह पर चपत लगा दें।

मुझे और कुछ नहीं सूझा, तो मैंने उन्हें दूसरी बार 'जय श्री कृष्ण' कर दी। वे सज्जन मेरी तरफ़ देखकर गम्भीर ढंग से मुसकराए और एक बार अपनी बायीं आँख को ज़रा-सा दबाकर अपनी फ़ाइल में से आगे पढ़ने लगे, "जाओ जाओ प्राण, बसाओ एक नया संसार...।"

मैं डरा कि मामला किसी के प्राण जाने का है। सोचा कि मुझे ऊपर ही चलना चाहिए। मगर इससे पहले कि मैं चलने का निश्चय करता, पिताजी ने फिर पूछा, "तुम्हें पता है यह क्या करते हैं?"

मैंने मासूम ढंग से सिर हिलाया कि मुझे नहीं पता ये क्या करते हैं।

"ये भी मेरी तरह वकील हैं" पिताजी ने कहा। "मतलब मेरी तरह इन्होंने भी मेरी तरह वकालत का इम्तिहान पास किया है, मगर ये वकालत नहीं करते, कविता लिखते हैं।

मुझे यही नहीं पता था कि वकालत करना क्या होता है, मैं रोज़ देखता था कि लोग हमारे यहाँ आते हैं, पिताजी को कुछ नोट देते हैं और चले जाते हैं—कोई हमारे यहाँ से ले कुछ नहीं जाता। पिताजी की अलमारियों में जो किताबें थीं वे हमेशा ज्यों-की-त्यों रखी रहती थीं—पैसे देनेवाला कभी एक भी किताब ले नहीं जाता था। यह बात मुझे बहुत आश्चर्यजनक लगती थी। हमारे ताऊजी के पन्सारी की दुकान थी। वहाँ आकर जो एक पैसा भी देता था, वह बदले में कम-से-कम नमक की पुड़िया ज़रूर ले जाता था। कविता लिखना क्या होता है, यह मेरे लिए और भी टेढ़ा सवाल था। मगर मैंने भी मन-ही-मन अटकल भिड़ायी कि कविता लिखना कोई बहुत बड़ा काम होगा। उन दिनों अकसर यह चर्चा कानों में पड़ती थी कि महात्मा गाँधी आजकल अनशन कर रहे हैं और मैं सोचता करता था कि अनशन करना भी कोई बहुत बड़ा काम है। इस नतीजे पर मैं तब तक पहुँच चुका था कि जितने बड़े काम हैं, उनमें न हाथ से कुछ करना होता है और न ही किसी को कुछ देना-दिलाना होता है। जिस श्रेणी में मैंने वकालत और अनशन को रख रखा था, उसी में मैंने अब कविता को भी शामिल कर लिया।

"तू भी बड़ा होकर कविता लिखेगा?" पिताजी ने पूछा।

मेरी समझ में नहीं आया कि हाँ कहूँ या न कहूँ। मगर मैंने सोचा कि बड़ा काम है, इसे करने से इनकार नहीं करना चाहिए। इसलिए मैंने कहा, "लिखूँगा।"

"तो जाकर इनके लिए चाय बनवा ला," उधर से आदेश मिला। मुझे पहले पता होता कि 'लिखूँगा' कहने का यह फल होगा, तो मैं ज़रूर कह देता कि नहीं लिखूँगा। मगर अब क्या था! बात मुँह से निकल चुकी थी! ऊपर मैं लाल और नीली पतंगों का पेंच लगा छोड़ आया था। छत से लड़कों की ज़ोर-ज़ोर से चिल्लाने की आवाज़ें आ रही थीं। जब मैं मन-ही-मन कुढ़ता हुआ अन्दर को चला, तो मैंने दिल में यह तय कर लिया था कि बड़ा होकर और चाहे जो करूँ, कविता कभी नहीं लिखूँगा। पिताजी कहें, तो भी नहीं लिखूँगा।

हमारे घर में चाय अपनी ही तरह की बनती थी। सर्दी के दिनों में हमारे लिए डेढ़ पाव दूध में एक घूँट चाय का पानी मिला दिया जाता था जिससे उसकी तासीर गरम हो जाएँ मगर चाय ख़ुश्की न करे, इसलिए उसमें ख़ूब मलाई और बादाम की गिरियाँ डाल दी जाती थीं। माँ को जाकर मैंने बताया कि कोई बहुत बड़े मेहमान आये हैं, उनके लिए बहुत बढ़िया चाय बनाकर ले जानी है। यह मैंने इसलिए कहा कि कहीं चाय में कोई कसर न रह जाए जिससे बैठक में जाकर मुझे डाँट सुननी पड़े और फिर दूसरी बार चाय बनवाकर ले जाने का तरद्दुद करना पड़े। माँ ने 'बढ़िया' चाय बनाने के सिलसिले में उसमें और भी मलाई और गिरियाँ डाल दीं। मैं ऊपर तक भरा हुआ आधा सेरवाला बड़ा गिलास लिये इस तरह गुमान के साथ बैठक में दाख़िल हुआ जैसे मैंने कोई बहुत मार्के का काम कर लिया हो। मगर जब मैंने गिलास ले जाकर उन सज्जन के सामने किया, तो वे गिलास पर एक सरसरी नज़र डालकर बोले, "काका, मैंने दूध नहीं चाय लाने को कहा था।" और अपनी फ़ाइल से आगे पढ़ने लगे, "विस्मृति में जो दबी हुई थी, धधका दी फिर आग...।"

मुझे बहुत ग़ुस्सा आया कि मैं इतनी मेहनत से चाय बनवाकर लाया हूँ, और इस बीच जाने ऊपर कितनी पतंगें कट गयी हैं, और इन्हें अपनी आग धधकाने की पड़ी है। पर मैंने पिताजी के डर से अपना गुस्सा पी लिया और कहा, "जी, यह चाय है।"

इस पर उन्होंने फ़ाइल बन्द कर दी, एक बार फिर गिलास की तरफ़ देखा और ज़ोर से ठहाका लगाकर हँस दिये। मैं एक क़दम पीछे हट गया। मुझे शक हुआ कि कहीं मैंने ग़लती से उन्हें गुदगुदा तो नहीं दिया। मेरे हाथ से दूध का गिलास थोड़ा छलक गया।

"यह चाय है?" उन्होंने हँसी रुकने पर कहा और फिर उसी तरह ठठाकर हँस दिये। मैं एक क़दम पीछे हट गया। यह जतलाने के लिए कि मैं बिल्कुल निरपराध हूँ, मैंने चाय का गिलास पिताजी को दिखला दिया जिससे उन्हें पता चल जाए कि मेरे हाथ रुके हैं और मैंने उन सज्जन के साथ कोई शरारत नहीं की।

पिताजी ने गिलास की मलाई को देखा, तो वे भी ज़ोर से हँस दिये। यह सोचकर कि कोई हँसने की बात है जो मेरी समझ में नहीं आयी, मैं भी समझदारों

की तरह हँस दिया।

"तू क्यों हँस रहा है?" पिताजी ने कहा, तो मुझे लगा कि शायद वे लोग मेरी ही किसी बात पर हँसे हैं। इससे मुझे रुलाई आने को हो गयी।

उन सज्जन को चाय देकर जब तक मैं ऊपर छत पर पहुँचा, तब तक सबकी सब पतंगें कट चुकी थीं। मैंने दाँत भींचकर सोचा कि अब पिताजी मुझसे उस व्यक्ति के सामने फिर से पूछें कि क्या मैं बड़ा होकर कविता लिखूँगा, तो मैं पटाक् से उत्तर दूँ, "नहीं लिखूँगा, नहीं लिखूँगा, नहीं लिखूँगा...।"

तब से अब तक ज़िन्दगी का एक लम्बा फ़ासला तय हो चुका है। बीच के इन वर्षों में मैंने उन्हें बहुत पास से और बहुत अच्छी तरह देखा है और देखा है एक निकट स्वजन और मित्र के रूप में। इस बीच कई बार उनके मुँह से उनकी कविताएँ सुनी हैं। इलाहाबाद में, डलहौजी में, पहलगाम में, जालन्धर में और दिल्ली में। डलहौजी में रहते उनकी रचना-प्रक्रिया को भी जाना है। 'सड़कों पे ढले साये' की दो-एक कविताएँ उन्होंने वहीं लिखी थीं। 'संगतरी चाँद' और 'टेरता पाखी' उन्हीं दिनों की रचनाएँ हैं। उनके साथ मेरे बचपन के परिचय का रूप इस दृष्टि से आज भी नहीं बदला कि उनकी रचनाएँ पढ़ते-सुनते समय मैं उनमें विशुद्ध साहित्यिक दिलचस्पी न लेकर आज भी उन्हें एक वैयक्तिक कोण से ही लेता हूँ। आज सुनते हुए मन में अर्थ का अनर्थ नहीं होता, परन्तु उन कविताओं के भाव और अर्थ के आगे कुछ सोचूँ ही नहीं, ऐसा आज भी नहीं होता। मुझे याद है जिस समय डलहौजी में मुझे वे अपनी कविताएँ सुना रहे थे, तो मन में बनते संगतरी चाँद और केलूके वन के खाके से थोड़ा हटकर मैं एक और बात सोच रहा था। सोच रहा था कि पचास को पहुँचकर भी अश्क देखने में जितने युवा लगते अपने साहित्यिक व्यक्तित्व में भी वे कैसे वही यौवन बहाल रखे हैं? उस पीढ़ी के और किस साहित्यकार में यह व्याकुलता है कि वह अपनी विशिष्टता के दायरे में सीमित न रहकर हर नयी पीढ़ी के साथ उसी पीढ़ी का होकर चलने का प्रयत्न करे? बात कविता की हो या कहानी की, पचास को पहुँची पीढ़ी में अकेले अश्क ही ऐसे हैं जो बाद में आनेवाले लोगों के कृतित्व को उपेक्षा और सहिष्णुता की दृष्टि से न देखकर, एक नयी चुनौती के सम्मान के साथ देखते हैं और अपनी मर्यादा के जड़ चबूतरे पर न खड़े रहकर उस चुनौती को स्वीकार करके अपने लिए उस मार्ग की सम्भावनाएँ खोजने में जुट जाते हैं। मुझे पहलगाम की याद है— वे नवयुवकों की तरह वहाँ की सड़कों पर क़हक़हे लगाया करते थे और मेरे कन्धे पर हाथ मारकर कहा करते थे, "देखो बच्चू, यह मत समझो कि तुम नये लोग अब तीर मारने लगे हो, तो मैं मैदान छोड़कर हट जाऊँगा। जिस तरह डटकर तुम लोग लिखोगे, उसी तरह डटकर मैं भी लिखूँगा। मैं ऐसे हारनेवाला नहीं हूँ।" और मैं जानता हूँ कि यह केवल कहने की ही बात नहीं, उन्हें इसमें पूरी आस्था भी है। मुझे

विश्वास है कि आज जो लड़के छत पर पतंगों के पेंच देख रहे हैं, जब दस-पन्द्रह साल बाद वे साहित्य में अपनी नयी-नयी रचनाएँ लेकर आएँगे तो अश्क इसी आस्था के साथ उनके कन्धों में भी अपना कन्धा मिलाये होंगे।

अश्क जैसे तब लगते थे जब मैंने उन्हें बचपन में देखा था, लगभग वैसे ही वे आज भी लगते हैं (अपने सिर के सफ़ेद बालों के बावजूद) और मैं समझता हूँ कि आनेवाले कई साल वे उतने ही युवा और सजीव लगते रहेंगे और हर नयी पीढ़ी के लोगों से इसी तरह कन्धे पर हाथ मारकर कहते रहेंगे, ''देखो बच्चू, यह मत समझो कि...।''

एक एक्स्क्लेमेशन मार्क उर्फ़...

राजेन्द्र यादव!

सोचता हूँ कि मैंने इस नाम के साथ एक्स्क्लेमेशन मार्क लगाकर क्यों शुरू किया? न जाने क्यों जब भी यह नाम मेरे ज़हन में उभरता है, तो इसके आगे एक एक्स्क्लेमेशन मार्क लगा होता है—जैसे कि बिना इस मार्क के इस नाम के हिज्जे ही पूरे न होते हों। कभी-कभी ऐसा भी होता है कि यह मार्क अपनी सीधी रेखा से सन्तुष्ट नहीं रहता और कुंडली मारकर एक सवालिया निशान का रूप ले लेता है।

ज़िक्र अपने उस दोस्त या दुश्मन का है जिसे कुछ लोग बहुत सीधा और कुछ लोग बहुत टेढ़ा बताते हैं। वैसे इन दोनों बातों में कोई ख़ास फ़र्क़ नहीं है—मतलब सिर्फ़ इतना है कि आदमी नॉर्मल नहीं है, सौ-पचास की भीड़ में भीड़ का हिस्सा बनकर नहीं रहता, भीड़ से अलग अपनी तरह का एक और अकेला नज़र आता है। जीवन (अर्थात् साहित्य, क्योंकि इस आदमी के लिए ये दोनों शब्द समानार्थक हैं) के कुछ प्रश्नों को लेकर यह आदमी बहुत सीरियस है, हालाँकि इसे इस बात की शिकायत भी है कि कुछ स्नॉब क़िस्म के लोग इसे सीरियसली नहीं लेते। मगर जो लोग इसे सीरियसली नहीं लेते, वे ज़्यादातर वही हैं जो इसके बहुत अन्तरंग हैं—इनमें इसके कुछ दोस्त ही नहीं, इसकी लेखिका-पत्नी मन्नू भी शामिल है। इन्हीं लोगों में बाई (अर्थात् इसकी माँ) भी हैं जिन्होंने पहली बार मिलते ही मन्नू से पूछा था, "बिटिया, सच बताना, तूने इस बौड़म में ऐसा देखा क्या जो इससे ब्याह कर लिया?"

क़िस्सा सुनाते हुए मन्नू हँस-हँसकर दोहरी हुई जाती है और यह आदमी चश्मे के अन्दर से उसे गम्भीर नज़र से देखता हुआ पहले नाराज़ होने की कोशिश करता है, फिर सहसा बाँहें पटकता हुआ किलकारी मारकर हँस देता है। थोड़ी देर बाद खिसियाये होठों पर ज़बान फेरता हुआ अकेले में कहता है, "तू आया है, तो एक बात मन्नू को समझाकर जाना। कम-से-कम लोगों के सामने तो मेरी कुछ इज़्ज़त किया करे।" जब यह इस तरह की बात करता है, तो मेरे दिमाग़ में एक्स्क्लेमेशन मार्क पहले से कहीं लम्बा हो जाता है।

पहले-पहल हम लोगों की भेंट आगरा में हुई थी। पहली बार मिलते ही मुझे लगा था कि आदमी बहुत टेढ़ा और बहुत सीधा है। बात सुनता बाद में है, उसका विरोध करने के लिए पहले तैयार हो जाता है। अगर किसी को पसन्द नहीं करता, तो हर वक़्त उसे हलाल करने की कोशिश में रहता है, और अगर पसन्द करता है तो उसे हलाल न कर पाने का अफ़सोस इसे नहीं छोड़ता। किसी भी विषय पर बहस करने के लिए हमेशा तैयार रहता है, मगर समझदारी की बात अगर दूसरे के मुँह से निकले (जैसा कि अकसर होता है) तो उसे सुनने का भी इसमें सब्र नहीं। पढ़ता इतना है कि तीन-चौथाई बात 'कोटेशन्स' में करता है। घंटे-भर की बातचीत में इतने लोगों के नाम गिना देता है कि अच्छा पढ़ा-लिखा आदमी अपने को अनपढ़ समझने लगे। हमेशा उस वक़्त मिलने के लिए आता है जब आप किसी काम में लगे हों—और जिस वक़्त आप मिलने के लिए जाएँ, साँकल लगाकर सो रहा होता है। न पूछे तो शाम के पाँच बजे भी चाय के लिए न पूछे, और पूछने पर उतर आये, तो सिर्फ़ पूछता ही नहीं, दोपहरे के ढाई बजे, खा-पीकर आये आदमी को तेल की कचौरी खिलाकर ऊपर से ज़बरदस्ती दूध पिला देता है। फिर एक तरफ़ ले जाकर धीरे से कहता है, "यार, तू इस हलवाई को ज़रा ग़ौर से देखना। यह साला एक ही कैरेक्टर है। मैं अगली कहानी इसी पर लिखने को सोच रहा हूँ।"

इसके साथ घूमते हुए मुझे परीक्षा के दिनों की याद आती। हॉल के बाहर कुछ लोग बड़े-बड़े कोटेशन्स से इतना नर्वस कर देते थे कि मन में अन्दर जाने का हौसला नहीं रहता था। प्रश्नपत्र हाथ में लेने से पहले ही अपना अँधेरा भविष्य एक हौल की तरह सिर पर मँडराने लगता था। प्रश्नपत्र पढ़ता बाद में था पानी का गिलास पहले माँग लेता था। उन दिनों इसके साथ घूमते हुए मुझे लगता कि मेरे जैसा आदमी और चाहे जो करे, लिख कभी नहीं सकता। जो आदमी पढ़ने के बाद किताब का नाम तक भूल जाए, उसके लेखक बनने की क्या उम्मीद हो सकती थी? यह आदमी एक के बाद एक 'कोटेशन' दे रहा होता और मैं अपने नर्वसनेस को छिपाने के लिए बात को साहित्य से हटाकर किसी और विषय पर ले आने की चेष्टा करता। मगर मेरा यार मेरी हर चेष्टा बेकार करके इतने में कोई और पहाड़ मेरे सिर पर तोड़ देता। "तुझे पता है माओ ने अपने इधर के आर्टिकिल में क्या लिखा है? उसने लिखा है कि... !"

यह उन दिनों 'प्रेत बोलते हैं' लिख रहा था। मुझे इससे बात करते हुए अपने चारों तरफ़ प्रेत-ही-प्रेत बोलते नज़र आते—कई-कई युगों के प्रेत जो दर्शन और आलोचना के हवाले देकर बात करते थे—और वह भी साधारण भाषा में नहीं, प्रेत-भाषा में। सुनते

हुए इसका अभिप्रेत भी मेरे लिए प्रेत हो जाता। मैं डरता कि कहीं ऐसा ही प्रेत मेरे सिर पर भी न मँडराने लगे। उसके सिर पर तो वह हर वक़्त सवार ही रहता था—वरना उस छोटी-सी उम्र में वह तीन-तीन सौ सफ़े की 'कहानी' लिखने की बात न सोचता। 'प्रेत बोलते हैं' को वह कहानी ही बताता था—सिर्फ़ एक लम्बी कहानी। "देख, टेकनीक के लिहाज से यह कहानी है। उपन्यास होता तो...!"

मगर पढ़ने-लिखने से आगे उसमें और कोई प्रिटेशन्स नहीं थे—सिर्फ़ कपड़े बदलने को छोड़कर। घर से बाहर गली की नुक्कड़ तक ही जाना होता, तो आप धुला हुआ कलफ़दार पाजामा पहने बिना नहीं चल सकते थे। जाना होता शास्त्रीजी के होटल में चाय पीने,—घर से मुश्किल से पचास गज़ दूर—मगर पहले आप बिस्तर के नीचे से ट्रंक निकालते, ट्रंक में से एक पाजामा रिजेक्ट करके दूसरा निकालते, फिर मैले कपड़ों में से एक पाजामा निकालकर उसमें से नाड़ा खींचते और आख़िर क़लम की नाड़ेदानी बनाकर उसमें नाड़ा डालते। नाड़ा डालने के बाद उसे एक बार ऊँचे उठाकर देखते कि यह पाजामा ही है, कुछ और तो नहीं। उसके बाद इत्मीनान से पायँचे खोलकर एक अदा के साथ उसे पहनते। साथवाला आदमी इतनी देर में जल-भुनकर राख हो जाता। यह सोचकर कि अब आप चलनेवाले हैं, वह कमरे के बाहर पहुँच जाता, तो झट से तीन-चार इनलैंड निकाल लेते और उन पर चिट्ठियाँ लिखने लगते।

चिट्ठियाँ लिखने की बीमारी बहुत-से लोगों को होती है, मगर ऐसी क्रॉनिक नहीं जैसी मेरे इस दोस्त को है। जितने पन्नों में एक साधारण आदमी कहानी लिख लेता है, उतने पन्नों में आपका एक छोटा-सा पत्र पूरा होता है। हर पन्ने पर मज़मून कितना रहता है, यह सिर्फ़ इनसे पत्र-व्यवहार करके ही जाना जा सकता है। तौल की जगह अगर शब्द-संख्या के हिसाब से डाक-ख़र्च लिया जाए तो आपकी सब चिट्ठियाँ बैरंग हो जाएँ।

अनगढ़ आदमी। पॉलिश नाम को नहीं। पॉलिश चढ़ाने की कोशिश की जाए, तो पपड़ी बनकर उतर जाए। ज़िन्दगी में सिर्फ़ एक तलाश, एक कशिश—कहानी। वह जहाँ भी मिले, जिससे भी मिले, जैसे भी मिले। हर मिलनेवाला आदमी—कहानी का सम्भावित पात्र ज़िन्दगी का हर हुस्न और फरेब—कहानी की एक स्थिति। अपने ऊपर ओढ़ी हुई हर तकलीफ़—लिखने की ज़रूरत। एकान्त (!) का एक-एक क्षण—लिखने या सोचने का समय।

मुसीबत है ऐसी ज़िन्दगी जिसमें इनसान इनसान के तौर पर अपने को भूल ही जाए। अपने आसपास के लोगों के सुख-दुःख की भी उसे याद न रहे। कभी किसी भी क्षण केवल जीने के लिए न जिये, बस हर वक़्त किसी-न-किसी 'प्रेतछाया' का

मीडियम बनकर उसकी कहानी लिखने की बात सोचता रहे, उस कहानी के साथ एक कहानी बना रहे, और जब तक वह प्रेतछाया सिर से उतरे, तब तक दो और प्रेतछायाओं को सिर पर ओढ़ ले। ऐसे आदमी के लिए ज़िन्दगी में कोई भी उम्मीद नहीं। 'फ़ार देम देयर इज़ नो होप।'

दिल्ली में गुरुद्वार रोड का एक कमरा। कुछ साल कलकत्ते में रहने के बाद यह शख़्स (मेरे कहने से) उन दिनों दिल्ली चला आया था। (नयी दिल्ली स्टेशन की एक बेंच पर बैठे हुए हम लोगों ने दिल्ली शिफ़्ट करने की योजना बनायी थी। सिद्धान्त था—राजधानी में रहकर ही ज़िन्दगी की नब्ज़ ठीक से पहचानी जा सकती है। ज़िन्दगी में जो बेशुमार बेहूदा हरकतें की हैं, उनमें से एक!)

उस कमरे में यह आदमी अकेले रहता था। थोड़ा-सा सामान था, मगर उसी से कमरा भरा हुआ लगता था। किताबों की पेटियाँ, जो कलकत्ते से ढोकर लाया था, वे कुछ दिन माल-गोदाम में काटकर अब एक दोस्त के उससे भी अँधेरे गोदाम में पहुँचा दी गयी थीं। कमरे में बैठने और सोने के अलावा थोड़ी-सी जगह लिखने-पढ़ने के लिए भी थी—एक पूरा-का-पूरा कोना चाय बनाने के लिए था। उस कोने में चाय बनाने का पूरा सामान तो लगा रखा था, मगर सिवा तस्वीर उतारने के उसका और कोई ख़ास उपयोग नहीं था। चार दोस्त आते, तो उन्हें चाय पिलाने के लिए किसी होटल में ले जाता, और अपना काम बिना चाय पिये ही चला लेता। बनियानें हाथ से धो लेता था, मगर उन्हें सूखने के लिए फैलाना भी होता है, यह बात इसे कम ही याद रहती थी। ज़िन्दगी की सबसे बड़ी मुश्किल थी रोटी खाने के लिए बाहर जाना। जहाँ तक बन पड़ता, यह उस मुश्किल से बचने की कोशिश करता। मगर अँतड़ियाँ जवाब ही देने लगतीं, तो हारकर ताला लगाकर निकल पड़ता। रात की रोटी का झंझट कनॉटप्लेस से वापस लौटते हुए वहीं मिटा आता—रिवोली के सामने से छोले-कुलचे या मद्रास होटल से इडली-साँबर और मसाल दोसा खाकर। दूसरी मुसीबत थी पैर के इलाज के लिए डॉक्टरों के यहाँ चक्कर लगाना। जब यह अपनी तरफ़ से सबको दिखाकर निश्चिन्त हो जाता, तब किसी और नये डॉक्टर का पता इसे बता दिया जाता। इसे उलझन होती कि लिखना-पढ़ना छोड़कर अब उससे भी एपॉइंटमेंट लेना पड़ेगा। इसका मन होता कि यह हर वक़्त कमरा बन्द करके पड़ा रहे—न कोई मिलने के लिए आये, और न डॉक्टरों के पते बताये। यह बन्द रहे और लिखता रहे। जो किताब इसने उन दिनों शुरू कर रखा था उसका शीर्षक था 'शह और मात'।

बड़ा ग़मख़ोर था वह कमरा—बड़ा हमदर्द और संजीदा। पूरे दिन में दिलो-दिमाग़ पर शहरी ज़िन्दगी की जो गर्द जमा होती थी, वह उस कमरे में बैठकर उतर जाती थी।

आधी-आधी रात तक वहाँ बैठकर हम लोग अपनी रोज़ की ज़िन्दगी का जायज़ा लेते, एक-दूसरे की समस्याओं को सुलझाने की कोशिश करते। यह जानते हुए भी कि कुछ समस्याएँ ऐसी हैं जिनका कोई हल नहीं है, क्योंकि उनका सम्बन्ध उन बुनियादी ज़रूरतों के साथ है जो इस तरह की ज़िन्दगी में कभी पूरी नहीं हो सकतीं, हम देर-देर तक उनका हल निकालने की दिमाग़ी कसरत किया करते। मज़ा यह था कि अपनी-अपनी तकलीफ़ का हल दोनों को ही नज़र नहीं आता था, मगर दूसरे की तकलीफ़ के कई-कई हल आसानी से बता देते थे। न जाने उसकी कितनी परेशानियाँ मैंने चुटकियों में उड़ायी होंगी। इसके अलावा उस कमरे में बड़ी-बड़ी योजनाएँ बना करतीं। योजना की रूपरेखा मेरी तरफ़ से पेश होती, उसका रेशा-रेशा उसकी तरफ़ से उधेड़ा जाता। मैं घंटा-भर बकझक करके जब अपनी तरफ़ से मैदान फ़तह कर लेता, तो यह आदमी पल-भर ख़ामोश रहने के बाद अचानक सिर हिला देता, "बात कुछ बनी नहीं।" कई बार मुझे ग़ुस्सा आ जाता और लड़ाई शुरू हो जाती। आधी रात को जब अलग होते तो ज़िन्दगी-भर के लिए दोस्ती टूट चुकी होती। मगर सुबह नहाने से पहले मैं उसके यहाँ चला जाता, या वह मेरे यहाँ चला आता। कभी लड़ाई बड़ी हो जाती, तो दो-दो तीन-तीन दिन बिना मिले भी गुज़र जाते। फिर अचानक कॉफ़ी हाउस में मुलाक़ात हो जाती तो दोनों पहले बड़ी संजीदगी से एक-दूसरे की तरफ़ देखते, फिर मुसकराते और सहसा ठहाका लगाकर हँस पड़ते।

"हास्साला!" वह अपने खुरदरे पंजे से मेरा घुटना मसल देता।

"सूअर कहीं का!" कहकर मैं उसका हाथ वापस उसके घुटने पर पटक देता।

"अभी चमन और मिसेज़ चमन तुझे पूछकर गयी हैं।"

"तूने उनसे क्या कहा?"

"मैंने कह दिया कि उसे एक सौ तीन बुख़ार है, आज नहीं आएगा।"

"यू बास्टर्ड...।"

वह कटी पतंग की तरह कन्धे हिलाता, हाथ झटकता और हँसने लगता। कहता, "साले पिनकता क्यों है? आज नहीं है तो कल हो जाएगा बुखार। आख़िर एक-न-एक दिन तो कूच करेगा ही, या डेरा-डंडा लेकर यहीं पड़ा रहेगा?"

उस गर्मदिल कमरे में आकर मन पर कोई नक़ाब नहीं रहता था। ज़िन्दगी के कई अहम फ़ैसले उसी कमरे में किये गये। उसी कमरे की बुज़ुर्गी और संजीदगी ने मेरे लिए उस नयी ज़िन्दगी की शुरुआत की जिसने आगे चलकर मेरे घुटने तोड़ दिये। उसी कमरे के गुनगुने वातावरण में एक दिन इस शख़्स की खुरदुरी खाल के अन्दर से एक मोम का पुतला बाहर निकला। मुझे हैरानी हुई थी कि यह पुतला इस खाल के

अन्दर रहता कहाँ है! उस पुतले के दर्द ने, उसके अन्दर की आँच ने और उसकी निरीह छटपटाहट ने मेरे मन के एक लापरवाह कोने को बुरी तरह मसल दिया था। उस दिन शायद पहला मौक़ा था जब मैं अपने ऊपर भी नहीं हँस सका था।

कलकत्ते से मन्नू का पत्र आया था। विवाह की बात को लेकर उसने शीघ्र ही निश्चय की माँग की थी। पत्र इतने सीधे-सरल ढंग से लिखा गया था कि उसका कोई घुमावदार उत्तर बनता ही नहीं था। जहाँ राजेन्द्र का सीधापन उसकी कमज़ोरी है, वहाँ मन्नू की सरलता उसकी शक्ति। मन्नू ने जो सवाल उठाया था उसने एकाएक ज़िन्दगी की सारी विडम्बनाओं को सामने ला खड़ा किया था—उस कमरे की संजीदगी पर एक प्रश्न-चिह्न लगा दिया था। उस दिन लगा था कि ज़िन्दगी जिस तरह जी जा रही है, वह अपने में बहुत खोखली, व्यर्थ और आधारहीन है; जिन बुनियादों पर उसका ढाँचा खड़ा करने की कोशिश की जा रही है, वे बहुत कच्ची और कमज़ोर है। वह ज़िन्दगी, ज़िन्दगी नहीं, सिर्फ़ ज़िन्दा रहने की एक कोशिश है, बेमतलब और बेकार कोशिश, जिस आधी-आधी रात तक की बेमतलब और बेकार बहसें अब और नहीं सँभाल सकेंगी। राजेन्द्र बहुत उदास था। वह समझ नहीं पा रहा था कि मन्नू को क्या उत्तर दे। मैं भी उदास था। मुझे समझ नहीं आ रहा था कि राजेन्द्र को क्या राय दूँ। हम दोनों के बीच की एक बन्द किताब, जिसे हम बन्द ही रखना चाहते थे,सहसा खोल दी गयी थी। हम एक-दूसरे की तरफ़ देख रहे थे और एक-दूसरे से आँखें चुरा रहे थे, जिस ज़िन्दगी में आर्थिक बुनियाद न हो, आनेवाले कल की कोई सिक्योरिटी न हो—बस ज़िम्मेदारियाँ हों, और उन्हें निभाने की एक क्रूर अनिवार्यता—अपेक्षाएँ सब हों परन्तु पूरी होने की सम्भावना किसी एक की भी न नज़र आती हों—उसमें आदमी ज़िन्दगी के कसी पुख़्ता सवाल का जवाब दे, तो कैसे? अपने को स्वीकार करे, तो कैसे? और न करे, तो जिये किस तरह? ज़िन्दगी की सब लाचारियों ने एक-साथ अपना मुँह खोल दिया था।

और लाचारियों की चादर में से एक और सवाल जो छनकर बाहर आया, वह था, एक बहुत ही पुराना और आदिम-सा सवाल। बहुत दबे-दबे इस आदमी ने वह बात कही। मैं आँखें फैलाये इसकी तरफ़ देखता रहा—कुछ कह नहीं सका, हँस भी नहीं सका। सवाल का ताल्लुक 'प्रेम तिकोन' से था। इस सीधे-साधे आदमी की ज़िन्दगी में भी वह तिकोन होगा, यह बात मैं तब तक सोच भी नहीं सकता था।

गरमी की रात। दिन-भर की थकी-तपी हवा। नीचे से घर्र-घर्र करके जाती बसें जिनकी आवाज़ हवा को और भी बोझिल बना रही थी। मेज़ पर खुले पड़े चिट्ठियों के पन्ने—ख़ामोश, मगर रह-रहकर मन को छूते हुए। क्या उस हवा में जीते हुए उन पन्नों का कोई भी निश्चित उत्तर सोचा या दिया जा सकता था?

मैं खिड़की के पास की कुरसी पर बैठा था। वह बिस्तर पर औंधा लेटा बाहर

बिजली के तारों से लिपटी अँधेरे की परतों को देख रहा था। ऐसे में अकसर आदमी आकाश की गहराई में झाँकता हुआ वहाँ से हर समस्या का कोई हल ढूँढ़ लाना चाहता है। परन्तु समस्याएँ ऐसी हैं कि वे प्रश्नचिह्न से आरम्भ होती हैं और जहाँ समाप्त होती हैं वहाँ भी एक प्रश्न-चिह्न बना रहता था।

जब मैं वहाँ से चला तो तय हुआ था कि मैं मन्नू से बात करूँगा। वह दिल्ली होकर इन्दौर जाने को थी। राजेन्द्र ने यह ज़िम्मेदारी मुझे ओढ़ा दी थी कि मैं किसी तरह मन्नू को समझा दूँ—जब आदमी के पास कॉफ़ी पीने तक के लिए पैसे न रहते हों, तो वह घर-गृहस्थी की चिन्ता कैसे ओढ़ ले?

मन्नू आयी और मैं कई घंटे उससे बात करता रहा। मगर नतीजा उलटा हुआ। बजाय इसके कि मैं मन्नू को कन्विंस करता, मन्नू ने मुझे कन्विंस कर दिया। बड़ी-से-बड़ी दलील के जवाब में जो सरलता से हँस दे, उसे आदमी कन्विंस ख़ाक करे?

राजेन्द्र शाम को मिला तो दूर से ही मेरा चेहरा देखकर बोला, "हो आया कन्विंस? मैं पहले ही जानता था।"

मैंने अब राजेन्द्र को कन्विंस करने की कोशिश की, तो वह एकदम भड़क उठा। मेरी बात सुनकर इस तरह जूते के तस्मे बाँधने लगा जैसे उसी वक़्त वहाँ से उठकर किसी लम्बे सफ़र पर जा रहा हो। बोला, "मुझे पता था, तू फँसा देगा। मैं बैठकर बच्चे पालूँ और तू आराम से कहानियाँ और उपन्यास लिखे। मेरे जीते जी यह नहीं होने का।"

"मगर देख, जहाँ तक मन्नू का सवाल है..."

"उससे जो कुछ कहना होगा, मैं ख़ुद ही कह लूँगा। मुझे पहले ही सोचना चाहिए था कि किस चोर को यह काम सौंप रहा हूँ। बड़ा तीसमारख़ाँ बनता है!"

इसने मन्नू से क्या कहा, मैं नहीं जानता। मगर जब मन्नू दिल्ली से इन्दौर के लिए चली, तो बहुत उदास थी। इस आदमी ने पूछने पर इतना ही कहा, "मैंने सब बात साफ़-साफ़ कह दी है। इस तरह की ज़िन्दगी जीते हुए शादी करने से अच्छा है आदमी गधे की ख़ाल ओढ़ ले और हरी घास चरा करे।"

मगर कुछ ही दिनों बाद कलकत्ते से इसका पत्र मिला—पत्र नहीं, निमन्त्रण। उस दिन मैं अकेले में ठहाका लगकार हँसा। मन्नू ने किस तरह इसे हरी घास से बचा लिया, यह मैं आज तक नहीं जान सका।

हर बात में निश्चय और अनिश्चय के बीच की स्थिति में रहनेवाला यह आदमी बारहा अपनी इस लाचारी पर झुँझलाता है। क्यों वह और लोगों की तरह सुलझे हुए ढंग से नहीं सोच पाता? क्यों उसे हर बात के दोनों छोर ग़लत और सही नज़र आते हैं? क्यों उसका मन अनिश्चय और अस्थिरता में ही स्थिर-निश्चित हो रहना चाहता है? अन्दर जितनी ही यह झुँझलाहट बढ़ती है,बाहर यह आदमी उतने ही दृढ़ और निश्चित ढंग से

बात करने की चेष्टा करता है। जिस बात से अपने को कन्विंस नहीं कर पाता, उसे ज़ोरदार तर्कों से दूसरों को मनवाना चाहता है, और कई बार अपने कहे शब्दों से वह इस बुरी तरह चिपक जाता है कि दूसरा लाख सिर फोड़ ले, फिर भी यह उस स्टैंड से टस-से-मस नहीं होता।

मगर यह ज़िद ही शायद उसे अन्दर-अन्दर और सोचने के लिए मजबूर करती है और कई-कई मानसिक द्वन्द्वों में से गुज़रता हुआ यह आदमी उन्हें काग़ज़ पर उतारकर ही उनसे निस्तार पाता है। शायद यही कारण है कि उसकी रचनाओं के प्रायः चरित्र—मुख्य चरित्र विशेष रूप से—अन्दर से बँटे हुए होते हैं, ज़िन्दगी के अँधेरे में भटके हुए और एक निश्चितता और सम्पूर्णता की खोज में व्याकुल। वे सब बहुत सेल्फ़-कॉन्शस भी शायद इसीलिए होते हैं—अपने सेल्फ़ की प्रताड़ना के कारण ही वे स्थिरता और सम्पूर्णता की मरीचिका की ओर हाथ बढ़ाये रहते हैं।

यह आदमी अपने लेखन में निरन्तर जूझता और प्रयोग करता चल रहा है क्योंकि लिखने के सिवा और किसी रूप में यह ज़िन्दगी की बात सोचता ही नहीं। बातों से लगता है जैसे अपनी लिखी हर चीज़ से सन्तुष्ट हो—मगर वह भी सिर्फ़ एक ज़िद है जिसकी तह में वह अपने अन्दर के संशय को ढाँपे रखना चाहता है। हमेशा नये-नये प्रयोग करने की उसकी कामना इस बात की गवाह है कि जो लिख लेता है, उससे वह कभी सन्तुष्ट नहीं होता। हर प्रयोग को एक सीमा तक ले जाकर वह वहाँ से दूसरी दिशा में चल देता है। मन में अपने लेखन के प्रति जितना सन्देह जानता है, उतना ही वह उसे जस्टीफ़ाई करने की कोशिश करता है...।

वह बना हुआ लेखक नहीं,बनता हुआ लेखक है और यही उसकी सफलता का रहस्य है। बना हुआ लेखक अपने संस्कार के एक 'पिच' से लिखना आरम्भ करता है और जीवन-भर या तो वहीं बना रहता है, या फिर निरन्तर नीचे उतरता आता है। क्योंकि अपने कृतित्व को लेकर उसके मन में शंका नहीं होती, इसलिए उसकी हर नयी रचना नया प्रयोग न होकर पहली रचना की कांटीन्युटी होती है—या वह नहीं होती। ऐसा लेखक किसी अजनबी प्रदेश में जाकर प्रयोग करता है, तो केवल अपने को 'एक्सपोज़' करके रह जाता है। बहुत-से लोग हैं जो पहली पुस्तक या पहली कहानी लिखने के बाद ज़िन्दगी-भर वही पुस्तक और वही कहानी लिखते रहते हैं—बीस-बीस साल के लड़के-लड़कियों की भावुकता को 'स्तर-स्तर पर' छूने के लिए अपना वही घिसा-पिटा फ़ॉरमूला दोहराते रहे हैं। उनके लेखन में प्रगति नहीं होती क्योंकि उन्हें अधूरेपन का एहसास कभी नहीं सताता। मगर मेरा यह दोस्त क्योंकि इस एहसास का ही मारा हुआ है, इसलिए उसका लेखन निरन्तर परिमार्जित होता गया है और होता जा रहा है।

मगर आदमी निहायत अनप्रिडेक्टेबल है। कब क्या कहेगा, क्या कर बैठेगा, इसका कुछ ठिकाना नहीं। घर की सुख-सुविधा हो, तो आज आपको लिखने के लिए अज्ञातवास चाहिए...और अज्ञातवास में आपको कनॉट प्लेस, चौरंगी, सब-कुछ साथ चाहिए। आदमी इससे कुछ कहे, इसके लिए ज़रूरी है कि उसके पुट्ठे काफ़ी मज़बूत हों। क्योंकि बातों से बस नहीं चलेगा, तो यह कमरे में एक घूँसा जमा देगा। उसे आप झेल जाएँ, तो गरदन पर सवार हो लेगा। आप इसे नीचे पटक दें, तो हाथ पर हाथ मारकर हँसेगा और पाजामे से धूल झाड़ता हुआ उठकर कहेगा, ''मार दिया! मार दिया साले को! साहित्य में भी तेरी यही दुर्गति करनेवाला हूँ। अभी से अपना और अपने साहित्य का बीमा करा ले। नहीं तो साले, दोनों को कोई रोनेवाला भी नहीं मिलेगा।''

साहित्यिक जीवन में अकसर दोस्ती दो-चार साल से ज़्यादा नहीं चलती। इस बीच एक-दूसरे के 'घटियापन' के काफ़ी सबूत जमा हो जाते हैं। जो दोस्ती इससे ज़्यादा चलती है, उसके पीछे किसी-न-किसी स्ट्रेटजी का हाथ रहता है। स्ट्रेटजी फ़ेल हुई नहीं कि दोस्ती से हाथ झाड़ लिये गये। दूसरों को आश्चर्य होता है (और आश्चर्य भी कहाँ होता है?) कि जिसे इतने दिन दोस्ती कहा जाता रहा, वह सिर्फ़ एक कोशिश थी, और कोशिश से ज़्यादा एक ज़रूरत, सिर्फ़ एक बेचारगी! मगर इस अर्थ में हम लोगों की दोस्ती आज तक हुई ही नहीं। दोस्ती या दुश्मनी जो भी है, लड़ते-झगड़ते हुई थी, उसी तरह चल रही है, और चलती रहेगी। कारण कि मैं यह बिना एक्स्क्लेमेशन मार्क के इस आदमी के बारे में सोच ही नहीं सकता, और इस आदमी को अपने नाम के साथ यह पंक्चुएशन मार्क बिल्कुल पसन्द नहीं।

कोई ग़लतफ़हमी नहीं

डॉक्टर मदान का पत्र आया था। लिखा था, ''जुलूस निकलनेवाला है। ताली पीटनेवालों में लोग तुम्हारा भी नाम चाहते हैं। पता उन्हें बता दिया है।''

और मुझे लगा जैसे मैं चंडीगढ़ में हूँ, मंच पर डॉ. मदान के गले में माला पहनायी जा रही है, कन्धे पर दोशाला ओढ़ाया जा रहा है, हाथ में अभिनन्दन ग्रन्थ दिया जा रहा है, और सामने दर्शकों की पंक्ति में बैठा अफ़ग़ानी टोपीवाला एक आदमी, जो कि असली डॉ. मदान है, पान चबाता हुआ अपने साथ की कुरसी पर बैठे मोटे चश्मेवाले व्यक्ति अर्थात मुसझे कह रहा है, ''यार, इनसे कहो अब बस भी करें। खाने का वक़्त हो गया है, लोगों को भूख लगी होगी। वे ताली पीटें और चलनेवाले बनें। क्यों ख़ामख़ाह अपना और दूसरों का वक़्त ख़राब कर रहे हैं।'' और उसके बाद, अभिनन्दित होकर मंच से उतरते डॉ. मदान को यह आदमी हँसकर आवाज़ देता है, ''आ जाओ, आ जाओ, मदान साहब, यहाँ आपके लिए कुरसी ख़ाली रखी है। देखो, ज़रा सँभलकर आना, दोशाला मैला न हो जाए।''

मुझे हैरानी नहीं होगी अगर अपने अभिनन्दन के समय डॉ. मदान सचमुच कोई इस तरह की बात कह बैठें—बल्कि न कहें, तभी हैरानी होगी। डॉ. मदान की सबसे बड़ी ख़ूबी यही है कि जहाँ दूसरों की ग़लतफ़हमियाँ झाड़ने में उन्हें कमाल हासिल है, वहाँ अपने बारे में किसी तरह ग़लतफ़हमी वे नहीं पालते। जितना मज़ाक़ दूसरों से करते हैं, उससे ज़्यादा अपने से कर लेते हैं। कभी-कभी अपने से किये मज़ाक़ की हद यहाँ तक पहुँच जाती है कि दूसरों को ग़लतफ़हमी होने लगती है। इससे डॉ. मदान को मज़ाक़ का एक नया विषय मिल जाता है।

मुझे याद है डॉ. मदान से जब परिचय हुआ, तो मैंने बहुत औपचारिक ढंग से उनसे कहा था, ''नाम बहुत सुना है। बहुत ख़ुशी हुई आपसे मिलकर।'' पर मुझे कोफ़्त हुई जब उन्होंने जवाब में ऐसी ही कोई बात कहने की जगह कहा, ''छोड़ो यार! ख़ुशी-उशी जो लोगों को एक-दूसरे से मिलकर होती है,वह मैं सब जानता हूँ। चलो, कहीं बैठकर चाय या कॉफ़ी की एक प्याली पीते हैं।''

कोफ़्त के साथ सचमुच ख़ुशी भी हुई थी इसलिए कि उम्र और रुतबे में बड़े होने

पर भी पहली बार किसी आदमी ने मेरे ऊपर उसकी रौब डालने की कोशिश नहीं की थी। शुरुआत ही वहाँ से की थी जहाँ लोग महीनों के परिचय के बाद पहुँच पाते हैं। पहले ही दिन साथ-साथ कॉफ़ी पीते हुए मुझे एक हैरानी यह भी हुई कि युनिवर्सिटी से सम्बद्ध होते हुए भी इस व्यक्ति ने नये-से-नये लोगों की नयी-से-नयी रचनाएँ पढ़ रखी थीं। उन सबके बारे में उसकी अपनी एक अलग राय भी थी। बात करते हुए मुझे थोड़ा संकोच भी हुआ क्योंकि जिन-जिन रचनाओं का उन्होंने ज़िक्र किया, उनमें से कुछ मैंने तब तक पढ़ी नहीं थीं। यह बात उनसे छिपी नहीं रही क्योंकि उठते हुए अपनी ख़ास कत्थई हँसी के साथ उन्होंने कह ही दिया, ''हमारे लेखकों में एक बहुत अच्छी बात है कि अकसर वे एक-दूसरे की रचनाएँ नहीं पढ़ते। पढ़ते भी हैं, तो सिर्फ़ अपने को इतना विश्वास दिलाने के लिए कि उनके अलावा और लोग भी कुछ ख़ास नहीं लिख रहे।''

उसके बाद वह कत्थई हँसी इतनी देर तक गूँजती रही कि आज भी उसकी आवाज़ कानों में बनी है।

जिन दिनों मैंने बिशप कॉटन स्कूल में पढ़ाना शुरू किया, डॉ. मदान भी शिमला में थे। हर रोज़ स्कैंडल पॉइंट पर भेंट हो जाती। रीडरों-एडिटरों के कई-एक गम्भीर चेहरों के बीच उनका हँसता चेहरा अलग ही पहचाना जाता। गम्भीर लोगों की संगत मुझे रास नहीं आती, इसलिए कई बार मैं आँख बचाकर निकल जाने की कोशिश करता। तभी एक डोर पीछे से लपेटकर खींचलेती। डॉ. मदान की आवाज़ भीड़ के कन्धे छीलती हुई मुझे तक आ पहुँचती, ''अरे क्यों कन्नी काटकर जा रहा है? इन लोगों से कतराने की ज़रूरत नहीं। ये सब अपने घरों को जा रहे हैं—इनकी बीवियाँ इनका इन्तज़ार कर रही हैं।''

और पास आने पर कहते, ''ब्याह कराने का बस एक ही फ़ायदा है। आदमी को दोस्तों से इजाज़त लेकर घर जाने का बहाना मिल जाता है। यूँ चाहे अपने घर न जाकर जाना किसी और ही के यहाँ हो।'' बेतक़ल्लुफ़ी उस हद तक कि कच्चे पैरों पर चलनेवाले आदमी के पैर उखड़ जाएँ। सच्चाई उस सीमा तक कि बात करनेवाला अपने लबादे के बटनों पर हाथ रखे रहे। बेलागपन यहाँ तक कि किसी बड़े-से-बड़े का भी लिहाज़ न रखा जाए। दो टूक बात इतनी कि सुननेवाला चौंककर देखता रह जाए। आज तक मैंने जितने लोगों को जाना है,उनमें अन्दर और बाहर से एक ही सतह पर जीनेवाला ऐसा दूसरा आदमी मुझे नहीं मिला। चेहरे पर कोई नक़ाब नहीं,ब ात में कोई उलझाव नहीं। खुलापन उस हद तक कि दूसरा पूरी तरह न खुल सके, तो सामने टिक ही न पाये। बहुत कम लोगों में यह सामर्थ्य रहती है कि दूसरे के अन्दर के आदमी को आँखें झुकाये बाहर निकल आने पर मजबूर कर दें। डॉ. मदान उन्हीं थोड़े-से लोगों में से हैं। अपने मन में कोई कुंठा नहीं, दूसरे के मन में कोई कुंठा रहने नहीं देंगे। किसी ने ज़रा घुमावदार बात की नहीं कि झट कह

देंगे, "छोड़ यार, क्यों नयी कविता में बात कर रहा है? काग़ज़ पर लिखकर कहीं छपा देगा, तो कुछ पैसे भी मिलेंगे! मुझसे क्या मिलेगा? मुझसे तो तू साफ़-साफ़ बात कर।"

दो-एक बार मिलने पर आदमी को यही लगता है कि डॉ. मदान हँसमुख और दोस्त-तबा आदमी हैं, खाने-पीने के शौक़ीन हैं, किसी भी तरह की सीरियसनेस शायद उनके स्वभाव में नहीं है। घर जाने पर आदमी पाएगा कि वे लुँगी और बनियान पहने किचन में खड़े हैं और हाँड़ी में कलछी चला रहे हैं। नौकर पास में खड़ा सबक ले रहा है कि मुर्ग़-मुसल्लम में क्या-क्या मसाला पड़ता है और रोग़नजोश को किस तरह जोश दिया जाता है। नौकर कितना ही क्यों न सीख जाए, हाँड़ी में कलछी फिर भी वे ख़ुद ही चलाएँगे। यह उन्हें बरदाश्त नहीं कि ज़रा-सी ग़फ़लत से शोरबे के रंग और स्वाद में फ़र्क़ पड़ जाए। कोई ख़ास मेहमान बाहर से आये, तो उसे अपने हाथ से कढ़ी बनाकर ज़रूर खिलाएँगे—और शक नहीं कि उस तरह की कढ़ी उस आदमी ने पहले नहीं खायी होगी। खाने की मेज़ पर जो चार तरह के अचार पेश होंगे, वे सब उनके ख़ुद के डाले हुए होंगे और उन सबका अपना ही एक ज़ायका होगा। खाने के बाद पानदान से पान भी वे ख़ुद ही लगाकर देंगे : जो लोग ज़रदे के शौक़ीन नहीं, उन्हें भी एकाध बार ज़रदा चखने का मौक़ा उनके यहाँ मिल जाएगा। उनके यहाँ जो भी चीज़ मिलेगी, उसकी अपनी एक रंगत और अपना ही एक लुत्फ़ होगा। पर सबसे ज़्यादा पुर-रंग और पुर-लुत्फ़ होगी यह बात जो कि खाने और पान चबाने के साथ-साथ चलती रहेगी। "क्यों भाई, सुना है आजकल अपने वारिसों के लिए ईंटें और चूना छोड़ जाने का इन्तज़ाम कर रहे हो!" या "बहुत दिनों से इलाहाबाद से किसी की चिट्ठी नहीं आयी। लगता है वहाँ सब लोगों का स्वास्थ्य आजकल ठीक चल रहा है।"

पर गरमी की भरी दोपहर में कोई अचानक उनके यहाँ पहुँच जाए, तो एक बिल्कुल दूसरे ही व्यक्ति से उसका परिचय होगा।

चारों तरफ़ फैली किताबें—फैली, पर बिखरी हुई नहीं। सहेजकर रखी फ़ाइलें—पत्र-पत्रिकाओं की, अपने काग़ज़ों की। पास ही पानी की सुराही काँच के गिलास से ढँकी हुई। माथे और गले से बहता पसीना, सारे शरीर की यात्रा करता हुआ। एक अधलिखे काग़ज़ पर रुकी क़लम, सोच में डूबी हुई।

आप दरवाज़े पर दस्तक दें, तो यह आदमी चौंककर सिर उठाएगा। दरवाज़ा खोलकर पल-भर अचकचायी नज़र से देखता रहेगा। फिर मुसकराकर कहेगा, "आओ, आओ।" पर इससे पहले कि आप कुरसी पर बैठ पायें, कह रहा होगा, "बिखराव बहुत है कथावस्तु में, हालाँकि जीवन का अध्ययन बहुत अच्छा है!" आप आँख घुमाकर देखें, तो सामने 'बूँद और समुद्र' औंधा पड़ा नज़र आएगा। जगह-जगह उसमें स्लिपें लगी होंगी। उठाकर देखें, तो हर पन्ने पर कई-कई

पंक्तियाँ काली पेन्सिल से रेखांकित होंगी। हाशिये में एक-एक दो-दो शब्दों में कमेंट दिये होंगे : 'अस्पष्ट जीवनदृष्टि', 'युगबोध', 'अनावश्यक विस्तार', 'कंट्राडिक्शन'। डॉ. मदान उस समय सामने नहीं होंगे। गुसलख़ाने की तरफ़ से उनकी आवाज़ आ रही होगी, "गली-मुहल्लों के जीवन का इतना सुन्दर चित्रण आज तक हिन्दी के किसी उपन्यास में नहीं हुआ। मेरे विचार में इसका स्थान हिन्दी के पहले तीन उपन्यासों में होना चाहिए। अगर बीच में मथुरा का लम्बा यात्रा-विवरण न रहता, तो उपन्यास का महत्त्व और अधिक होता। मैं नागर से पूछना चाहता हूँ कि बीच में यह बाबाजी किसलिए डाल दिये हैं? आगरेवालों को यह ख़ास बीमारी है। अच्छा लिखकर साथ में नज़रबट्टू ज़रूर लगा देते हैं। तुम राजेन्द्र यादव को ही लो...।"

और जब तक आप मुँह खोलें, पान का बीड़ा आपके हाथ में आ जाएगा। ज़रदे की गुत्थी में से चुटकी भरते हुए वे कह रहे होंगे, "थोड़ा-सा ले लो। बग़ैर ज़रदे के पान खाना घास खाने के बराबर है।"

आप अगर लेखक हैं, तो ज़रदे की चुटकी पान में छुड़वाने से पहले आपको सुनने को मिल जाएगा, "तुम्हारी इधर की दोनों कहानियाँ पसन्द नहीं आयीं। तुम्हें यह आत्मपरकता का रोग कब से छाने लगा है? मुझे लगता है दिल्ली में रहनेवाले सब लेखक एक ही दरज़ी के यहाँ से कपड़े सिलाने में विश्वास रखते हैं। यह फ़ैशनपरस्ती तुम लोगों की रचनाओं को मार देगी, यह अच्छी तरह समझ लो।"

और उसके बाद आप अंडमान भी चले जाएँ, तो अचानक किसी दिन यह पोस्टकार्ड आपको डाक से मिल सकता है : 'प्रिय रवीन्द्र, साहित्यिक क़द ऊँचा उठ रहा है'—इन्द्रनाथ मदान। या 'प्रिय राजेन्द्र, शिल्प और कथ्य में सामंजस्य आ रहा है'—इन्द्रनाथ मदान। या : 'प्रिय राकेश, पाँचवें माले से नीचे मत उतरो'—इन्द्रनाथ मदान।

जो व्यक्ति लकीर से हटकर सोचे और बँधी-बँधायी परिपाटी से निकलकर बात करे, उसे सही-सही समझ पाना कई बार बहुत कठिन होता है। ख़ासतौर से ऐसे व्यक्ति को जो यह सोचकर चले कि जितना उसने पढ़ा है, कम-से-कम उतना दूसरों ने भी पढ़ा ही होगा। इसलिए डॉ. मदान की साहित्यिक सूक्तियाँ कई बार लोगों को कुछ विचित्र-सी लगती हैं और अचम्भे में डाल देती हैं कि आख़िर यह आदमी कहना क्या चाहता है! जो उनके विनोदी स्वभाव से परिचित हैं,वे सोचते हैं कि बात शायद मज़ाक़ में कही गयी है। गम्भीर-से-गम्भीर बात करते हुए भी डॉ. मदान अपने स्वभाव की विनोदप्रियता बनाये रखते हैं—यह शायद उनकी कमज़ोरी है। दूसरी नज़र से देखा जाए, तो यह विनोदप्रियता ही उनकी बात में एक अपनी निजता और ख़ास तरह की चुभन ला देती है। उस वक़्त उनकी बात को आदमी हँसकर टाल दे, मगर बाद में अन्दर-ही-अन्दर कहीं एक अस्थिरता ज़रूर महसूस

करता है। घुमावदार शब्दों में लिखी गयी अकादमीय आलोचनाएँ अपने बारे में सोचने के लिए उस तरह मजबूर नहीं करतीं जिस तरह चाय बनाते या सेब काटकर देते हुए अनायास कहीं डॉ. मदान की बातें। डॉ. मदान की सबसे बड़ी ख़ूबी उनके खरेपन में है—यह खरापन किसी तरह के समझौते या उलझाव का अवकाश ही नहीं देता। उनके व्यक्तित्व में एक आशुता, एक डायरेक्टनेस है जिसके कारण वे भूमिका के रास्ते अपने कथ्य तक नहीं आते। भूमिका या अपने कथ्य के प्रति क्षमा-याचना की भावना उनमें कहीं नहीं मिलेगी। 'हालाँकि', 'फिर भी', 'तो भी' का प्रयोग वे बिल्कुल नहीं करते। जो भी बात कहनी हो, सीधे से कह देंगे—हर दोस्ती और दुश्मनी को ताक पर रखकर। इससे कई बार लोग चिढ़ उठते हैं। कई बार बुरा मान जाते हैं। पर यह भूमिकाहीन व्यक्ति इन बातों की चिन्ता नहीं करता। बात कहकर वह उस बात से आगे किसी और विषय में सोचने लगता है और सुननेवाला अभी पहली बात के घेरे से निकल नहीं पाता कि बात का विषय बदल जाता है।

रचनाओं के सम्बन्ध में अपनी राय व्यक्त करने में जितना बेलागपन डॉ. मदान में है, उतना ही लगाव उनके मन में रचनाकरों के प्रति है। अश्क हों या यशपाल, रेणु हों या कमलेश्वर, मन्नू हों या अमरकान्त, दूर रहते हुए भी सबके जीवन में वे एक व्यक्तिगत दिलचस्पी रखते हैं, उनकी ख़ुशियों और परेशानियों में एक निजी ख़ुशी और परेशानी महसूस करते हैं। उन लेखकों तक उनके मन की बात पहुँच पाये या न पहुँच पाये, आसपास के लोगों को डॉ. मदान के इस लगाव का परिचय मिलता ही रहता है। अपने अकेलेपन में रहते हुए भी वे जीते उस अकेलेपन में नहीं—साहित्य के क्षेत्र में जितना सृजनशील वर्ग है, उसके साथ वे एक आन्तरिक परिवार-भावना से जुड़े रहते हैं। पिछले पन्द्रह-बीस वर्षों में यह मानसिक परिवार धीरे-धीरे बढ़ता गया है—आज भी आये दिन उसके सदस्यों की संख्या में वृद्धि होती रहती है। परिवार के लोग इस सम्बन्ध को जानें या न जानें, डॉ. मदान अपनी एक-तरफ़ा सम्बन्ध-भावना से सन्तुष्ट रहते हैं। परिवार के लोग इसे न समझ पायें, या ग़लत ढंग से लें, तो भी उनकी भवना में अन्तर नहीं आता। तब वे हँसकर इतना ही कह देते हैं, "यह सब तो चलता ही रहता है। इन बातों को ज़्यादा महत्त्व नहीं देना चाहिए।"

और अब मुझे लग रहा है कि मैं मंच पर खड़ा यह लेख पढ़ रहा हूँ। भीड़ में जो चेहरा सामने नज़र आ रहा है, वह डॉ. मदान का है। वे पास बैठे व्यक्ति से कुछ बात कर रहे हैं। अचानक मुझसे आँख मिलने पर वे मुसकराते हैं और डिब्बी में से पान निकालते हुए कहते हैं, "भई, इसे पानी-वानी पिलाओ, बेचारे का गला सूख रहा है।"

और भीड़ से जो ताली की आवाज़ सुनाई देती है, वह मेरे लेख के लिए नहीं, डॉ. मदान के इस रिमार्क के लिए ही है।

एक उनींदा शहर

दिल्ली : रात की बाँहों में

ऐसा बेहूदा शहर है कि कोई बात क़ायदे से नहीं होती। दिन अभी बीत नहीं पाता कि अचानक रात हो जाती है।

रात क़ायदे से होती है, तो पहले ज़मीन-आसामन के रंग बदलते हैं। पानी की सतह पर रंगीन जालियाँ बुनी जाती हैं। हवा में झुटपुटे की आवाज़ें तैरती हैं, हल्की-गहरी ख़ुशबुएँ उठती हैं। गिरजे-मन्दिर की घंटियाँ या मिल का भोंपू सुनाई देता है। दो चिड़ियाँ चहकती हैं या चार मज़दूर मिलकर कोई गीत छेड़ देते हैं। और कुछ न हो, तो थोड़ी देर के लिए एक ख़ामोश वक़्फा ही रहता है। मगर यहाँ...यहाँ दफ़्तर से निकलकर क्यू में सरकते हुए बस के अन्दर दाख़िल नहीं हो पाते कि रात हो जाती है।

ज़्यादातर लोगों के लिए दिन के बीतने का यही एक सबूत है कि दफ़्तर बन्द हो जाते हैं। दफ़्तरों के बाद दुकानें बन्द हो जाती हैं। दुकानों के बाद एक एक करके घरों के दरवाज़े बन्द हो जाते हैं। उसके बाद रात की ज़िन्दगी शुरू होती है—कुत्तों के भौंकने और पहरेदारों के आवाज़ लगाने से—'जागते रहो!'

जागते रहो और करो-धरो कुछ नहीं। चारपाई पर पड़े-पड़े करवटें बदलो। कोई किताब (उधार माँगकर लायी हुई) पढ़ने के लिए उठाओ और तकिये के नीचे रख दो। रेडियो की सूई घुमाओ ओर बीवी को दफ़्तर के क़िस्से सुनाने लगो। पास के घर से लड़ाई-झगड़े की आवाज़ें सुनो और आसमान में सलीब बनाओ। एक बार चारपाई से उठकर टहलो, दो बार पानी पियो। फिर लेटकर हिसाब लगाओ कि दिन में कितना ख़र्च किया, कौन-कौन साला चाय और कॉफ़ी का चूना लगा गया। फिर प्रोग्राम बनाओ के दूसरों को चूना लगाने के लिए क्या तिकड़म करनी चाहिए। आख़िर इस हक़ीक़त तक पहुँचो कि लोग बड़े कमीने हैं, उन्हें चूना नहीं लगाया जा सकता। फिर दूसरों के ख़र्राटों की आवाज़ पर खीझते हुए ख़ुद ख़र्राटे भरने लगो।

नौ बजे भौंकना शुरू करके ज़्यादातर कुत्ते ग्यारह बजे तक ख़ामोश हो जाते हैं। जो ज़्यादा वफ़ादार हैं,या जिनकी कुतियाँ उन्हें रँडुआ छोड़ गयी हैं, वे बारह-एक तक

ओवर-टाइम भौंक लेते हैं। जब भौंकने की ताक़त बिल्कुल नहीं रह जाती, तो अपने-अपने सेहन में टाँगें पसार लेते हैं। कुद देर लेटे-लेटे मध्य-वर्ग की मजबूरियों पर ग़ुर्राते हैं, फिर टाँगें आसमान की तरफ़ उठाकर अकेलेपन की समस्या पर विचार करते हैं। सड़क पर ज़रा भी आहट सुनाई देती है तो कान खड़े करके सुनने लगते हैं। जब आहटें बिल्कुल रुक जाती हैं, तो अपनी साँसें गिनते-गिनते सो जाते हैं।

मगर सब नहीं सो पाते। कुछ सारी-सारी रात जागकर रामलीला ग्राउंड में करवटें बदलते हैं। आठ बजे से ग्राउंड की हरी घास पर लोटना शुरू करते हैं, पर घास अपनी सारी ठंडक देकर भी उनके अन्दर की तपिश को नहीं मिटा पाती। वे बार-बार घास को सूँघते-चाटते हैं, मिट्टी से अपनी थूथनी रगड़ते हैं और सूखी जीभ लपलपाते हुए हवा में दाँत गड़ाने की कोशिश करते हैं। मगर जब किसी भी तरह राहत नहीं मिलती तो झुग्गियों की क़तार के पीछे पुलनुमा चबूतरे पर चढ़ जाते हैं और वहाँ लेटे अकेले लोगों के पैरों को नकुटाने लगते हैं।

'दुरे-दुरे!' अकेले लोगों की लम्बी क़तार में से एक छब्बीस-अट्ठाईस साल का गबरू जवान जागकर उठ बैठता है। कुत्ते एक आज़िजी को नज़र उस पर डालकर झुग्गियों की तरफ़ भाग जाते हैं। जवान उन्हें गाली देकर फिर से लेटने की तैयारी कर रहा होता है कि झुग्गियों की तरफ़ से आती हवा औरत के जिस्म की गन्ध उस तक ले आती है। वह थोड़ा और सीधा होकर बैठ जाता है। उसके हाथ में फँसकर फटी हुई दरी का सूराख़ पहले से बड़ा हो जाता है। वह देर तक आसपास के अँधेरे को घूरता रहता है। पर गन्ध के अलावा कोई सुराग़ न पाकर नीचे के बनावटी टीलों और उनमें से बहकर जाते पानी की तरफ़ बेबसी से टाँगें पसार देता है।

तभी हवा में चूड़ी की हलकी छनक सुनाई दे जाती है।

उसके सिर के बाल खड़े हो जाते हैं। आँखें फटने को आ जाती हैं। नाक हवा की हर गन्ध को सूँघना ही नहीं, निगल जाना चाहती है। तुर्कमान गेट के बाहर कोई घोड़ा हिनहिना उठता है।

वह जेब से बीड़ी निकालता है और ग़ुस्से से तीली को माचिस पर घिसने लगता है। दो बार,चार बार, छह बार, घिसने पर भी सीली हुई तीली जलने में नहीं आती। उसका मन होता है कि माचिस फेंककर बीड़ी को मसल दे और बाँस में फूँक दे-देकर चूल्हा सुलगाते गाड़ीवान के पास जाकर उसका बाँस छीन ले। फिर उस बाँस से सब कुत्तें और घोड़ों की वह पिटाई करे, वह पिटाई करे कि ज़िन्दगी-भर के लिए उन्हें ग़ुर्राना और हिनहिनाना भूल जाए। हरामज़ादे रात-भर जान को खुजलाते हैं और ठीक से नींद नहीं आने देते।

तुभी झुग्गियों की तरफ़ से एक महीन आवाज़ कानों को सहला जाती है। उसकी

माचिस जल उठती है और पैर कस जाते हैं। बीड़ी के लम्बे-लम्बे कश खींचता हुआ वह दरी की सलवटें निकालने लगता है। महसूस करता है कि कानों के बहुत पास जो धौंकनी-जैसी आवाज़ सुनाई दे रही है, वह उसकी अपनी साँसों की है। वह आवाज़ से बचने के लिए पीछे पैडेस्टल से टेक लगा लेता है।

तुर्कमान गेट के बाहर भइया लोगों की मंडली कीर्तन शुरू कर देती है।

बृन्दाबन चन्द भजो!
राधे गोबिन्द, भजो!
ओ बृन्दाबन चन्द भजो!
रा-धे गो-बिन्द भजो!
बृन्दाबन चन्द भजो!

उसका ध्यान पैडेस्टल से बाहर निकली दो सलाखों पर अटक जाता है। लगता है वे सलाखें आसमान के पेट में गुदगुदी कर रही हैं—थोड़ी देर में आसमान मारे गुदगुदी के हँस देगा और भइया लोगों की आवाज़ें उस हँसी में डूब जाएँगी। कैसा मज़ाक़ था यह कि पैडेस्टल की सलाखें बाहर निकलकर उनका बुत वहाँ से ग़ायब कर दिया गया। क्या वह बुत कहीं और पड़ा कुनमुना रहा था? और सलाखें? वे क्या रात-रात-भर आसमान में उन पत्थर के पैरों को ही नहीं ढूँढ़ती थीं जो उनके लिए बने थे, पर उनसे उखाड़कर न जाने किस तहख़ाने में बन्द कर दिये गये थे—

ओ बृन्दाबन
चन्द भजो !
राधे
गोबिन्द भजो!
बृन्द्दाबन्न
चन्द्द भज्जो!
राध्धे
गोबिन्द्द भज्जो!
बृन्दाबन चन्द भजो!
नन्द भजो नन्द भजो!

अचानक धूल उड़ने लगती है।

ईवनिंग न्यूज़ का एक फटा पन्ना दिल्ली गेट की तरफ़ उड़ चलता है : 'पुलाउ सेनांग द्वीप में बन्दियों का विद्रोह' : 'रूसी-चीनी वार्ता गतिरोध की स्थिति में' : 'चीनी सेनाओं द्वारा भारतीय सीमा का अतिक्रमण'...।

फटा पन्ना उड़ता जाता है, उड़ता जाता है—जैसे कि धूल का बवंडर एक दुश्मन हो, जिससे किसी भी तरह वह अपने को बचा लेना चाहता हो। बवंडर को चीरती दो

रोशनियाँ तेज़ी से उसे पा लेती हैं और एक पहिया उसे कुचलकर सड़क के पिघले कोलतार से चिपका देता है। फटा पन्ना चीथड़े-चीथड़े होकर भी पंख फड़फड़ाता रहता है : 'भारत-रक्षा क़ानून में फ़िलहाल संशोधन नहीं होगा'...।

पन्ने को कुचलकर निकली गाड़ी तेज़ी से आसिफ़अली रोड पार कर जाती है। फिर पागलों की तरह दिल्ली गेट के पास से रोड-आयलैंड का चक्कर काटकर वापस लौट पड़ती है। सड़क ख़ाली नहीं है। स्कूटर हैं, ट्रक हैं, टैक्सियाँ हैं, साइकिलें हैं और पैदल चलते लोग हैं। मगर गाड़ी शराबियों की चाल से सबके दायें-बायें होकर आगे निकलती जाती है। पुरुष का एक हाथ स्टियरिंग पर है, दूसरा साथ बैठी युवती के कन्धे पर। एक्सेलेरेटर पर दबाव कम करके वह उसे चूमने के लिए उसके होठों पर झुक जाता है। सहसा पीछे से तेज़ रोशनी दोनों पर पड़ती है और ज़ोर का हॉर्न बज उठता है। पुरुष सीधा होकर एक्सेलेरेटर को दबा देता है।

"डैम स्वाइन।"

"देखो, काफ़ी देर हो गयी है।"

"सिर्फ़ साढ़े नौ बजे हैं।"

"मुझे ग्यारह तक वापस पहुँच जाना चाहिए।"

"क्यों?"

"यूँ ही!"

"पर अभी तो...।"

"तो तुम भीड़ से बाहर क्यों नहीं निकल चलते?"

"कोई ऐसी जगह भी है जहाँ भीड़ न हो?..."

"जगहें बहुत-सी हैं।"

"जैसे?"

"तुम नहीं जानते?"

"ना।"

"यहाँ नये आये हो?"

"दो महीने से हूँ।"

"धीरे-धीरे जान जाओगे!"

"कब तक?"

वह फिर लड़की के होठों पर झुक जाता है। पीछे से हॉर्न और ज़ोर से बज उठता है। कार कमला मार्केट के पास से घूमकर अजमेरी गेट में दाख़िल हो जाती है।

"यह किधर चले आये?"

"जिधर हाथ घूम गया।"

हर चीज़ किसी चीज़ के पीछे दौड़ रही है। हर चीज़ किसी चीज़ से बचने के लिए परेशान है। हर चीज़ किसी दुर्घटना के साये में चल रही है। लग रहा है कि दुर्घटना सिर्फ़ एक फ़ुट के फ़ासले पर है। बचने के लिए ज़रूरी है कि जितना तेज़ हो सके, उतना तेज़ चला जाए। पैर, पैडल, एक्सेलेरेटर...जो जितना तेज़ चल सके। दुर्घटना सौ-सौ शक्लों में सामने से चली आती है। गधे की टाँगों से लिपटकर। भैंस के सींगों पर सवार होकर। हर पहियागाड़ी के पहियों में घूमती हुई। वह हर मोटर के अन्दर से हॉर्न देती है। हर साइकिल के हैंडल पर से घंटी बजाती है। आगे-पीछे, दायें-बायें, हर तरफ़ से सिर्फ़ एक फ़ुट के फ़ासले से लपकती आती है। ट्रिन-ट्रिन...गुर्र-गुर्र...हुआँ-हुआँ...!

"ओ मादर...क्यों बीमा कम्पनी का बेड़ा ग़र्क करने पर तुला है?"

"तेरी नाक बहुत चाऊँ-चाऊँ कर रही है? अभी एक घूँसा दूँगा, तो तीन दिन नकसीर फूटती रहेगी।"

"सूअर के बच्चे, ज़्यादा बकझक मत कर। नहीं तो दोनों पहिये निकालकर गले में डाल दूँगा।"

"अबे जा, जाकर माँ की ख़ैर मना! पता नहीं कितने पीर मनाकर तुझे लायी होगी।"

"तू क्या अपनी माँ को भूसे में पड़ा मिला था?"

"ठहर जा, तेरी...।"

ट्रिन-ट्रिन्...गुर्र-गुर्र...हुआँ-हुआँ...।

तेज़, तेज़ और तेज़। धीमे चलने से फ़ासला एक फ़ुट का भी नहीं रहेगा। रास्ता जहाँ से मिले, जिधर से मिले निकल जाओ। निकल जाओ और सोचो नहीं। सोचा नहीं कि फ़ासला एक फ़ुट से एक इंच, और बस। बस्स! बिल्कुल बस्स!

हर एक को जल्दी है। हर एक की गाड़ी छूटनेवाली है।

आसमान का रंग पीला पड़ने लगता है। लगता है कि आँधी उठकर अभी हर चीज़ की रफ़्तार को क़ैद कर लेगी।

पहिये और तेज़ घूमने लगते हैं। इससे पहले कि रास्ते धुँधले हो जाएँ, किसी-न-किसी तरफ़ से होकर निकल जाना चाहिए। कोई चोट खा जाए या कुचल जाए, तो उसके लिए रुका नहीं जा सकता। पैडल ज़ोर से मारो। एक्सेलेरेटर ज़ोर से दबाओ। चाबुक ज़ोर से चलाओ। जो पैर सामने आये, वह पैर काट दो। जो पहिया सामने पड़े, वह पहिया तोड़ दो। जल्दी करो जल्दी—गाड़ी छूट जाएगी।

पीले आसमान सफ़ेद करती इंजिन की भाप करवटें लेती है। गाड़ी छूटनेवाली है। इंजिन

के फ़ौलादी जिस्म में छिपी चीख़ हवा को चीर देने के लिए बेचैन है।

और गाड़ी के डब्बों में बन्द भीड़ इन्तज़ार कर रही है। डब्बों के बाहर प्लेटफ़ॉर्म पर जमा भीड़ इन्तज़ार कर रही है। उससे हटकर एक भीड़ वेटिंग हॉल में है, बाहर अहाते में है, सड़क पर है, फ़ुटपाथ पर है। यह सारी भीड़ इन्तज़ार कर रही है। सिगनल मिलते ही गाड़ी चल देगी—भाप के गोले आसमान को दाग़ने लगेंगे।...

पर अभी गाड़ी रुकी हुई है। चीख़ इंजिन के फ़ौलादी सीने में बन्द है। सिर्फ़ भाप के हल्के-हल्के गुंझल हैं, जो आसमान से सिर ख़ुजला रहे हैं।

हर चीज़ पर गर्द की परतें जम गयी हैं। हवा रुक रही है।

फ़ुटपाथों पर खोमचेवालों ने खोमचे समेटकर बिस्तर बिछा लिये हैं—बिस्तर अर्थात् दरियाँ,चटाइयाँ, बाँहें और हाथ-पैर। हवा रुकने के साथ-साथ सबकी क़मीज़ें, बनियानें उतरती जाती हैं। पसीने से लदे कपड़े बरदाश्त नहीं होते। कपड़े उतर जाने पर पसीने से लदे हुए जिस्म बरदाश्त नहीं होते। मन होता है कि और कुछ हो तो उसे भी उतार दिया जाए—खाल के अन्दर से पसीने से भींगे अपने-आपको निकालकर बाहर फैला लिया जाए। सब-कुछ तर-बतर है। गले की आवाज़, शरीर की भूख। किस तरह हो कि उन्हें भी निचोड़कर कहीं सूखने के लिए डाल दिया जाए...।

''बिशनदास!''

''हूँ।''

''यार, लगता है इस साल आसमान में पानी ही नहीं रहा।''

''सारा पानी अपने अन्दर जो समा गया है।''

''यार, लाहौर में थे, तो रात को खाट डालकर सो तो लेते थे।''

''लाहौर में दुकानदारी करते थे, यहाँ बादशाही करते हैं।''

''तुझे लाहौर की याद नहीं आती?''

जवाब—ख़ामोशी।

''घर की याद नहीं आती?''

जवाब—कुनमुनाहट।

''घरवाली और बाल-बच्चों की याद नहीं आती?''

जवाब—झुँझलाहट। ''छोड़ यार, कोई और बात कर।''

''लोगों ने यहाँ आकर झोपड़ों के महल बना लिये और अपन लोग...।''

''छोड़ न! कहा है न, कोई और बात कर।''

''वह हवेलीवाली दाई की लड़की थी न बनारसो...?''

‘‘हूँऽ।’’

‘‘एक दिन उसे स्कूटर में किसी के साथ देखा था।’’

‘‘फिर?’’

‘‘फिर कुछ नहीं। बस देखा था।’’

आसमान स्याह और साफ़ है। उसकी पेशानी पर पसीने की बूँदें चमक रही हैं। सड़क के बीचों-बीच ख़ुदी हुई नाली में से एक बिल्ली का बच्चा म्याऊँ-म्याऊँ कर उठता है। नाली से बाहर आकर एक बार साहस-भरी नज़र से इधर-उधर देखता है, फिर नाली में लौट जाता है।

एक आदमी उसे गाली देकर नाली के मलबे को ढाकर आती मोटरसाइकिल से उतर पड़ता है। तख़्ते पर से नाली पार करके वह सामने के क्वार्टर की कुंडी खटखटाता है।

‘‘मौसीजी!’’

दो बार और कुंडी खटखटाने पर दरवाज़ा खुलता है। एक झुँझलायी आवाज़ सुनाई देती है। ‘‘कौन हैं आप? किससे मिलना है?’’

‘‘मौसीजी से मिलना है...।’’

‘‘किन मौसीजी से मिलना है? यहाँ कोई मौसीजी नहीं रहतीं।’’

‘‘इस मकान का नम्बर क्या है?’’

‘‘आपको नम्बर से मतलब?’’

‘‘यहाँ सात बटा इक्कीस में...।’’

‘‘सात बटा इक्कीस वह साथ में है। मौसियाँ-भानजियाँ सब उसी में रहती हैं।’’

दरवाज़ा ज़ोर से बन्द हो जाता है। साथ बड़बड़ाहट सुनाई देती है : ‘‘चले आते हैं एक के बाद एक। मौसीजी से मिलना है।’’

एक मिनिट के बाद चरमर की आवाज़ के साथ सात बटा इक्कीस का दरवाज़ा खुल जाता है।

‘‘मौसीजी हैं?’’

‘‘आप कौन हैं?’’

‘‘मैं...मैं हूँ...मौसीजी को बुला दीजिए, वे मुझे जानती हैं।’’

‘‘वे घर पर नहीं हैं?’’

‘‘निर्मलाजी?’’

‘‘वे भी बाहर गयी हैं।’’

‘‘शन्नोजी भी नहीं हैं?’’

‘‘वे सो रही हैं।’’

‘‘अच्छा मौसीजी आयें तो कह दीजिएगा कि...मैं आया था।’’

"कह दूँगा।"

और उसी चरमर के साथ दरवाज़ा बन्द हो जाता है। मोटरसाइकिल मलबे को ढाती हुई लौट चलती है और बिल्ली का बच्चा फिर ऊपर आकर इधर-उधर देखने लगता है। 'म्याऊँ म्याऊँ म्याऊँ।'

फ़िलिप्स फ़ॉर लाइट एंड म्यूज़िक—आसिफ़अली रोड पर बना नियॅन साइन एक नज़र पुरानी और एक नज़र नयी दिल्ली की तरफ़ देख लेता है...।

फ़िलिप्सवाली आँख से उसे तुर्कमान गेट के अन्दर सड़क पर बिछी चारपाइयाँ नज़र आती हैं और लाइट एंड म्यूज़िकवाली आँख से मिंटो ब्रिज के उस पार की जगमगाहट जिसके सामने उसे अपना-आप फीका लगता है। उसकी एक आँख हमदर्दी से उदास हो जाती है, दूसरी हीन-भावना से।

दुकानें बन्द होने के साथ-साथ गेट के अन्दर चारपाइयों की संख्या बढ़ती जाती है। सड़क सड़क नहीं रहती, एक पुरानी हवेली का आँगन बन जाती है। एक चारपाई पर चार आदमी ताश खेलते हैं,दूसरी पर कुछ लोग राजनीति की ख़ाल टटोलते हैं। घरों के अन्दर से दूध और पानी के गिलास वहीं चारपाइयों पर पहुँचा दिये जाते हैं—पान के बीड़े तीन-तीन चारपाइयों आगे तक पेश होते हैं। हलवाइयों और पनवाड़ियों की दुकानों के बाहर चार-चार छह-छह के गिरोह रेडियो सुनते हैं, शेरो-शायरी करते हैं। कुछ घरों की नीची खिड़कियों से झाँकती लड़कियाँ मुसकराती रहती हैं। शेरो-शायरी के अर्थ समझ में न आयें, आशय ज़रूर उनकी समझ में आ जाते हैं। ठस्-ठस्-ठस् की आवाज़ से सोडा और कोकाकोला की बोतलें खुलती हैं और नमक-मिर्च मिलाकर, नींबू निचोड़कर, घरों के अन्दर भेज दी जाती हैं। बाहर के लिए चाँदी के कटोरों में अर्क काज़बान में 'असली केसर-कस्तूरी' का रस मिलाया जाता है। रस पीकर कुछ लोग बाँहों में बाँहें डाले, कानों में इत्र के फाहे दिये, यहाँ से वहाँ झूमते फिरते हैं :

देख हमें आवाज़ न देना
ओ बेदर्द ज़माने!

लगता है कि सब-के-सब हवेली के मेहमान हैं—ऐसे मेहमान जिन्हें अपनी देखभाल ख़ुद करनी होती है। हवेली का मालिक कोई नहीं है। कई सौ सालों से नहीं है। मेहमान आये हुए हैं और डटे हुए हैं। इन्तज़ार में हैं कि एक-न-एक दिन हवेली का कोई वारिस आएगा और आकर उनका हाल-चाल पूछेगा। उस दिन वे अपने सब शिकवे निकाल लेंगे। सब माँगें पूरी करवा लेंगे। पिछले सब ख़ाते वसूल कर लेंगे।

और सड़क पर दूसरा कोरस शुरू हो जाता है :

ज़िन्दगी-भर नहीं भूलेगी
वह बरसात की रात,

एक अनजान मुसाफ़िर से

मुलाक़ात की रात!

अपनी दुकान के ऊँचे थड़े पर चारपाई डालकर लेटा एक अधेड़ आदमी बार-बार कुढ़कर गानेवालों की तरफ़ देखता है और मुँह में गाली देता है। फिर सोने की कोशिश करता है, फिर देखता है और फिर गाली देता है। नीचे सड़क पर बिछी चारपाई पर उसका लड़का भी बार-बार उसी तरह कुढ़ता है और मन में बाप को गाली देता है। बाप की तरफ़ से उसे नौ बजे सोने का हुक्म है जबकि उसका मन होता है कि वह भी अर्क क़ाज़बान पीकर बारह बजे तक सड़कों पर टहले और झूमनेवालों के साथ झूमता हुआ उसी तरह गाता फिरे :

रूठने वाली मेरी बात से मायूस न हो,
बहके-बहके-से ख़यालात से मायूस न हो,
ख़त्म होगी न कभी तेरे-मेरे साथ की रात...।

वह बार-बार आँखें झपकाता है और आवाज़ों की टोह लेता है। गाने की आवाज़ दूर चली जाती है, तो सामने घर की बन्द खिड़की पर कान लगा देता है। खिड़की के पीछे की हर आहट उसे किसी के पैरों की आवाज़ जान पड़ती है। वह देखता रहता है और सोचता है कि अभी खिड़की खुलेगी, अभी खुलेगी। ऊँघ का झोंका आता है, तो उसे लगता है कि खिड़की खुल गयी है, और दो पतली-पतली कलाइयाँ सलाखों पर झुक आयी हैं। वह झटके से आँखें खोल लेता है। निराश होकर देखता है कि खिड़की उसी तरह बन्द है। किवाड़ों केपीछे की आहटें रुक गयी हैं। पर दूसरी बार ऊँघ आते ही आहट फिर सुनाई देती है, किवाड़ फिर खुल जाते हैं, कलाइयाँ फिर झुक जाती हैं...।

और उसका बाप नींद में भी उसी तरह बड़बड़ाकर गालियाँ दिये जाता है।

फ़िलिप्सवाली आँख झपने लगती है, तब भी लाइट एंड म्यूज़िकवाली आँख खुली रहती है। ग़ुर्राती बसें और तड़फड़ाते फटफटिया मिंटो ब्रिज की तरफ़ भागते जाते हैं। आसिफ़अली रोड और मिंटो ब्रिज के बीच का बफ़र ज़ोन पार करते ही उनके पुरज़ों की आवाज़ बदलने लगती है, चाल में फ़र्क़ आ जाता है। ओडियन और सिन्धिया हाउस पार करके रीगल पहुँचते-पहुँचते सारा संस्कार दूसरा हो जाता है।

अड्डे के सामने टी-हाउस की भीड़ छितरा रही होती है।

अन्दर ज़ोर का ठहाका लगता है, तो बाहर निकलते एक वायोवृद्ध साहित्यकार ठिठक जाते हैं। पीछे मुड़कर देख लेते हैं कि हँसते हुए लोगों की नज़रें उनकी तरफ़ तो नहीं हैं।

जब तक पानवाले के पास पहुँचते हैं, अन्दर और ज़ोर का ठहाका लगता है।

तभी कोई राह चलता व्यक्ति उनसे पूछ लेता है, "अरे आप? टी-हाउस में?"

‘‘हाँ भाई! सोचाऽऽ कि नये ज़माने के लोगों के साऽऽथ भीऽ थोऽड़ा उठना-बैठना चाहिएऽ। ये लोग कहते हैंऽऽ कि लिबरेशन ऑव माऽइंड टीऽ हाउस मेंऽ आने से ही होता है।’’

‘‘अरे वाह! आप और लिबरेशन ऑव माइंड!...’’

‘‘सो तो हैऽऽ! पर हमने सोचाऽऽ कि इसमें भीऽऽ कुछ-न-कुछ मसाला तो ढूँढ़ा ही जा सकता हैऽऽ। तो हम इन लोगों केऽ लिबरेशनऽ ऑव माइंड परऽ एक कहानीऽऽ लिखनाऽऽ चाह रहे हैं। लिबरेशन ऑव माइंड काऽ मायना हैऽऽ फ़्री लव। तो एक ऐसे आदमी कीऽ कहानीऽऽ प्लान कर रहे हैं जो साहित्यकार हैऽऽ और जो फ़्री लव में विश्वास करता है। दो-दो पत्नियों कोऽऽ उसनेऽऽ छोड़ रखा हैऽऽ औरऽऽ लिबरेशन ऑव माइंड के लिए...।’’

ठहाका अब दरवाज़े के पास आ जाता है और कुछ लोग हँसते हुए बाहर निकल आते हैं।

‘‘अरे आप भी यहीं हैं?’’

‘‘हम जा रहे थेऽऽ पर इन्होंनेऽ पकड़करऽ रोक लियाऽ, तो रुकने के सिवाऽ कोई रास्ताऽऽ नहीं रहा। अब जहाँ रुकना ही रास्ता हैऽऽ, वहाँऽऽ चलना और जानाऽऽ रास्ते कीऽऽ रुकावट है। जब इन्होंने हमसे पूछाऽऽ कि आऽऽप...।’’

तभी किसी बात पर एक और ठहाका फूट पड़ता है। साहित्यकार को फिर से लिबरेशन ऑव माइंड पर आने का मौक़ा नहीं मिलता।

‘‘सिली! गेलॉर्ड के एस्प्रेसो बार के बाहर खुली गाड़ी में कॉफ़ी पीती हुई महिला भौंहें चढ़ाती है। ‘कैसे लोग गँवारों की तरह हँसते हैं।’

‘‘कॉफ़ी अच्छी है?’’ उसका पति चिढ़कर पूछता है।

‘‘एकदम कड़वी! रॉटन!’’

‘‘गरम तो है?’’

‘‘नॉट मच!’’

‘‘तुम्हें कोई चीज़ पसन्द भी आती है?’’

‘‘तुम इस तरह चिल्लाते क्यों हो?’’

‘‘मैं चिल्लाता हूँ?’’

‘‘और नहीं तो मैं चिल्लाती हूँ?’’

‘‘किसी से पूछो कौन चिल्ला रहा है? तुम्हारे सिर पर अचानक भूत क्यों सवार हो जाता है?’’

‘‘भूत सवार हो जाता है, या तुम सवार हो जाते हो?’’

‘‘अच्छा, अब तुम कॉफ़ी ख़त्म करो और...।’’

"मुझे नहीं पीनी है कॉफ़ी। यह लो, अन्दर वापस कर दो।"

कॉफ़ी वापस हो जाती है। गाड़ी चल देती है। इवनिंग-इन-पैरिस में मिली-जुली पैट्रोल की गन्ध गुलाब और मोतिया की बेनियों पर बैठने लगती है। बेनियाँ बेचनेवाला लड़का एक हाथ में टोकरी सँभाले दूसरे में एक बेनी हिलाता हुआ भौंचक-सा गाड़ी की लाल बत्ती को दूर जाते देखता रहता है। फिर ख़ाली हवा में साँस खींचकर आवाज़ लगा देता है, "गुलाब मोतिया, मोतिया गुलाब!"

दूसरे शो की भीड़ सिनेमाघरों से निकलकर चली जाती है, तो चमकती सुरमई सड़कें रात-भर के लिए ख़ामोश उदासी में डूब जाती हैं।

सिर्फ़ कहीं-कहीं आर्केस्ट्रा की धुन सुनाई देती है—घने जंगल में आदिवासियों के संगीत की तरह। हरिणों और हरिणियों के जोड़े आवाज़ के उस जादू की तरफ़ खिंचे आते हैं। अँधेरे से उजाले में जमा भीड़ बढ़ती जाती है। भरी हुई मेज़ों पर ख़ाली प्यालियाँ नज़र आती हैं और चमकते लकड़ी के फ़र्श पर थिरकते हुए पैर...।

ट्विस्ट...ट्विस्ट ट्विस्ट...।

पैरों को ट्विस्ट करो। घुटनों और जाँघों को ट्विस्ट करो। बाँहों, कन्धों और गरदन को ट्विस्ट करो...।

"यह लड़की?"

"...दूतावास में काम करती है।"

"और इसका पार्टनर?..."

"इसे नहीं जानते?...मिनिस्ट्री में अंडर-सेक्रेटरी है। विभाजन से पहले लाहौर में ट्रेड यूनियनिस्ट था। आजकल इसको मिस्टर एक्स से बहुत दोस्ती है।"

"मिस्टर एक्स कौन?"

"अख़बार नहीं पढ़ते? मिस्टर एक्स जो दिल्ली का 'डॉक्टर वार्ड' है।"

"यू मीन..."

"डॉक्टर वार्ड ऑव कीलर एंड प्रोफ्यूमो फ़ेम...।"

"आई सी।"

"तुम क्या लोगे? समथिंग हॉट? लाइक कीलर?"

"नो। समथिंग कोल्ड। लाइक प्रोफ़्यूमो।"

ख़ामोश सड़कों पर से कभी-कभी इक्का-दुक्का मोटरें और टैक्सियाँ गुज़र जाती हैं। किसी टैक्सी से फेंकी गयी बियर की एक ख़ाली बोतल बिजली के खम्भे से जा टकराती है तुम्हारी ड्राई डे की ऐसी-की-तैसी...

विमेन्ज़ होस्टल के लोहे के फाटक के बाहर एक महीन और कमज़ोर आवाज़ दस्तकें देती हैं :

"चौकीदार!...चौकीदार..."

जवाब में सिर्फ़ सड़क के पेड़ पर पंखों की फड़फड़ाहट सुनाई देती है। महीन आवाज़ तेज़ हो उठती है :

"चौकीदार!...चौकीदार..."

और हुमायूँ के मक़बरे से उड़कर एक चिमगादड़ नयी दिल्ली की तरफ़ इशारा करते रोड साइन पर आ बैठता है।

यात्रा-परक

यात्रा का रोमांस

यायावर के जीवन का सबसे बड़ा सन्तोष या असन्तोष इसमें है कि उसका रास्ता कभी समाप्त नहीं होता। वह चाहे जितना भटक ले, नयी अनजान पगडंडियों का मोह उसके दिल से कभी नहीं जाता। उत्तरी ध्रुव पर जाकर ये पगडंडियाँ दक्षिणी ध्रुव की ओर जाती प्रतीत होती हैं, और दक्षिणी ध्रुव पर जाकर भूमध्य-रेखा की ओर। और हर पगडंडी के दायें-बायें से जो छोटी पगडंडियाँ निकल जाती हैं, वे अलग। हर पगडंडी का अपना आकर्षण होता है, यायावर कहाँ तक पैरों को रोके? और पगडंडियों के अतिरिक्त अनिश्चित गन्तव्य का भी तो आकर्षण रहता है। अनिश्चित की सम्भावना का हर क्षण जो पुलक देता है, वह बँधे जीवन की सम्पूर्ण निश्चितता कहाँ दे पाती है?

यह वृत्ति जो यायावर को एक जगह से दूसरी जगह ले चलती है—इसे नाम क्या दिया जाए। वाण्डर लस्ट? परन्तु वाण्डर लस्ट के मूल में जो वृत्ति रहती है, वह क्या है? क्या है जो व्यक्ति को, जहाँ वह हो, वहाँ से अन्यत्र को चल देने के लिए विवश करता है? जिसकी वजह से हर नया रास्ता अच्छा लगता है? जिस रास्ते से एक बार गुज़र जाएँ, उस रास्ते से दूसरी बार जाने को मन नहीं होता? सच, बहुत उलझन होती है जब रात को डेरे पर पहुँचने के लिए भी चले हुए रास्ते से लौटकर आना पड़ता है। मन होता है कि बस आगे—और आगे चलते रहा जाए—भले ही वह चलना धरती के घूमने की तरह हो।

यायावर के अस्थिर पैर आख़िर ढूँढ़ना क्या चाहते हैं?

यायावर जानता है, पर वह उसे नाम क्या दे? वह जानता है कि कुछ है जिसे न पाकर मन में असन्तोष घिरा रहता है, और जिसकी एक अस्फुट-सी झलक भी मन में आह्लाद, और कभी-कभी उन्माद जगा देती है। 'सौन्दर्य'—या कोई भी एक शब्द उसे ठीक से व्यक्त नहीं कर सकता। वह अस्पष्ट कुछ यायावर के रास्ते में जहाँ-तहाँ बिखरा रहता है। यायावर उसे देखता ही नहीं, छूता भी है—और कई जगह सुनता और सूँघता भी है। उसके क्षणिक-से साक्षात्कार से ही चेतना सिहर उठती है—और साक्षात्कार गहरा हो, तो अन्तर में एक शोला-सा भड़क उठता है।

यायावर की खोज, उसकी अस्थिरता, अपने में ही एक सिद्धि है क्योंकि गति का हर क्षण उसे रोमांचित करता है। यात्रा की थकान और बाधाओं में उसे सुख मिलता है। वास्तव में रास्ते की थकान और बाधाएँ ही तो यात्रा को यात्रा बनाती हैं। जहाँ बाधा नहीं है, कुछ अज्ञात और शंकास्पद नहीं है, सब निश्चित, आयोजित और सुरक्षित है, उस यात्रा को यात्रा कहा जाए, या घर का ही एक चलता-फिरता संस्करण?

रास्ता चलते यायावर की आँख हर चीज़ को, यहाँ तक कि अपने को भी दृश्य रूप में देखती है। नीले बादलों के आगे फैली घाटी की हरियाली एक विशाल दृश्य-पट बनकर सामने आती है, तो सँकरी पगडंडी से घाटी की तरफ़ बढ़ती अपनी आकृति भी उस दृश्यपट का ही एक भाग होती है। ताँबई आकाश और दूर तक फैले रेत के टीलों का चित्र साथ उसके अपने क़दमों की भी छाप लिये रहता है। अपने को दृश्य-रूप में देखता हुआ वह अपने प्रति वितृष्णा से अस्थिर भी हो सकता है, सहानुभूति से द्रवित भी—और अपने पर ठहाका लगाकर हँस भी सकता है।

हँसने को और भी बहुत-कुछ होता है। अपनी पिछली यात्राओं में से दो-एक चित्र सामने आते हैं :

कृष्ण-सागर झील। रंगीन प्रकाश से आलोकित झरना। वृन्दावन उद्यान के रंगीन फ़व्वारों की चकाचौंध। पीछे अँधेरा आकाश है जिसमें फीके-से तारे झिलमिलाते हैं। झील के सुनहले-कजरारे पानी में उठती हल्की-हल्की लहरें अपनी ओर बढ़ी आती हैं। एक पक्षी पंख फड़फड़ाता झील को पार कर जाता है। ऐसे में झील के किनारे पत्थर के हाथी से टेक लगाये एक आदमी अपने नंगे पैर को सहलाता है। उसने जूता उतार रखा है क्योंकि नया जूता पैर में काटता है। वह पिछले एक सप्ताह में जगन्नाथपुरी से लेकर ऊटी तक की यात्रा करके आया है। घर से तय करके निकला है कि तीन सप्ताह में उसे पूरा भारत घूम लेना है। यह प्रेरणा उसने उन विदेशी यात्रियों से ली है जो तीन महीने में सारी दुनिया घूम लेते हैं। उसके पास कैमरा, वाइनाक्युलर्ज़, ट्रैवेल-गाइड, चिलगोजे, सब-कुछ है। जहाँ-जहाँ जाना है,वहाँ की एयर-बुकिंग उसने पहले से करा रखी है। होटलों और रेस्ट-हाउसों में जगह भी सुरक्षित करा रखी है। चिट्ठियाँ लिखने के लिए रंगीन काग़ज़ और एयर-मेल के चितकबरे लिफ़ाफ़े हर समय उसके ब्रीफ़-केस में साथ रहते हैं। एक चमड़े की जिल्द की डायरी भी, जिसमें वह नोट्स लेता है। उस दिन वह चन्दन-तेल की फ़ैक्टरी से लेकर ललिता महल, चामुंडी पर्वत और न जाने कहाँ-कहाँ तक घूमकर आया है। सफ़र उसने टैक्सी में किया है, फिर भी उसकी हालत काफ़ी ख़स्ता हो रही है। वह हाथ से एड़ी के छालों को सहलाता हुआ कहता है, "...बात यह है कि हम हिन्दुस्तानियों को अभी आदत नहीं है। ये अमेरिकन लोग जाने

कैसे एक-एक दिन में इतना घूम लेते हैं! मुझे घर से निकले अभी दस दिन नहीं हुए, और इतने में ही मेरा भुरता हो गया है। ख़ैर कोई बात नहीं। पहली बार निकला हूँ, इसीलिए ऐसा लग रहा है। धीरे-धीरे आदत हो जाएगी।'' और ब्रीफ़केस से डायरी निकालकर वह पेन से माथा कुरेदने लगता है। उसे याद है कि वृन्दावन गार्डन आने से पहले वह छह जगह और होकर आया है, पर उन सब जगहों के नाम उसे याद नहीं। ''यह एक बहुत बड़ी मुसीबत है,'' वह कहता है कि जगहों के नाम मुझे याद नहीं रहते। मैं अपनी बीवी से कह आया था कि जो-जो जगहें देखूँगा, उन सबके बारे में रोज़ रात को उसे चिट्ठी में लिखा करूँगा। मगर रात तक मैं इतना थक जाता हूँ कि चिट्ठी लिखते वक़्त मुझे कुछ याद ही नहीं आता। अगर मैं अपनी सेक्रेटरी को साथ ले आता, तो याद रखने का झंझट वह सँभाल लेती। मगर उसमें और बखेड़ा था। एक तो ख़र्च दुगना होता, और दूसरे...।'' और होठों पर घिर आयी मुसकराहट को रोकता हुआ वह ब्रीफ़केस से अपनी बीवी की वह चिट्ठी ढूँढ़ने लगता है जो अभी सुबह की डाक से ही उसे रेस्ट-हाउस के पते पर मिली थी। फिर चिट्ठी एक बार पढ़कर वह नये सिरे से उन जगहों के नाम याद करने की कोशिश में लगता है जहाँ-जहाँ वह सुबह से अब तक होकर आया है...।

बाँडीपुर की मंडी। दायीं तरफ़ पहाड़ियों की शृंखला जिसमें से होकर लद्दाख और गिलगित को रास्ते जाते हैं।

सामने वूलर झील का विस्तार। दूर-दूर तक सिंघाड़े के खेत। सुबह की पहली किरणों से पानी की सतह पर बिखरी चाँदी। पानी के एक तार विस्तार को हल्की रंगत देते दो-चार शिकारे और आठ-दस डूँगे। एक तरफ़ खुले आकाश के आगे काले धब्बों की एक पंक्ति—पीठों पर बोरे लादे आ रहे दस-बीस मज़दूर। पूरे वातावरण में हवा और धूप की झिलमिल।

और इस वातावरण में एक परेशान आदमी। शिकारे में बाँडीपुर तक आते-आते रास्ते में उसका तीन रुपयेवाला पाइप कहीं खो गया है। उसे शक है कि किसी ने चुरा लिया है। वह कभी शिकारे का गद्दा उलट-पलटकर देखता है, कभी अपनी जेबें टटोलता है। साथ मुँह में बड़बड़ाता हुआ गाली बकता जाता है। ऊपर आकाश में एक चील बोलती है—चिल्लि-लि-लि-लि...। कई-एक नंग-धड़ंग बच्चे झील में उतरकर एक-दूसरे पर पानी उछालने लगते हैं। एक धूल उड़ाता छकड़ा सड़क से किनारे की तरफ़ बढ़ आता है। चढ़ती सुबह में आकाश का रंग हर क्षण बदलता जाता है—साथ पानी का रंग भी। पर वह आदमी एक तड़पती मछली की तरह हाथ-पैर पटकता हुआ आसपास हरएक से पूछ रहा है, ''भाई साहब, आपने तो मेरा पाइप कहीं गिरा हुआ नहीं देखा? नया पाइप था, अभी दस दिन हुए ख़रीदा था। बम्बई से बस वही एक चीज़ मैंने सौग़ात के तोर पर ली थी। सीधी नली का पाइप है—पीछे से काला और आगे से

ब्राउन।" झील पर सरकती धूप में दूर कमलों की पंक्तियाँ उभरने लगती हैं। वह आदमी साथ आये हाँजी की जेबें टटोलने लगता है। "ज़रूर चुराया है किसी ने। नहीं तो भला पाइप जा कहाँ सकता है... ?"

यात्रा यायावर को जो तटस्थ दृष्टि देती है,वह रोज़ के द्वन्द्वपूर्ण जीवन में रहकर प्राप्त नहीं होती। अपने जीवन के निकट वातावरण से हटकर, निजी परिस्थितियों के दबाव से मुक्त होकर, मन में कोई कुंठा नहीं रहती—नये वातावरण, नयी परिस्थितियों और नये व्यक्तियों के साथ अधिक स्वस्थ और स्वाभाविक सम्बन्ध स्थापित हो सकता है। ऐसे में व्यक्ति अपनी आन्तरिक प्रकृति के अधिक अनुकूल होकर जी सकता है—अधिक उन्मुक्त भाव से अपने को नये अनुभवों के बीच खुला छोड़ सकता है। उस खुलेपन से उसके नैतिकता के मानदंड बदल जाते हैं—वह एक आरोपित नैतिकता में न जीकर अपनी आन्तरिक नैतिकता के अनुसार जीने लगता है। जितना थोड़ा-सा भी समय इस रूप में जी लेता है, वह साधारण रूप से जिये कई-कई वर्षों की तुलना में अधिक सार्थक प्रतीत होता है। उसके सम्बन्धों का आधार हो जाता है एक आदिम आवेश जिसके कारण वह एक पेड़ के पत्तों को भी सहलाता है, तो इस तरह जैसे एक बच्चे के गाल सहला रहा हो। ढलान के मोड़ पर जमे एक पत्थर को भी थपथपाता है, तो इस तरह जैसे घर के एक पालतू जानवर को थपथपा रहा हो। घने बादलों को एक युवती के वक्ष की तरह अपने पर घिरे पाकर वह सीटी बजाता है, और खेतों की वालियों को इस तरह मसल देता है जैसे उस युवती की उँगलियों को मसल रहा हो। घास पर औंधा लेटकर वह उसके स्पन्दन को महसूस करने का प्रयत्न करता है और अपने अन्दर का स्पन्दन घास और मिट्टी में भर देना चाहता है। रात को पहाड़ी जंगल में उड़ते कीड़ों की आवाज़ें उसकी साँसों की आवाज़ के साथ घुल-मिल जाती हैं, और साँझ के झुटपुट में डेरे की तरफ़ आती खच्चरों की घंटियाँ उसे अपनी धड़कनों के अन्दर गूँजती महसूस होती है। रास्ते के किसी पेड़ के नीचे जलती आग की गरमी उसे किसी आँचल की गरमी की ही तरह अपनी तरफ़ खींचती है, और स्लेट की छतवाली किसी झोंपड़ी में सचमुच किसी आँचल की गरमी ही मिल जाए तो उस तरह बितायी रात उसके लिए एक रात नहीं होती, धड़कते क्षणों की एक लम्बी शृंखला होती है जो लगता है कभी चुकने में नहीं आएगी।

अपने से बाहर यायावर के सम्बन्धों के विस्तार की कोई सीमा नहीं रहती। उसे पूरी धरती अपना छोटा-सा घर लगती है और आकाश में बिखरे नक्षत्र वे पड़ोसी जिनसे उसका परिचय बढ़ाने को मन होता है। रात की ख़ामोशी में किसी अनजाने मोड़ के पास खड़ा होकर वह देर-देर तक उन झिलमिलाते नक्षत्रों को देखता रह सकता है, और उस झिलमिलाहट की भाषा में ही अपने लिए कोई संकेत पाकर मुसकरा सकता है। फिर

सम्भव है आगे चलते हुए वह उन नक्षत्रों की ओर हाथ हिला दे—जैसे कि देर तक बात कर चुकने के बाद अब उनसे विदा ले रहा हो।

जिसकी मंज़िल पहले से तय हो, वह यायावर नहीं है। यायावर का एकमात्र लक्ष्य है अपने मन की तरंगों के अनुसार चलते चलना। वह जहाँ से गुज़र जाए, वही उसका रास्ता है; और जहाँ पेड़ के तने से टेक लगा ले, वही उसकी मंज़िल है। दिन-भर में उसे कितना रास्ता तय करना है, यह वह पहले से क्यों सोचे? रात कहाँ बीतेगी, इसकी चिन्ता क्यों करे? जहाँ जाकर आगे चलने को मन न हो, वहीं उसे रुक जाना है और रात उतर आने पर सोचना है कि रात कहाँ और कैसे बीत सकती है। जो पहले से सब-कुछ तय करके चले, उसे मानना होगा कि उसे पथ पर विश्वास नहीं है। जिसका पथ पर विश्वास नहीं है, उसकी पथ के साथ मैत्री कैसे होगी? और जिसकी पथ के साथ मैत्री नहीं, वह यायावर कैसा? यायावर पथ का मित्र हो, तो उसे पथ के सुख-दुःख पथ के साथ बाँटने होंगे—तभी पथ भी उसके सुख-दुःख बाँट सकेगा। पथ की नाट्यशाला अपने सब परदे तभी उसके लिए उठाएगी जब वह पथ की दलदलों और टेढ़ी-मेढ़ी पगडंडियों से घबराये नहीं। तब दलदल के पार उसे झील का बिल्लौरी पानी चमकता दिखाई देगा और टेढ़ी-मेढ़ी पगडंडियाँ उसे वहाँ ले जाएँगी जहाँ ताज़ा कमल अपनी अधमुँदी पत्तियाँ खोल रहे होंगे। वह काँटे से छिलकर आँख ऊपर उठाएगा, तो एक घटा फनियर की तरह उस पर घिरी होगी, और जब वह अपने ख़ुश्क होठों पर ज़बान फेरेगा, तो सामने पंक्ति में खड़े बेंत के नाटे पेड़ विभिन्न नृत्य-मुद्राओं में बाँहें हिलाते नज़र आएँगे। जहाँ उसका पाँव फिसलेगा, वहाँ नीचे नदी की हरी धारा कई-कई गाँवों का आलिंगन किये दिखाई देगी, और जहाँ उसे याद आएगा कि वह अपनी डबलरोटी पीछे कहीं गिरा आया है,वहाँ किसी की दो विस्मित आँखें सामने फैलती-सकुचती नज़र आएँगी। उसके चारों तरफ़ कच्ची बरफ़ होगी जिस पर किसी जंगली जानवर के पैरों के निशान बने होंगे। वातावरण में इतना कोहरा होगा कि उसे दो गज़ से आगे रास्ता नज़र नहीं आ रहा होगा। परन्तु वे विस्मित आँखें उसे डबलरोटी, बरफ़ और कोहरे की बात भुला देंगी।

"यह रास्ता कहाँ जाता है?" वह पूछेगा।

"तुम्हें कहाँ जाना है?" उन आँखों के नीचे से दो होठ सवाल करेंगे।

"यह रास्ता जहाँ भी ले जाता हो।"

इससे उन आँखों में हल्की-सी मुसकराहट भर जाएगी और वे होठ हल्के-से काँप जाएँगे। यायावर इसी में अपनी बात का उत्तर पा जाएगा। वह कोहरे को चीरता और जंगली जानवर के पैरों के निशानों पर पैर रखता हुआ उस किसी के साथ दरिया की घाटी की तरफ़ उतरता जाएगा। परन्तु कई बार पथ की नाट्यशाला यायावर को

अभिनय की भूमि पर उतार देती है, और स्वयं दर्शक बनकर उस पर व्यंग्य कसती और उसका उपहास उड़ाती है।

कोल्हाई ग्लेशियर। बीहड़ और ऊबड़-खाबड़ रास्ता पार करके मैं तीन आदमियों के साथ लिद्दरवट के डाक-बँगले से वहाँ आया हूँ। वहाँ पता चलता है कि पास की पहाड़ी के ऊपर एक सुन्दर झील है—दूधसर। मैं अपने साथियों के साथ उस बिना पगडंडी की पहाड़ी पर चढ़ने लगता हूँ। पहाड़ी की चोटी पर पहुँचने पर एक समतल मिलता है जिसके पीछे एक और चोटी है। हम इस तरह कई चोटियाँ पार करते हैं। पर दूधसर जिस चोटी पर है, वह अभी और ऊपर है। मारे प्यास के बुरा हाल होने लगता है, तो मैं अपने साथी घोड़ेवाले के दिये डंठल चूसता हूँ। हरी घास से लदी पहाड़ी पर चढ़ते हुए जगह-जगह पाँव फिसल जाते हैं। जहाँ लगता है कि अब आगे और चढ़ सकना असम्भव है, वहीं पहाड़ी की करवट आगे का रास्ता खोल देती है। आख़िर हम लोग उस चोटी पर पहुँच जाते हैं जहाँ से झील दूसरी तरफ़ नीचे नज़र आती है। झील का हरा-नीला पानी इतना ख़ामोश और उजला है कि हमें भूल जाता है कि जितना रास्ता चलकर आये हैं, अब उतना ही रास्ता चलकर लौटकर भी जाना है। मैं पत्थरों से लुढ़कता हुआ नीचे झील के किनारे पहुँच जाता हूँ। एक पतला साँप झील के पानी में लकीर खींचता हुआ दूसरे किनारे की तरफ़ तैर जाता है। मैं झील के किनारे इस तरह टहलता हूँ जैसे वह सृष्टि के निर्माण का पहला क्षण हो—और मैं स्वयं सृष्टि का पहला आदमी, जिसकी आँखें पहली बार उसी क्षण कुछ भी देख सकने के लिए खुली हों। मैं कुछ शब्द बोलकर जैसे पहली बार अपने को अपनी बोल सकने की सामर्थ्य का विश्वास दिलाता हूँ। तभी टप्-टप् बूँदें गिरने लगती हैं। ऊपर से आवाज़ दी जाती है; तो मैं चौंककर जैसे उस दूसरी सृष्टि की तरफ़ देखता हूँ जिससे अब मुझे नये सिरे से सम्बन्ध स्थापित करना है। पत्थरों का सहारा ले-लेकर ऊपर पहुँचता हूँ, तो बूँदें तेज़ हो जाती हैं। पहाड़ी के उस तरफ़ ग्लेशियर है—सदियों की सूखी स्याह बरफ़ के जबड़े फैलाये। उन जबड़ों के पीछे से ही वह घटा उठी है जो सिर पर आकर बरस रही है। हम लोग कुछ देर एक चट्टान की ओट में सिमटकर बैठे रहते हैं। एक-दूसरे के शरीर की गरमी और मुँह से निकलती भाप अच्छी लगती है। सबके मन में असमंजस है कि अब लौटते वक़्त रास्ता मिल पाएगा या नहीं—पर कोई किसी से यह बात नहीं कहता। साँझ उतर रही है, इसलिए वहाँ से जल्दी चल देना ज़रूरी है। बूँदें अभी रुकी नहीं, फिर भी हम लोग चट्टान के साये से निकलकर जल्दी-जल्दी चलने लगते हैं। मगर कुछ ही दूर जाकर पता चलता है कि जिस रास्ते से आये थे, उस पर अब इतनी फिसलन हो गयी है कि एक-एक क़दम चलना मुश्किल है। यह भी डर है कि पाँव ज़रा-सा उलटा-सीधा पड़ जाने से लुढ़ककर खाई में न जा गिरें। हम लोग उधर से

लौटकर दूसरा रास्ता खोजने का प्रयत्न करते हैं। घोड़ेवाले को विश्वास है कि वह दूसरे रास्ते से हमें सुरक्षित नीचे पहुँचा देगा। परन्तु कुछ दूर जाने के बाद उसे उस रास्ते की लकीर नहीं मिलती। हम लोग अपनी घबराहट में निश्चय करते हैं कि जैसे भी हो, हमें सीधे नीचे उतर जाना चाहिए। जिस जगह हम हैं, वह लुढ़कने पत्थरों की पहाड़ी है। एक पत्थर पर पाँव रखने से दस पत्थर नीचे सरक जाते हैं। जहाँ से एक पत्थर लुढ़कता है, वहाँ आस-पास से बीसियों पत्थर एक-साथ नीचे को लुढ़कने लगते हैं। किसी-किसी क्षण लगता है कि हमें साथ लिये हुए वह सारी पहाड़ी ही नीचे को लुढ़क जाएगी। लुढ़कते पत्थर आवाज़ भी इतनी करते हैं कि दिल दहल जाता है। अब हम चार व्यक्ति नहीं चार बिन्दु हैं—एक-दूसरे से अलग—जो पत्थरों पर धीरे-धीरे नीचे को सरक रहे हैं। हर आदमी दूसरे को सावधान कर रहा है, "आराम से...आराम से।" कहीं से एक भी पत्थर फिसलता है तो चारों अपनी-अपनी जगह स्तब्ध हो रहते हैं। तब तक इन्तज़ार करते हैं जब तक कि वह पत्थर रास्ते के और पत्थरों को साथ लेता हुआ नीचे पहुँचकर रुक नहीं जाता। जब तक ज़रा भी आवाज़ सुनाई देती है, हम अपनी जगह से नहीं हिलते। फिर नये सिरे से कोई कहता है, "आराम से..." और हम हाथों से टटोल-टटोलकर छह-छह इंच नीचे को सरकने लगते हैं। बीच में फिर वर्षा घेर लेती है, तो हम अपनी-अपनी जगह रुक जाते हैं। वर्षा गुज़र जाती है, तो फिर उतरने लगते हैं। घटा, ग्लेशियर और पत्थर—वे सब दर्शक हैं, और हम लोग दृश्य हैं। हमारे प्राण हमारे हाथों में और रीढ़ के निचले हिस्से में सिमट आये हैं। सारी चेतना भी उसी हिस्से में है। जो सबसे आगे है, वह अपने को सबसे ज़्यादा ख़तरे में महसूस करता है। जो बीच में है, वह अपने को। जो पीछे है, वह अपने को। आगे सीधी ढलान है। सबके दिल धड़कने लगते हैं। सहसा नीचे का एक पत्थर फिसलता है, और सबसे नीचे का आदमी लुढ़कता-फिसलता हुआ नीचे समतल पर जा पहुँचता है। वहाँ पहुँचकर वह सँभलता है, और पीछे के लोगों को आवाज़ देने लगता है, "आ जाओ, आ जाओ, कोई डर की बात नहीं है...।"

लुढ़कते-रेंगते हुए हम लोग किसी तरह नीचे पहुँच जाते हैं। पैरों के नीचे अब समतल है मगर वह ज़मीन नहीं है, ग्लेशियर की ठोस बरफ़ है। अब हमें ठोस बरफ़ पर चलते हुए आगे जाना है। मगर वह सीधा समतल नहीं है। बरफ़ में यहाँ-वहाँ बरफ़ की नालियाँ बनी हैं जिनमें से होकर बरफ़ का पानी बहता है। आसपास बरफ़ की चट्टानें हैं। कई चट्टानों के नीचे बरफ़ की गुफाएँ हैं जिनकी गहराई उजाले के हल्के स्पर्श से दूर तक चमक जाती है। उनमें से किसी गुफ़ा के पास से निकलते हुए पाँव फिसल जाने का अर्थ है हमेशा के लिए उस गुफ़ा के मुँह में खो जाना। हम कहीं अलग-अलग होकर चलते हैं, ओर कहीं एक-दूसरे की बाँहें थामे हुए। हमारा एक साथी बीच-बीच

में सबसे अलग भटक जाता है। वह इस तरह ग़ौर से आसपास देख रहा है जैसे वहाँ उसे किसी चीज़ की तलाश हो। पूछने पर वह व्यस्त भाव से कहता है, ''ऐसी जगहों पर कभी-कभी हीरे-जवाहरात पड़े मिल जाते हैं। ज़रा ध्यान से देखते हुए चलना चाहिए...।''

एक-डेढ़ मील बरफ़ का समतल पार करके हम लोग मिट्टी की ज़मीन पर आते हैं। पैरों में इतनी ताक़त नहीं कि और दस क़दम भी चल सकें। मगर रात उतर रही है और हम लोग रात-भर वहाँ ग्लेशियर के पास नहीं पड़े रह सकते। रात-भर रहने और सर्दी से अपने को बचाये रखने का कुछ भी सामान हमारे पास नहीं है। जैसे भी हो हमें लिद्दरवट के डाकबँगले तक पहुँचना ही है जो वहाँ से आठ मील दूर है।

ग्लेशियर से लिद्दरवट का सफ़र घोड़ों पर शुरू होता है पर हम लोग अभी चार मील नहीं जा पाते, कि अँधेरा हो जाता है। आगे रास्ता ऐसा है कि उसे अँधेरे में घोड़ों पर बैठे हुए पार नहीं किया जा सकता। घोड़ेवाला तीनों घोड़ों को सँभालकर आगे-आगे चलने लगता है, हम लोग उसके पीछे-पीछे। रास्ते में कोई सीधी पगडंडी नहीं है—पत्थरों-चट्टानों पर से चढ़ते-उतरते हुए जाना है। एक तरफ़ ग्लेशियर से बहकर आता दरिया है, दूसरी तरफ़ पहाड़ी जिससे कई-कई झरने बहकर दरिया की तरफ़ आते हैं। जगह-जगह पत्थरों पर पैर रख-रखकर या घुटने-घुटने पानी में जाकर उन झरनों को पार करना होता है। जो छोटी-सी टॉर्च हमारे पास है, उसका शेल भी थोड़ी देर में चुक जाता है। दियासलाइयाँ भी ख़त्म हो जाती हैं। अब अँधेरा है, पानी है, पत्थर है, कीचड़ है और हम लोग हैं। एक जगह चट्टान से नीचे उछलते हुए एक घोड़े की टाँग टूट जाती है। घोड़ेवाला लँगड़ाते घोड़े की लगाम थाम लेता है और आवाज़ देता जाता है, ''होशियार साहबा, होशियार! चले आओ साहबा, शाबाश!'' और कहीं पत्थरों से छिलते, तथा कहीं कीचड़ में धप्प्-धप्प् करते हम लोग चले चलते हैं। अब हमें अँधेरे का होश नहीं है। सर्दी का होश नहीं है। अपना भी होश नहीं है। होश है तो इतना कि लिद्दरवट अभी दूर है और हमें जैसे-कैसे चलते जाना है। एक जगह दरिया के उस पार हल्की रोशनी नज़र आती है। क्या वह लिद्दरवट का डाकबँगला है? नहीं। डाकबँगला अभी दो मील से कम दूर नहीं। तो वह रोशनी कहाँ की है? किसी गुज्जर का घर है? हम लोग रुककर हताश स्वर में आवाज़ें देते हैं? ज़ोर-ज़ोर से चिल्लाकर उधर से किसी की आवाज़ सुनना चाहते हैं। मगर हमारी आवाज़ों का कोई उत्तर नहीं मिलता। केवल वह टिमटिमाती रोशनी एकटक हमें ताकती रहती है।

और ऐसे में फिर बारिश पड़ने लगती है। ''शाबाश साहबा, शाबाश'' की आवाज़ पहले से ऊँची हो जाती है। रास्ता धीरे-धीरे कटता जाता है। पत्थर, चट्टानें और नाले पार होते जाते हैं। आख़िर जब आगे जाते घोड़ों की टापें एक लकड़ी के पुल पर सुनाई देती हैं, तो जान में जान आ जाती है। ''पहुँच गये साहबा, शाबाश!''

घोड़ेवाला चिल्लाकर कहता है और दूर लिद्दरवट के डाकबँगले में एक बत्ती जल उठती है।

थके-टूटे हुए हम लोग डाकबँगले में पहुँचते हैं। वहाँ पता चलता है कि वह अमावस की रात थी और डाकबँगले में लोगों ने हमारे ज़िन्दा लौटकर आने की आशा छोड़ दी थी। फिर जलती आग पर तापे जाते हाथ, चाय की एक-एक प्याली और दो-दो चम्मच ब्रांडी...। सुबह काफ़ी देर से आँख खुलती है, तो पता चलता है कि घोड़ेवाला सुबह-सुबह उठकर फिर ग्लेशियर की तरफ़ चला गया है। उसको दिये गये सामान में जो एक कैमरा-स्टैंड था, वह रात को उससे कहीं रास्ते में गिर गया था।

मगर उठकर तैयार होने तक पिछली रात बहुत पीछे रह जाती है। बात होने लगती है कि तारसर-मारसर की यात्रा के लिए अभी चलना चाहिए या कुछ दिन बाद।

अब यायावर फिर दर्शक है। जो गुज़र चुका है, वह उसके लिए दृश्य है—उस दृश्य के अन्तर्गत अपना-आप भी। कल रात तक जो एक दुर्घटना थी, वह अब उसके लिए एक रोमांचक घटना है। अब नयी पगडंडी उसके सामने है। उससे पूछा जाए कि कम्बख़्त, तू इतनी जोखिम उठाकर भी जोखिम के रास्ते पर चलने से बाज़ क्यों नहीं आता, तो वह सिर्फ़ मुसकरा देगा क्योंकि जिस दिन वह यह जान लेगा, उस दिन वह यायावर नहीं रहेगा।

गुलमर्ग की खिड़की से एक रात

कुछ जगहें होती हैं जिन्हें आँख एक बार देखती है तो चौंक उठती है। फिर धीरे-धीरे परिचित होकर उदासीन हो जाती है। गुलमर्ग ऐसी जगह नहीं है।

मैं जब पहली बार गुलमर्ग गया, तो मुझे वहाँ कुछ भी असाधारण नहीं लगा—एक खुला सपाट मैदान, देवदारों के घने झुरमुट और बस! तब मैं घंटे-भर में सारा गुलमर्ग देख आया था।

मगर बाद में महीनों वहाँ रहने पर एहसास हुआ कि पहली बार तो क्या, बाद में भी कभी उस स्थान को पूरा नहीं देख पाया—उसे पूरा कभी देखा ही नहीं जा सकता। शायद यही कारण है कि गुलमर्ग में रहकर वहाँ के साथ व्यक्ति की आत्मीयता धीरे-धीरे इतनी गहरी हो जाती है कि वह अपने को भी उस सपाट मैदान के एक हिस्से के रूप में ही देखने लगता है—काँपती तिगलियों, उठते बादलों और बर्फ़ से चमकती पहाड़ियों की तरह। दूसरी ओर वह पूरा विस्तार, जिसमें वह स्वयं भी रहता है, उसे अपने में समाया-सा लगता है—सूर्योदय और सूर्यास्त, दोनों सन्ध्याएँ, घना कोहरा, पीली धूप और सब-कुछ! इसलिए जब व्यक्ति गुलमर्ग से चलता है, तो एहसास होता है अपने से ही बिछुड़ने का—अपने उस रूप से जो कि इतना परिचित होते हुए भी सदा अपरिचित बना रह जाता है!

गुलमर्ग में सपने फूल बनकर उगते हैं—हरियाली के आर-पार, लाल-लाल छतों के ऊपर, आकाश में। आँखें मुग्ध होकर देखती रहती हैं और फूलों में नये-नये रंग भर जाते हैं, वातावरण में नयी-नयी कोंपलें फूट आती हैं। हर क्षण एक नये अनुभव, नये रोमांच की सृष्टि होती है।...बादलों के पोर्टिको के नीचे लोग बाँहें फैलाये घास पर बैठे हैं। दूर-दूर तक सैलानियों की पंक्तियाँ घोड़े दौड़ाती नज़र आती हैं। रंगों के कुछ बिन्दु हरियाली के पट पर जहाँ-तहाँ छिटके हैं। सहसा प्रकाश से नन्हीं-नन्हीं पारदर्शक बूँदें पड़ने लगती हैं। रंगीन बिन्दुओं का पूरा विस्तार एक बार सिहर जाता है और अपने को समेटने लगता है। हरियाली का सपना कुहासे के फूल में बदल जाता है। मैदान सुरमई आभा ओढ़ लेता है। अब चारों तरफ़ धुन्ध-ही-धुन्ध है और बेबस होकर फैली पगडंडियों की पतली-पतली नरम बाँहें। जब तक बादल बरसेगा, बाँहें फैली रहेंगी—

ऐसी ही कोमल, विस्मृत और निढाल!

सूरज चमकेगा तो फूल में से नया सपना जन्मेगा। आकाश में बादलों के नन्हें-नन्हें द्वीप इधर-उधर भटकते फिरेंगे। भेड़ों और बकरियों के रेबड़ पगडंडियों पर टँक जाएँगे। दिन तब रात की प्रतीक्षा करता-सा प्रतीत होगा। रात आएगी तो सब कुछ ख़ामोश हो जाएगा—मैदान की वह ख़ामोशी भी, जो दिन के समय इतनी वाचाल हो जाती है!

गुलमर्ग की वह रात मुझे कभी नहीं भूलेगी। मैं होटल की खिड़की में खड़ा था। दूर—बहुत दूर सामने से एक बरसती घटा मेरी तरफ़ बढ़ती आ रही थी। मैं प्रतीक्षा कर रहा था कि कब वह मुझ तक पहुँचे और मुझे अपने में लपेट ले। बरसती घटा में घिर जाने से बड़ा सुख मैंने बहुत कम जाना है। घटा ऊपर से घिर आये और व्यक्ति को छोटा करके उस पर छा जाए, यह इससे अलग स्थिति है। इस बार आती हुई घटा का हर संकेत मेरे सामने था और मैं उसके बराबर का होकर अपनी खिड़की में खड़ा उसे बुला रहा था कि आ...आ...आ, मैं तुझसे कमज़ोर नहीं हूँ। हवा तेज़ थी, मगर घटा तेज़ी से नहीं बढ़ रही थी—हालाँकि तूफ़ान बहुत उठा हुआ था! बार-बार ज़ोर की गरज होती थी जिससे धरती और आकाश की शिराएँ काँप जाती थीं। बार-बार सामने के चित्रपट पर बिजली कौंधती थी—और प्रकाश का वह भयानक विस्फोट हर चीज़ को नंगा कर जाता था। मैं ख़ुश था कि थोड़ी देर में ये बूँदें मेरे ऊपर बरसेंगी—बिजलियों का यह क़हर मेरे ऊपर टूटेगा। मैं बाँहें फैलाकर सामने से उसे अपने ऊपर लेने के लिए तैयार था।

मगर अचानक हवा रुक गयी। बढ़ता हुआ तूफ़ान जहाँ का तहाँ ठिठक गया और दूर ही पर कटे पक्षी की तरह दम तोड़ने लगा। बिजली की साँस रुकने लगी—और मेरी भी—क्योंकि हवा के रुक जाने से मुझे भी बहुत ऊँचे आसमान से नीचे आना पड़ा था। तूफ़ान का जोम उतर गया और उसके साथ ही मेरा भी। मैं उसके बराबर का कभी नहीं हो सका।

वे ऐसे क्षण थे जो जीवन में दो-एक बार ही आते हैं। गुलमर्ग में रहते हुए ऐसे क्षण हर किसी के जीवन में किसी-न-किसी रूप में अवश्य आते होंगे। तभी तो मुद्दत तक वहाँ रह चुकने पर भी कोई आकर्षण व्यक्ति को फिर खींचकर वहाँ ले जाता है। वरना वहाँ है क्या—एक खुला सपाट मैदान जहाँ ज़्यादा गॉल्फ खेली जा सकती है! व्यक्ति क्यों बार-बार वहाँ जाना चाहता है? क्या गॉल्फ़ खेलने के लिए ही?

एक हाथ : कावेरी के किनारे

आज अपनी साढ़े तीन साल पुरानी नोटबुक मेरे हाथ में है। नोटबुक के आधे से अधिक पृष्ठ कोरे हैं और जो भरे गये हैं, वे इस बुरी तरह भरे गये हैं कि कई जगह पढ़े भी नहीं जाते। नोटबुक की मज़बूत जिल्द ढीली पड़ गयी है और उसके कपड़े का लाल रंग भी धुँधला पड़ने लगा है। मैं जल्दी-जल्दी नोटबुक के पन्ने पलटता जाता हूँ। मस्तिष्क के धुँधले चित्रों में रंग भरता जाता है। गोआ का छोटा-सा शहर वास्को डि गामा, सड़क के किनारे का मामूली-सा घर और दुबला-पतला कारवाड़कर। मार्मुगाँव की बन्दरगाह और वहाँ का रिश्वतख़ोर अफ़सर। समुद्र का नीला पानी और जहाज़ के डेक पर बसी दुनिया। मंगलूर, कण्णूर और कोयलून के समुद्र-तट। कन्याकुमारी की पीली रेत और नुकीली चट्टानें। फिर वापस काज़ीकोड और कण्णूर। एक पूरी रात का बस का सफ़र और...

नोटबुक का एक पृष्ठ निकलकर हाथ में आ जाता है। यहाँ डायरी की सीवन टूट गयी है। पृष्ठ ऊपर से नीचे तक बॉल पॉइंट से लिखा गया है। शब्द टेढ़े-मेढ़े हैं और स्याही जहाँ-तहाँ फैल गयी है। बीच की दो-एक पंक्तियाँ ही ठीक से पढ़ी जाती हैं :

...नदी का मटमैला पानी बहुत धीमी चाल से बहता है। किनारे के साथ-साथ कितने ही पुराने पेड़ हैं। बहुत-से पेड़ इस तरह एक-दूसरे की तरफ़ झुके हैं जैसे गलबहियाँ डाले हों। नदी के उस पार धान के खेत दूर तक फैले हैं। धूप ढलने लगी है यद्यपि सूर्यास्त में अभी देर है। सुनहले क्षितिज के आगे कितनी ही चीलें तैर रही हैं...।

और मैं नोटबुक बन्द करके रख देता हूँ। अब वह सुनहला क्षितिज मेरे सामने है। धीरे-धीरे उसका रंग ताँबई हो रहा है। सफ़ेद बादल का एक टुकड़ा सूरज के सामने आ गया है। लगता है किरणों के स्पर्श से वह बादल सुलग उठा है। बादल का प्रतिबिम्ब पड़ने से नदी के पानी में से भी किरणें फूटने लगती हैं। किनारे पर पंख फड़फड़ाती बत्तखें पानी में उतर जाती हैं। यह कावेरी है।

मैं घंटे-भर से नदी के तट के साथ-साथ टहल रहा हूँ। नदी में मछुओं की तीन-चार नावें हिल रही हैं। मैं जूते उतारकर घास पर चलने लगता हूँ। उस धूप में भी घास का स्पर्श ठंडा लगता है। मैं किनारे पर एक जगह पाँव पसारकर बैठ जाता हूँ। नदी का

पानी मेरी एड़ियों को छू रहा है। हर क्षण शरीर में एक पुलक भर जाता है। मैं किनारे से बहुत-सी घास उखाड़कर पानी में बहा देता हूँ। घास की तिगलियाँ एक-दूसरी से संघर्ष करती हुई दूर बह जाती हैं। सहसा मुझे एक मांसल स्पर्श की सिहरन होती है। एक मछली मेरी एड़ी से छू गयी है। मैं आगे बढ़कर दोनों पैर पूरे-पूरे पानी में लटका देता हूँ और पानी की सतह की तरफ़ झुक जाता हूँ। कहीं कोई मछली दिखाई नहीं देती। पानी बहुत मटमैला है। उसकी गहराई का कुछ अनुमान नहीं होता। एक भूरे और लाल पंखोंवाला पक्षी आकाश से पानी की सतह पर उतर आता है। मुझे उसका नाम मालूम नहीं। मैं उसकी तरफ़ देखकर सीटी बजाता हूँ। उसे मुझसे दोस्ती करने की ज़रा उत्सुकता नहीं है। वह कुछ दूर बहाव के साथ-साथ तैरता है, फिर पंख फड़फड़ाता हुआ उड़ जाता है। मेरी आँखें दूर तक उसका पीछा करती हैं। फिर मैं उठकर किनारे के साथ-साथ चलने लगता हूँ।

''स्वामी!'' यह शब्द सुनकर मैं चौंक जाता हूँ। एक हाथ सामने फैला हुआ है। साँवले रंग की दुबली-पतली कलाई जिसमें दो हरे रंग की काँच की चूड़ियाँ हैं। चेहरा मुरझाया हुआ है, आँखों के नीचे गड्ढे हैं और होठ सूखे हैं। धोती पर जगह-जगह पैबन्द लगे हैं। सिर के बाल सूखी घास की तरह हैं। आँखों में बेबसी और याचना के अतिरिक्त कोई भाव नहीं है।

''स्वामी...।'' और साथ वह अपनी भाषा में कुछ कहती है जो मेरी समझ में नहीं आता। मैं इतना समझ जाता हूँ कि वह भीख के रूप में मुझसे कुछ चाहती है। मेरी आँखें उसके हाथ की मैली, पर गहरी, लकीरों पर जम जाती है। मुझे अपना हस्तरेखा-विज्ञान का पाठ याद हो आता है। उसके हाथ पर सौभाग्य की सभी रेखाएँ हैं। सूर्यरेखा नीचे तक आकर धन की रेखा से मिल गयी है। माउंट ऑव मर्करी ऊपर को उठा हुआ है। मस्तिष्क और हृदय की रेखाओं के बीच दो चतुष्कोण बनते हैं। और वह हथेली निरीह भाव से मेरे आगे फैली है। उस सौभाग्य की स्वामिनी की आँखों में जीवन के विश्वास का एक डोरा भी नहीं है। उन आँखों ने जैसे डरना, सहमना और याचना करना ही सीखा है। वह हथेली दूसरों के आगे फैलने की इस तरह से अभ्यस्त हो गयी है कि उसकी मुद्रा स्थिर हो गयी है। भीख के रूप में कुछ मिले या न मिले, वह हथेली उसी मुद्रा में रहती है...।

''स्वामी...!'' वह उसी शब्द को दोहराती है। उसकी आँखों के भाव में निराशा आ मिली है। वह सोच रही है कि उसे इस आदमी से शायद कुछ नहीं मिलेगा। फिर भी वह मशीन की तरह अपना शब्द दोहराये जाती है। दिन में उसका हाथ न जाने कितने स्वामियों के सामने इस तरह फैलता है। उनमें से अधिकांश स्वामी उसे कुछ नहीं देते। परन्तु वह इस बात से समझौता किये हुए है कि न देना भी स्वामियों के लिए उतना ही स्वाभाविक है जितना कभी-कभार उसकी हथेली पर एक पैसा रख देना। स्वामी का

स्वामित्व इसी में है कि इस बार की याचना पर वह केवल एक बार ही दे...।

मुझे जेब में जो टूटा हुआ सिक्का मिलता है, मैं उसके हाथ पर रख देता हूँ। वह उसे माथे से लगाकर खाँसती हुई आगे चल देती है। सूरज आँख से ओझल हो चुका है। आकाश और पानी का रंग हर क्षण बदलता जा रहा है। हवा उठ रही है इसलिए नदी की सतह पर झालरें बन रही हैं। धार दूर से तिरछी बल खाकर आयी है। मैं देर तक उस रेखा को देखता रहता हूँ। क्या यह रेखा भी धरती के भाग्य का पता देती है? और धरती के भाग्य के जो त्रिकोण और चतुष्कोण हैं, उनमें उन सूनी और सहमी हुई आँखों का क्या स्थान है?...बकरियों की एक लम्बी क़तार नदी-तट के साथ-साथ चली आ रही है। दो नौ-नौ दस-दस साल के लड़के उन्हें हाँकते ला रहे हैं। यह रेखा शायद धरती के इसी सौभाग्य को व्यंजित करती है। और इतिहास इस रेखा के साथ हुई कई युद्धों का भी तो साक्षी है? तो यह रेखा धरती के किस भविष्य की ओर संकेत करती है?

मगर नदी ख़ामोश बहे जाती है। कभी-कभी वह करवट बदलकर किनारे तोड़ देती है। तब धरती के भाग्य की रेखा बदल जाती है।...परन्तु उस समय वातावरण बहुत शान्त था। नदी के वक्ष पर झिलमिलाते सूर्यास्त के रंग अब विलीन हो रहे थे। टिड्डियाँ बोलने लगी थीं...जैसे प्रकृति सब सोच-विचार भुला देना चाहती हो।

नदी-तट सुनसान हो गया है। मछुआ नावें काले बिन्दुओं में बदल गयी हैं। मैं ढूँढ़ता हूँ कि मेरी पगडंडी कौन-सी है। जिस पगडंडी पर क़दमों के निशान हैं, मैं उसी पगडंडी पर चल देता हूँ।

पगडंडी सड़क से जा मिलती है। सड़क वृन्दावन गार्डन में चली गयी है।

उस सुनसान अँधेरे से आकर वृन्दावन गार्डन की चकाचौंध कुछ अजीब-सी लगती है। सारा बाग़ रंग-बिरंगी रोशनियों से जगमगा रहा है। फव्वारों का पानी उन्हीं रंगों में उबल रहा है। सामने वह जगमगाता झरना है जो ऊपर से कृष्णसागर झील में गिरता है। यह भी कावेरी का ही पानी है। यहाँ यह आधुनिकता के बाने में है। यहाँ इसे देखकर आँखें मुग्ध नहीं होतीं, विस्मित होती हैं। वृन्दावन गार्डन नदी की नींद से बाहर ढुल आया एक सपना-सा प्रतीत होता है। पीछे कावेरी इस सपने से उदासीन अपनी गति में बहे जाती है। इधर बाग़ में देश और विदेश से आये टूरिस्टों की हलचल है। वृन्दावन गार्डन निस्सन्देह बहुत सुन्दर है—यह वह सौन्दर्य है जिसे ज्यामिति की रेखाएँ जन्म देती हैं। गार्डन में हर चीज़ सम-विभाजित और कटी-छँटी है। हर चीज़ में सन्तुलन है—रंगों तक में। यह सौन्दर्य आँख के लिए है। यहाँ बच्चे किलकारियाँ मारते हुए हँसते हैं। अनजान लोग एक-दूसरे को अपरिचित-परिचय की दृष्टि से देखते हैं। अनायास होठों पर मुसकराहटें उभर आती हैं। बिना नाम जाने, और बिना सवाल पूछे लोग एक-दूसरे से बात करने लगते हैं। वे जानते

हैं कि वे सब एक ही बिरादरी के हैं।

"स्वामी!" इस बार पुरुष कंठ से यह शब्द सुनाई देता है। एक पीले काले दाँतोंवाला कंकाल सामने हाथ बढ़ाये है।

"स्वामी!" और वह संकेत से बताना चाहता है कि वह बहुत भूखा है। एक टूरिस्ट टोकरी से बादाम और पिस्ते निकालकर उसके हाथ पर रख देता है। वह कुछ क्षण फटी-फटी आँखों से उस विभूति को देखता है। फिर उसे अपनी फटी हुई कमीज़ की जेब में डाल लेता है और उसके पाँव किसी और स्वामी की तलाश में चल पड़ते हैं।

फिर वही कावेरी का शान्त तट। वृन्दावन गार्डन की चकाचौंध दूर रह गयी है। नदी-तट के साथ कहीं भी प्रकाश की रेखा नहीं है। अँधेरे में रास्ते की धूल के ज़र्रे चमकते हैं। हवा से वृक्षों की डालें हिल जाती हैं तो कोई एकाध पत्ता नीचे आ गिरता है। मिट्टी और पानी की मिली-जुली सोंधी-सी गन्ध वातावरण में फैली है। मैं घास पर लेट जाता हूँ और महसूस करता हूँ कि इस धतरी की व्यवस्था में इस समय मैं भी कहीं हूँ—धरती की भाग्यरेखा में कहीं मेरा भी थोड़ा-सा स्थान है। आकाश में करोड़ों नक्षत्र बिखरे हैं। झाड़ियों के झुरमुट में एक अकेला जुगनू चमक रहा है। इस अँधेरे में उसका भी कहीं स्थान है...और मुझे अपने होने में भी एक सार्थकता की अनुभूति होती है। मैं आँखें मूँद लेता हूँ...

आज केवल उन क्षणों का इतिहास मेरे हाथ में है—एक मसला हुआ पृष्ठ।

जिस पर टेढ़-मेढ़े अक्षर हैं और जिस पर की स्याही जगह-जगह से बिखर गयी है। परन्तु वह पुलक, वह अनुभूति क्या उसे शब्दों में क़ैद रखा जा सकता है?

तिरछे कोण

विज्ञापन युग

मेरे पड़ोसियों की मुझ पर ऐसी कृपा है कि रात को सोने तक और सुबह उठने के साथ ही मुझे ग़ज़लें, भजन और गीत और उनके साथ-साथ चाय, तेल और सिर दर्द की टिकियों के विज्ञापन सुनने पड़ते हैं। अब तो मुझे ये विज्ञापन सुनने की ऐसी आदत हो गयी है कि अन्यत्र भी कहीं मैं ग़ालिब की ग़ज़ल सुनता हूँ, या सूरदास का भजन सुनता हूँ, या कोई अच्छा-सा गीत सुनता हूँ, तो साथ मेरे दिमाग़ में अपने-आप ये शब्द गूँजने लगते हैं—क्या आपके सिर में दर्द रहता है? सिर दर्द से छुटकारा पाइए! एक गोली लीजिए—सिर दर्द ग़ायब!

परिणाम यह है कि अब मेरे लिए कोई ग़ज़ल ग़ज़ल नहीं रही, कोई गीत गीत नहीं रहा, सब किसी-न-किसी चीज़ का विज्ञापन बन गये हैं। दिन-भर ये गीत और विज्ञापन मेरा पीछा करते रहते हैं। पहले बहुत मीठे गले से 'रहना नहिं देश बिराना है' की लय और उसके तुरन्त बाद—क्या आपके शरीर में खुजली होती है? खुजली का नाश करने के लिए एक ही रामबाण औषधि है...! कर लें भगत कबीर क्या करते हैं? खुजली कम्पनी उनकी जिस रचना पर चाहे अपनी मोहर चस्पाँ कर सकती है!

और बात गीतों-ग़ज़लों तक ही सीमित नहीं है। मुझे लगता है कि मेरे चारों ओर हर चीज़ का एक नया मूल्य उभर रहा है, जो उसके आज तक के मूल्य से सर्वथा भिन्न है और जो उसके रूप को मेरे लिए बिल्कुल बदल दे रहा है। कोई चीज़ ऐसी नहीं जो किसी-न-किसी रूप में किसी-न-किसी चीज़ का विज्ञापन न हो। अजन्ता के चित्र और एलोरा की मूर्तियाँ कभी अछूती कला का उदाहरण रही होंगी, परन्तु आज उस कला को एक नयी सार्थकता प्राप्त हो गयी है। उन मूर्तियों का केश-सौन्दर्य आज मुझे एक तेल की शीशी की याद दिलाता है, उनकी आँखें एक फ़ॉर्मेसी का विज्ञापन प्रतीत होती हैं, और उनका समूचा कलेवर एक पेट्रोल कम्पनी की कलाभिरुचि को प्रमाणित करता है। जिन हाथों ने उन कला-कृतियों का निर्माण किया था, वे हाथ भी आज एक बिस्किट कम्पनी की विकास-योजना के विज्ञापन के रूप में सार्थक हो रहे हैं!

देश के कोने-कोने में बिखरे हुए जितने मन्दिर हैं, जितने पुराने क़िले और खँडहर हैं, जितने स्तम्भ और स्मारक हैं, वे सब इसीलिए हैं कि लोगों में यातायात की

रुचि जाग्रत हो, टूरिस्ट ट्रेड को प्रोत्साहन मिले, विदेश से लोग आकर उनकी तस्वीरें लें और अपनी प्रियतमाओं के पास भेजें। मीनाक्षी और रामेश्वरम् के शिखर और खजुराहो के कक्ष इस दृष्टि से भी उपयोगी हैं कि एक विशेष ब्रांड के सीमेंट की मज़बूती को व्यक्त करने के प्रतीक बन सकें। कश्मीर की सारी पार्वत्य सुषमा, वहाँ की नवयुवतियों का भाव-सौन्दर्य और वहाँ के कारीगरों की दिन-रात की मेहनत, ये सब इस बात को विज्ञापित करने के लिए हैं कि सफ़ेद रंग का वह शहद जो बन्द डिब्बों में मिलता है,सबसे अच्छा शहद है! बर्नार्ड शॉ के नाटक हमें यह बतलाने के लिए छापे जाते हैं कि ब्रिटेन के किस प्रेस में छपाई सबसे अच्छी होती है; प्रशानत सागर में अणुबम हमें इस बात की चेतावनी देने के लिए गिराये जाते हैं कि जब तक हम अपने लिए जीवन बीमे की पॉलिसी न ले लें तब तक हमारे बच्चों का भविष्य सुरक्षित नहीं है, और भारत और पाकिस्तान में कश्मीर के लिए लड़ाई सिर्फ़ इसलिए होती है कि वहाँ के सेबों का मुरब्बा बहुत अच्छा होता है, जिसे सिर्फ़ एक ही कम्पनी तैयार करती है...!

विधना ने इतनी बारीकबीनी से यह जो धरती बनायी है, और मनुष्य ने विज्ञान के आश्रय से उसमें जो चार-चाँद लगाये हैं, वे इसीलिए कि विज्ञापनकला के लिए उपयुक्त भूमि प्रस्तुत की जा सके। उत्तरी ध्रुव से दक्षिणी ध्रुव तक कोई कोना ऐसा न बचा होगा जिसका किसी-न-किसी चीज़ के विज्ञापन के लिए उपयोग न किया जा रहा हो। हर चीज़, हर जगह अपने अलावा किसी भी चीज़ और किसी भी जगह का विज्ञापन हो सकती है। गेहूँ की फ़सल एक कपड़े की मिल का विज्ञापन है, क्योंकि नयी फ़सल से प्राप्त हुए नये पैसे का एक ही उपयोग है कि उससे कपड़ा ख़रीदा जाए। कपड़े की मिल डबलरोटी की बेकरी का विज्ञापन है, क्योंकि मिल में काम करनेवाले तभी काम पर जा सकते हैं जब वे डबलरोटी खा चुकें। और बेकरी वाटर प्रूफ़ जूतों का विज्ञापन है क्योंकि जब तक वाटर प्रूफ़ जूते न होंगे, तब तक बारिश में इनसान डबलरोटी-जैसी साधारण चीज़ भी प्राप्त नहीं कर सकता। बहुत-सी चीज़ें एक-दूसरी का विज्ञापन हैं। फूल इत्र की शीशी का विज्ञापन हैं, इत्र की शीशी फूलों का विज्ञापन है। पत्र लेखक का विज्ञापन है, लेखक पत्र का विज्ञापन है। सौन्दर्य शृंगार-प्रसाधनों का विज्ञापन है, और शृंगार-प्रसाधन सौन्दर्य के विज्ञापन हैं। बहुत-सी चीज़ें स्वयं अपना विज्ञापन हैं—जैसे उपदेशकता, आलोचकता, नेतागीरी इत्यादि।

मतलब यह कि जहाँ जाएँ, जिधर जाएँ, जहाँ रहें, जैसे रहें, इन विज्ञापनों की लपेट से नहीं बचा जा सकता। घर में बन्द होकर बैठ जाएँ तो विज्ञापन रोशनदानों के रास्ते हवा में तैरते आते हैं—क्या आज आपने दाँत साफ़ किये हैं ? सवेरे उठते ही सबसे पहले क्लोरोफ़िल वाले टूथपेस्ट से दाँत साफ़ कीजिए। याद रखिए दाँतों को रोगों से

बचाने के लिए यही एक साधन है!...ख़तरे से सावधान—धोखे से बचिए—इसके पढ़ने से बहुतों का भला होगा—! अख़बार उठायें, विज्ञापन। पुस्तक उठायें, विज्ञापन। बस में बैठें, विज्ञापन! क्या आपका दिल कमज़ोर है? क्या आपका जिस्म टूटता रहता है? क्या आपके सिर के बाल झड़ रहे हैं? क्या आपके घर में झगड़ा रहता है? गोया कि आपकी व्यक्तिगत ज़िन्दगी बिल्कुल व्यक्तिगत नहीं है—उसे केवल इन विज्ञापनदाताओं के परामर्श से ही जिया जा सकता है।

विज्ञापन-कला जिस तेज़ी से उन्नति कर रही है, उससे मुझे भविष्य के लिए और भी अन्देशा है। लगता है ऐसा युग आनेवाला है जब शिक्षा, विज्ञान, संस्कृति और साहित्य इनका केवल विज्ञापन-कला के लिए ही उपयोग रह जाएगा। वैसे तो आज भी इस कला के लिए इनका ख़ासा उपयोग होता है। बहुत-सी शिक्षण-संस्थाएँ हैं, जो साम्प्रदायिक संस्थाओं का विज्ञापन हैं। कई कला-केन्द्र कुछ स्वनामधन्य लोगों की दानवीरता का विज्ञापन हैं। अपनी पीढ़ी के कई लेखकों की कृतियाँ लाला छगनलाल मगनलाल या इसी तरह के नाम के किसी और लाला की स्मारक-निधि से प्रकाशित होकर लालाजी की दिवंगत आत्मा के प्रति स्मारक होने का फ़र्ज़ अदा कर रही हैं। मगर आनेवाले युग में यह कला दो क़दम और आगे बढ़ जाएगी। विद्यार्थियों को विश्वविद्यालय के दीक्षान्त महोत्सव पर जो डिग्रियाँ दी जाएँगी, उनके निचले कोने में छपा रहेगा, "आपकी शिक्षा के उपयोग का एक ही मार्ग है। आज ही आयात-निर्यात का धन्धा आरम्भ कीजिए। मुफ़्त सूची-पत्र के लिए लिखिए...।" हर नये आविष्कारक का चेहरा मुसकराता हुआ टेलीविज़न पर आकर कुछ इस तरह निवेदन करेगा, "मुझे यह कहते हुए हार्दिक प्रसन्नता है कि मेरे प्रयत्न की सफलता का सारा श्रेय रबड़ के टायर बनानेवाली कम्पनी को है, क्योंकि उन्हीं के प्रोत्साहन और प्रेरणा से मैंने इस दिशा में क़दम बढ़ाया था...।" विष्णु के मन्दिर खड़े होंगे जिनमें संगमरमर की सुन्दर प्रतिमा के नीचे पट्टी लगी होगी, "याद रखिए, इस मूर्ति और इस भवन के निर्माण का श्रेय लाल हाथी के निशानवाले निर्माताओं को है। वास्तुकला सम्बन्धी अपनी सभी आवश्यकताओं के लिए लाल हाथी का निशान कभी मत भूलिए।" और ऐसे-ऐसे उपन्यास हाथ में आया करेंगे जिनकी सुन्दर चमड़े की जिल्द पर एक ओर बारीक अक्षरों में छपा होगा, "साहित्य में अभिरुचि रखनेवालों को इक्का मार्का साबुन बनानेवालों की एक और तुच्छ भेंट।" और बात बढ़ते-बढ़ते यहाँ तक पहुँच जाएगी कि जब एक दूल्हा बड़े अरमान से दुलहिन ब्याहकर घर लाएगा और घूँघट हटाकर उसके रूप की प्रशंसा में पहला वाक्य कहेगा, तो दुलहिन मधुर भाव से आँख उठाकर हृदय का सारा दुलार शब्दों में उँड़ेलती हुई कहेगी, "बताऊँ मैं इतनी सुन्दर क्यों दिखाई देती हूँ? यह इसलिए कि मैं रोज़ प्रातः उठकर नौ सौ इक्यावन नम्बर के साबुन से नहाती हूँ। कल

से आप भी घर में नौ सौ इक्यावन नम्बर का साबुन रखिए। इसकी सुमधुर गन्ध सारा दिन दिमाग़ को ताज़ा रखती है और इसके मुलायम झाग से त्वचा बहुत कोमल रहती है। इसकी बड़ी टिकिया ख़रीदने से पैसे की भी किफ़ायत होती है।'' और इसके बाद उसका नौ सौ इक्यावन से सुगन्धित चेहरा दूल्हा के चेहरे के बहुत पास झुक आएगा।

जहाँ तक विज्ञापन के लिए जगह का सवाल है, बहुत-सी जगहें हैं जो अभी तक एक्सप्लायट नहीं की जा सकीं। विज्ञापन-कला की दृष्टि से सब चीज़ों का आपस में अन्योन्याश्रित सम्बन्ध है, इसलिए दवाई की शीशियों में मक्खन के डिब्बों के विज्ञापन होने चाहिए और मक्खन के डिब्बों में दवाई की शीशियों के। चित्र-गैलरियों में चित्रों के अतिरिक्त तेल के इश्तहार टाँगे जाने चाहिए और तेल की बोतलों पर चित्रकला प्रदर्शनियों की सूचनाएँ चिपकायी जानी चाहिए। कम्बलों और दुशालों में चाय और कोको के इश्तहार बुने जा सकते हैं। नमदे और ग़लीचे रबड़सोल के जूतों के विज्ञापन का आदर्श साधन हो सकते हैं। बैंकों की दीवारों पर लॉटरी और रेस-कोर्स के विज्ञापन दिये जा सकते हैं। रेस-कोर्स में बचत की स्कीमों का विज्ञापन दिया जा सकता है। रेल और हवाई जहाज़ के टिकिटों पर बीमा कम्पनियों का विज्ञापन हो सकता है, और अस्पतालों की दीवारों पर मैट्रिमोनियल विज्ञापन लगाए जा सकते हैं।

यह तो आनेवाले कल की बात है, पर आज भी स्थिति यह है कि मुझे हर जगह विज्ञापन-ही-विज्ञापन दिखाई देते हैं—जहाँ विज्ञापन हों वहाँ भी, और जहाँ न हों वहाँ भी। मेरा दिमाग़ हर चेहरे, हर आवाज़ और हर नाम का सम्बन्ध किसी-न-किसी विज्ञापन के साथ जोड़ देता है। सुबह उठकर सामने की दुकान के लड़के को चाय लाने के लिए कहता हूँ, तो चाय का नाम लेते ही मुझे नीलगिरि की सुन्दरी का ध्यान हो आता है जिसका चेहरा मैं रोज़ अख़बार में देखता हूँ। नीलगिरि के नाम से मुझे तुरन्त कॉफ़ी प्रदेश की ढलानें याद आ जाती हैं। साथ ही एक बुड्ढे राजपूत का चेहरा मेरी आँखों के सामने उभरने लगता है और मैं अनायास अपने को बुदबुदाते पाता हूँ, ''यह अच्छी कॉफ़ी और यह अच्छा चेहरा दोनों भारतीय हैं!''

ख़ैर, लड़का दो मिनिट में चाय की प्याली लेकर मुसकराता हुआ मेरे सामने आ खड़ा होता है। उसके अधखुले होठों के बीच उनके पतले सफ़ेद दाँतों को देखकर मुझे लगता है कि वह विशुद्ध क्लोरोफ़िल मुसकराहट मुसकरा रहा है। अमेरिकन मुहावरे में इसे मिलियन डॉलर स्माइल कहते हैं। और वह लड़का है कि रोज़ छह पैसे की चाय मुझे पकड़ाता हुआ यह मिलियन डॉलर की मुसकराहट मुसकरा जाता है। मेरी कई बार ख़्वाहिश होती है कि लड़के को किसी क्लोरोफ़िल कम्पनी के हवाले कर दूँ, जिससे उसकी मुसकराहट का सही मूल्य दुनिया के सामने आ सके। और जब मैं यह सोच रहा

होता हूँ, तो ईथर में तैरती हुई स्त्रीकंठ की सुमधुर आवाज़ सुनाई देती है, "क्या आपका लिवर ठीक काम नहीं करता? अपना लिवर ठीक रखने के लिए आज से ही लिवर-इमल्शन लीजिए...।"

मुझे ठीक मालूम नहीं कि मेरा लिवर ठीक काम करता है या नहीं पर मैं किसी बच्चे को किलकारी मारकर हँसते देखता हूँ, तो मुझे लाल डिब्बे में बन्द बेबी मिल्क की याद हो आती है; किसी सुन्दर दृश्य को देखता हूँ तो उनतीस रुपयेवाला कैमरा मेरी आँखों के आगे घूमने लगता है। विवाह मंडप के पास खड़े होकर मुझे नेशनल सेविंग्ज़ सर्टिफ़िकेट्स की याद ज़रूर आती है। मोहल्ले के लाल चौधरी मिलने आते हैं, तो मुझे लगता है कि विटामिन-बी कॅम्पलेक्स का विज्ञापन चला आ रहा है। दफ़्तर की नयी टाइपिस्ट रोज़ी का समूचा व्यक्तित्व मुझे स्कारलेट रंग की लिपिस्टिक का विज्ञापन प्रतीत होता है। और किसी से कहिएगा नहीं पर हालत यहाँ तक पहुँच गयी है कि अब मैं ख़ुद आईने के सामने खड़ा होता हूँ, तो लगता है कि अपना चेहरा नहीं लिवर सॉल्ट का विज्ञापन देख रहा हूँ!

अस्वस्थ और अप्रसन्न

किसी का भी पत्र (मतलब अपने नाम आया किसी का पत्र, किसी के नाम आया किसी का पत्र नहीं) खोलने पर सबसे पहले अपनी निगाह नीचे की एक पंक्ति पर जाती है जिसमें चलते-चलते घसीटकर लिखा होता है, ''आशा है आप स्वस्थ और प्रसन्न हैं।'' गोया कि हमारा एक साथ स्वस्थ और प्रसन्न होना बहुत मामूली-सी बात है। जैसे कि हम पैदाइशी तौर पर ही स्वस्थ और प्रसन्न चले आ रहे हैं, और यह बहुत स्वाभाविक-सी चीज़ है कि ज़िन्दगी-भर वैसे ही बने रहेंगे! जैसी कि हम इनसान नहीं, मोम के पुतले हैं कि एक बार जैसे स्वस्थ और प्रसन्न-से बनाकर रख दिये गये, हमेशा-हमेशा के लिए वैसे ही रखे रहेंगे और हर एक को, हर समय और हर उम्र में वैसे के वैसे नज़र आते रहेंगे। हम अपने सब ख़त लिखनेवाले मेहरबान (और नामेहरबान) दोस्तों पर यह वाज़े कर देना चाहते हैं कि इस तरह की ग़लत बात पढ़कर हमारे दिल को बहुत तकलीफ़ पहुँचती है। इसी वजह से हम आज, यहाँ छापे में छापकर, उन सबको जिन्होंने आज से पहले अपने ख़त में कभी यह बात लिखी है या आइन्दा कभी लिखने का इरादा रखते हैं, यह बता देना चाहते हैं कि बुनियादी तौर पर हम एक मिलनसार इनसान वाक़या हुए हैं, इसलिए अकसर तो न हम स्वस्थ रह पाते हैं और न प्रसन्न; और कभी ऐसा मौक़ा आ जाए कि स्वस्थ हों तो प्रसन्न नहीं होते और प्रसन्न हों तो स्वस्थ नहीं होते। और अगर ज़िन्दगी में एकाध मौक़ा ऐसा मिला है कि हम स्वस्थ होने के साथ प्रसन्न भी हुए हैं तो उस दिन की डाक से हमें किसी की चिट्ठी ही नहीं आयी।

इतनी बात कह चुकने पर हमें शक गुज़रता है कि यार लोग हमारे नाम सहानुभूति के पत्र लिखकर हमसे यह न पूछने लगें कि हमारी अस्वस्थता और अप्रसन्नता के कारण क्या हैं। इसलिए आधारभूत कारणों की चर्चा हम यहीं पर कर देना चाहते हैं। जिन्हें हमसे सहानुभूति हो, वे एक दीर्घ नि:श्वास छोड़ सकते हैं।

हमारी अस्वस्थता का एक कारण तो यह है कि हमारे आसपास का मौसम हर दिन, हर घड़ी, बदलता रहता है और हमारी हर ख़्वाहिश और कोशिश के बावजूद वह मौसम नहीं आता जिस मौसम में हम स्वस्थ रह सकते हैं। गर्मियों में हमें गर्मी

मुवाफ़िक़ नहीं आती, सर्दियों में हमें सर्दी हमारे जिस्म को सुन्न किये रहती है। ख़ुश्क दिनों में हमारी तबीयत ख़ुश्क हो जाती है और जब बादल घिरे होते हैं तो हमें अपने इर्द-गिर्द हर चीज़ चिपचिपाती महसूस होती है। हमारी सारी देखभाल के बावज़ूद इस नाशुक्रगुज़ार जिस्म को हर मौसम में कुछ-न-कुछ शिकायत बनी रहती है। कभी इसमें विटामिन कम होने लगते हैं, कभी चर्बी बढ़ने लगती है, कभी हरारत ज़्यादा हो जाती है तो कभी वह कम हो जाती है। हरारत को दुरुस्त करते-करते दिल की धड़कन में कमी-बेशी होने लगती है। दिल का इलाज करते हैं तो जिगर ख़राब हो जाता है और जिगर का इलाज करते हैं तो मेदा बिगड़ जाता है। खाने-पीने में परहेज़ रखते हैं तो प्रोटीन कम होने लगते हैं और नहीं रखते तो माशाल्लाह किसी-न-किसी की नज़र लग जाती है।

और इस पर तुर्रा यह है कि जब भी कोई नयी शिकायत पैदा होती है, हमारी अम्माँ बहुत इत्मीनान से हमसे कह देती है, ''कोई बात नहीं बेटा, आजकल मौसम बदल रहा है... ।''

और यह मौसम है कि हर रोज़ बदलता ही रहता है और हमारी अम्माँ को हमारी अस्वस्थता की वजह से कभी तशवीश ही नहीं होती। हमें चाहे अपनी उलझन और परेशानी में इस जहाने-फ़ानी से रुख़सत होने तक का ख़याल होने लगे, मगर वह आराम से सब्ज़ी छीलती हुई कह देंगी, ''कोई बात नहीं बेटा, आजकल मौसम बदल रहा है... ! बेटा आजकल मौसम बदल रहा है... ।''

और क्योंकि हम हर महीने हिन्दी की कुछ पत्र-पत्रिकाएँ उठाकर देखते हैं इसीलिए हमें उनकी बात माननी पड़ती है कि हमारी अस्वस्थता का बदलते हुए मौसम के साथ गहरा सम्बन्ध है। बाहर की सर्दी-गर्मी देखकर हमें मौसम का उतना पता नहीं चलता, पर हर पत्रिका के नये अंक का पहला पन्ना (मतलब विज्ञापनों के बाद का पहला पन्ना) देखने पर ज़रूर अहसास होता है कि मौसम बदल रहा है और निहायत तेज़ी से बदल रहा है। पुराने दकियानूसी ज़माने में मौसम की रफ़्तार इतनी तेज़ नहीं थी : जो हवा चलती थी, कुछ दिन चलती रहती थी और जो कुछ बदलता था, ज़रा आराम से बदलता था। मगर अब तो हर महीने पिछले महीने का इनसान पुराना हो जाता है, पिछले महीने की सृजनचेतना और भावभूमि पुरानी पड़ जाती है और नये महीने की नयी चेतना, नयी दृष्टि, नयी पकड़, नयी पहुँच, नयी खोज और नयी उपलब्धि से दो-चार होना पड़ता है। हर महीने हर चीज़ की केंचुली बदलती देखकर हमें अन्देशा है कि अगर तरक़्क़ी की यही रफ़्तार रही तो जिस तरह लोग अब पचपन-छप्पन और सत्तावन के साहित्य की बात से हटकर जनवरी, फ़रवरी और मार्च के साहित्य की बात करने लगे हैं, उसी तरह इससे हटकर थोड़े दिनों में सोमवार, मंगलवार और बुधवार के साहित्य की चर्चा करने लगेंगे, और जीवन के शाश्वत मूल्यों की परिकल्पना जो एक

पत्र के प्रात: संस्करण में होगी, वह शाम के संस्करण तक बदल चुकी होगी, और यह भी सम्भव है कि इन तेज़ी से बदलते हुए मूल्यों का क्षणानुक्षण का रिकार्ड रखने के लिए लोगों को ख़ास ज़मीमें निकालने पड़ा करें कि श्री वैशम्पायनजी की सायं साढ़े-सात बजेवाली जीवनदृष्टि और संवेदना पुरानी पड़ गयी, उनकी नयी संवेदना की नयी अभिव्यक्ति सवा-ग्यारह बजे के संस्करण में देखिए, इत्यादि।

इन हालात में इनसान की स्वस्थता तो नहीं बनी रह सकती, हाँ उसके स्थान पर कल को किसी नयी स्वस्थता का आविष्कार हो जाए तो और बात है।

हमारी अस्वस्थता का इससे भी बड़ा कारण यह है कि हमारे मिलनेवाले (और न मिलनेवाले) अकसर दोस्तों को अस्वस्थता की शिकायत है, और यह बात हर डॉक्टर कहता है कि रोग के सम्पर्क से रोग फैलता है। हमारे एक दोस्त हैं जो रेडियो के लिए नाटक लिखते हैं। वे जब भी हमारे यहाँ आते हैं तो उनकी सूरत देखकर दूर से ही लगता है कि किसी दुर्घटना के शिकार होकर आ रहे हैं। आकर चारपाई पर बिछते हुए वे पहली बात यही कहते हैं, ''अरे यार, आज मारे गये!''

उनके मारे जाने का कारण रोज़ अलग होता है, मगर ऐसा दिन कोई नहीं होता जिस दिन वे न मारे जाते हों। किसी दिन वे अपने बॉस की झिड़कियाँ खा आते हैं जिससे उनका कलाकार शहीद हो जाता है और किसी दिन किसी के सीधे मुँह बात न करने से उनके रोमियो पर छुरी चल जाती है। मगर हादसा उनके साथ रोज़ होता है। और जिस दिन कोई हादसा नहीं होता उस दिन उनकी जेब में पैसे नहीं होते और वे इसीलिए मारे जाते हैं कि किसी होटल में जाकर एक प्याली चाय नहीं पी सकते। और किसी-किसी दिन तो वे बिला वजह ही मारे जाते हैं क्योंकि इस इतनी अकेली दुनिया में उनका दिल बेहद उचाट रहता है, और कोई ऐसा नहीं जो उसे लगाने का इन्तज़ाम करे।

एक और दोस्त हैं जो कहानियाँ लिखते हैं और आलोचना के रोग से परेशान रहते हैं। वे आकर कुरसी पर गिरते हुए यहीं से बात उठाते हैं कि अमुक ने अमुक की रचना के बारे में अमुक पत्रिका के अमुक अंक में जो बात लिखी है उसे पढ़कर हमें क्या तनिक भी परेशानी नहीं हुई? और जब हम धीरे-से उनसे कहते हैं कि भैयाजी हमें तो पता ही नहीं कि अमुकजी कौन हैं और अमुक पत्रिका कहाँ से निकलती है तो वे चन्द्रकान्ता के तिलिस्म में लेटे हुए पत्थर के बुत की तरह ग़ुस्से से काँपते हुए खड़े हो जाते हैं।

''तुम्हें इतना भी नहीं पता?'' वे कहते हैं, ''नारसिस के ताऊ, तुम पढ़ते ख़ाक हो! अमुक ने अपने लेख में अमुक के बख़िये उधेड़कर रख दिये हैं और अब मैं अपने लेख में उसके बख़िये उधेड़ने जा रहा हूँ।''

मगर ट्रेजेडी यह है कि लोगों के बख़िये इतने मज़बूत हैं कि उनके उधेड़ने से

उधड़ते नहीं, और अभी वे एक पर अपने नाख़ून आज़मा रहे होते हैं कि कोई और बख़िये उधेड़ने का हक़दार सामने आ जाता है। हमने कई बार उनसे कहा है कि वे अपनी इच्छाशक्ति को ज़रा मज़बूत बनायें जिससे जिस किसी के बख़िये उधेड़ने की बात उनके मन में आये उसके बख़िये अपने-आप उधड़ जाया करें। मगर उस तरफ़ उनका ध्यान नहीं जाता। नतीजा यह है कि उनके चारों तरफ़ भीड़ रोज़-ब-रोज़ बढ़ती जा रही है और उनके नाख़ून बेकार होते जा रहे हैं। इसीलिए हमारा चेहरा ज़रा नज़दीक देखकर वे गाहे-ब-गाहे अपने नाख़ून यहीं गड़ा देते हैं और बाद में उन्हें सहलाते हुए ख़ुश होकर पूछते हैं, "कहो आया मज़ा?"

और हमें उनका हाथ पकड़कर पूछना पड़ता है कि नाख़ूनों में ज़्यादा दर्द तो नहीं हुआ?

जहाँ इन दोस्तों की अस्वस्थता के कारण हम अस्वस्थ रहते हैं वहाँ एक और दोस्त हैं जिनकी अप्रसन्नता हमें सदा अप्रसन्न रखती है। इन साहब का दिमाग़ एक अच्छा-ख़ासा अजायबघर है जहाँ ख़लक़ का हर ग़म समाया है : ग़मे-हस्ती, ग़मे-पस्ती, ग़मे-दोस्ताँ, ग़मे-दुश्मनाँ—गोया कि न कोई ग़म बचा है और न उनके दिमाग़ का कोई कोना ही ख़ाली है। मगर उनकी ज़िन्दगी के सबसे बड़े ग़म का ताल्लुक़ दिल से है। यह ग़मे-दिल शायराना क़िस्म का होता तो कोई बात नहीं थी। वे शेर लिखकर या दूसरों की लिखी हुई चीज़ें अपने नाम से सुनाकर वक़्त काट लेते। ज़्यादा-से-ज़्यादा कमीज़ की दो बटन तोड़ लेते या हज्जाम के यहाँ जाना छोड़ देते। मगर यहाँ तो मसला ही और है। सारे बुतख़ाने में उन्हें ऐसा कोई बुत ही नज़र नहीं आता जिसे वे अपना दिले-नाज़ुक इनायत फ़रमा सकें और शेरो-शायरी की नौबत आये। चेहरे के ख़तूत एक को हासिल हैं तो आवाज़ की शीरीनी किसी और को मयस्सर है। बाल इनके घुँघराले हैं तो गरदन में उनकी ख़म पड़ता है। जिन्हें शेरो-शायरी से उन्स है उनके चेहरे पर चित्तियाँ पड़ी हैं और जिन्हें देखकर शेर कहने को उनका मन होता है वे चॉकलेट के रस को ही मुख्य रस समझते हैं। इसलिए हर दूसरी शाम को हमें उनसे सुनना पड़ता है, "अरे तुम लोगों ने ज़िन्दगी को बिल्कुल प्रोज़ेक बनाकर रख दिया है!" इसकी व्याख्या करते हुए वे बताते हैं कि विचारों की दुनिया का स्थूल जगत् के साथ गहरा सम्बन्ध है, इसलिए जब शायराना तख़य्युल बलन्दी पर था तो इस दुनिया में वे रूमानी चेहरे भी ज़रूर वारिद होते थे जो अब उनके ख़्वाबों में तशरीफ़ लाते हैं। मगर चूँकि हम लोग अब ज़िन्दगी के भद्दे यथार्थ पर ही नज़र रखते हैं, इसलिए 'शायराना ख़्वाब के सब शीशे दरे-हक़ीक़त से दूर हो गये हैं।'

ग़मे-दिल के अलावा उनकी ज़िन्दगी का दूसरा बड़ा ग़म है ग़मे-रोज़गार जिसके लिए वे कार्ल मार्क्स को दोषी ठहराते हैं।

ग़मे-रोज़गार, जैसा कि नाम से ही ज़ाहिर है, रोज़-रोज़ का ग़म है। उनकी

आत्मा इस बात को स्वीकार नहीं करती कि वे रोज़-रोज़ काम करें जिससे रोटी खा सकें और रोज़-रोज़ रोटी खायें जिससे काम कर सकें। उनके ख़याल में उन्हें परिन्दों की तरह यह हक़ हासिल होना चाहिए कि वे जहाँ से जो चीज़ चाहें चोंच में लें और फ़ुर्र से उड़ जाएँ। यह क्या कि काम किया और रोटी खायी, रोटी खायी और काम किया—जैसे एक कुत्ता अपनी पूँछ को पकड़ने के लिए ज़िन्दगी-भर चक्कर लगाता रहे। उन्हें इस तरह की ज़िन्दगी क़तई पसन्द नहीं। और फिर सौ तरह के काम हैं : यह कैसे तय किया जाए कि क्या कमा करना चाहिए और क्या नहीं। पैसा व्यापार में है, आराम नौकरी में है, खुद्दारी मज़दूरी में है; और जो काम वे अच्छी तरह कर सकते हैं उन्हें लोग काम नहीं समझते—जैसे चहलक़दमी करना, विज़िट पे करना, चिन्तित दिखाई देना, इंटलेक्चुअल क़िस्म की गुफ़्तगू करना, वग़ैरह-वग़ैरह। एक दिक़्क़त यह भी है कि जब-जब उन्होंने कोई काम किया है तो उन्हें लगा है कि वे ग़लत जगह फँस गये हैं। जब मास्टर थे तो लगता था कि उनकी आत्मा पत्रकारिता में ही अभिव्यक्ति पा सकती है। पत्रकार हुए तो लगने लगा कि एक नोबल प्रोफ़ेशन छोड़कर कहाँ क़लमघिसाऊ महकमे में आ गये हैं। फिर से मास्टरी कर ली तो अहसास हुआ कि यह तो वही ज़लालत फिर से मोल ले ली—गधों को ए बी सी डी रटाने से एक बार छुट्टी पायी थी, अब फिर डंडा हाथ में लिये उसी में आ जुटे।

अपनी ज़ात के अलावा उन्हें नाते-रिश्तेदारों के ग़म हैं, पास-पड़ोस के ग़म हैं। जितने रिश्तेदार हैं वे हर वक़्त उनकी जान से कोई-न-कोई उम्मीद रखते हैं। ख़ुशी हो तो उन्हें उम्मीद है, रंज हो तो उन्हें उम्मीद है। अब वे अकेले हर आदमी की उम्मीद कैसे पूरी कर सकते हैं? किसी एक की उम्मीद पूरी कर दें तो बाक़ी लोग नाराज़ होते हैं। इस दुःख के मारे वे किसी की भी उम्मीद पूरी नहीं करते, चाहे उस वजह से अपना नाम ब्लैक-लिस्ट में देखकर उन्हें अपार कष्ट होता है। पास-पड़ोस की परेशानियाँ दूसरी किस्म की हैं। हर पड़ोसी इकाई के सब हक़ूक अपने पास रखता है और भाई-चारे के सब फ़रायज़ उन पर लाद देता है। ख़ुद वह चाहे जो करें, आधी रात को बिल्लियाँ लड़ा दे, अपनी भैंस मुहल्ले में खोल दे, सुबह सिर-दर्द के इश्तिहार सुना-सुनाकर उनकी नींद हराम कर दे—सब जायज़ है; मगर ये बेचारे अपने अहाते की बत्ती भी जलती रखें तो मुहल्लेदारी पर आँच आने लगती है। किसी-न-किसी तरफ़ से आवाज़ आ जाती है, "भाई साहब बत्ती बुझाइए और दूसरों को सोने दीजिए। पढ़ने के लिए दिन में बहुत वक़्त होता है।" यहाँ तक तो ख़ैर ग़नीमत है। मगर साथ के घर में जब मियाँ-बीवी में लड़ाई होती है तो इकाई के हक़ूक़ और भाई-चारे के फ़रायज़ में सख़्त कशमकश पैदा हो जाती है। वे अपना फ़र्ज समझते हुए दख़ल ज़रूर दे बैठते हैं जिससे नतीजा यह होता हे कि मियाँ-बीवी तो कुछ देर बाद घर में चैन से सो रहे होते हैं मगर ये डॉक्टर के यहाँ सिर की

पट्टी करा रहे होते हैं।

ज़िन्दगी के इस तंग दायरे से बाहर उन्हें अपने समाज का बहुत ग़म है। किसी भी साम्प्रदायिक या राजनीतिक जलसे की बॉर्डर लाइन पर खड़े होकर वे किसी की पुरजोश तक़रीर सुन लें तो उनकी तबीयत नासाज़ हो उठती है। उन्हें महसूस होता है कि समाज बहुत तेज़ी से रसातल की तरफ़ जा रहा है, उसे बचाने के लिए उन्होंने वक़्त पर कुछ न किया तो हालत बहत नाज़ुक हो जाएगी। हालाँकि दिमाग़ में हर वक़्त टेंशन बनी रहती है फिर भी उनकी समझ में नहीं आता कि वे इसके लिए करें तो आख़िर क्या करें। क्योंकि उन्हें महसूस होता है कि समाज को हर तरफ़ से ख़तरा है—धर्म से ख़तरा है, अन्दर से ख़तरा है, बाहर से ख़तरा है। इन सब ख़तरों की बात सोच-सोचकर उनकी रूह फ़ना हुई रहती है और समाज है कि जहाँ-का-तहाँ बना है, न ऊपर उठता है, न रसातल की तरफ़ जाता है जिससे कुढ़कर उन्हें अकसर कहना पड़ता है कि यह समाज उनकी हमदर्दी का हक़दार नहीं!

समाज के ख़तरों से आगे इन्सानियत के ख़तरे हैं जो वे हर सुबह अख़बारवाले को सोलह नये पैसे देकर ख़ुद मोल लेते हैं। अख़बार पर नज़र डालते ही उनके माथे पर शिकन पड़ जाती है। सारी दुनिया संकट में है। सब देशों का एक-दूसरे पर से विश्वास उठ गया है। किसी देश का एक भी वैज्ञानिक पागल हो गया तो वह अणुबम छोड़कर सारी दुनिया को तहस-नहस कर देगा। स्पेस में इनसान के दख़लअन्दाज़ होने के स्पेस को ख़तरा पैदा हो रहा है। मुमकिन है स्पेस में ऐसी हलचल पैदा हो जाए कि सितारों की गरदिश बदल जाए, पृथिवी सूर्य को छोड़कर शुक्र के इर्द-गिर्द चक्कर काटने लगे। चाँद टुकड़े-टुकड़े होकर धरती पर आ गिरे और ऐसी क़यामत बरपा हो जाए कि उन जैसे आस्तिक आदमी को भी परलोक की उम्मीद न रहे, उनकी आत्मा को कहीं क़याम हासिल न हो क्योंकि इस अफ़रा-तफ़री में जाने स्वर्ग और नरक की भी क्या दशा हो?

और पूरी ज़िन्दगी-भर हमें ग़मगीन रखने के लिए वे अकेले ही काफ़ी हैं। दिन में दो बार उनसे मुलाक़ात होती है। सुबह वे हमारे यहाँ आकर अपनी शेव बनाते हैं और शाम को घंटा-भर हमारे शेल्फ़ की किताबें ऊपर-नीचे करते हैं। इसलिए हम विनय के साथ यह निवेदन करने के लिए मजबूर हैं कि दोस्तो, हम एक साथ स्वस्थ और प्रसन्न कभी नहीं रह सकते, इसलिए...''

अनात्म कथ्य

चुटकुला कमलेश्वर का है : कि किसी ने राकेश से उसकी दिनचर्या के विषय में पूछा। राकेश ने सुबह से सुबह तक का अपना कार्यक्रम बताया। ''देखिए दस बजे नींद खुलती है। सवा दस तक बेड-टी लेते हैं। नहाकर नाश्ता करने तक बारह-सवा बारह बज जाते हैं। नाश्ते के बाद डाक देखते हैं, पत्रों के उत्तर देते हैं। साढ़े तीन-चार के क़रीब दोपहर का भोजन करके कुछ देर सुस्ता लेते हैं। तब तक बाहर निकलने का वक़्त हो जाता है। शाम के सात से रात के ग्यारह-बारह बजे तक दोस्तों की महफ़िल चलती है—हँसने-हँसाने और पीने-पिलाने में वक़्त गुज़रने का पता ही नहीं चलता। लौटकर खाना खाने में डेढ़-दो बज जाते हैं। तभी घंटा-डेढ़-घंटा कुछ पढ़ा जाता है और पढ़ते-पढ़ते नींद आ जाती है। उसके बाद फिर वही दस बजे आँख खुलती है।''

''तो आप लिखते कब हैं?'' इस पर पूछा गया।

राकेश ने मुसकराकर उत्तर दिया, ''कल।''

और पिछले आठ महीने से अपना आत्मकथ्य 'कल' लिखा जा रहा है। मगर आज तय कर लिया है कि कल हर हालत में लिख देना है। न लिखने से कई तरह की ग़लतफ़हमियाँ पैदा हो रही हैं। दूसरों से ज़्यादा अपने मन में। कि कहीं अनजाने में इन सब चीज़ों से ऊपर ही तो नहीं उठ गये। कई बार ऐसा होता है आदमी कुछ चीज़ों से ऊपर उठ जाता है। उसे ख़ुद पता नहीं चलता। पता चलता है जब आसपास से लोग एहसास कराने लगते हैं। एक बार एहसास हो जाए, तो फिर बड़ा मुश्किल होता है। आदमी नीचे उतर ही नहीं पाता। कइयों के साथ ऐसा होते देखा है। कि एक बार उठे, तो उठे ही रह गये। नीचेवालों ने आवाज़ें दीं, तो भी लौटकर नहीं आये। आहिस्ता-आहिस्ता इतने ऊपर उठ गये कि फिर कभी नज़र ही नहीं आये।

इसके अलावा मन में कुंठा पैदा हो रही है, सो अलग। कुकुरमुत्ते की तरह—कि किस एंगल से शुरू करें। एंगल से नहीं, कोण से। इसी तरह ग़लती हो जाती है। बिना चाहे। हिन्दी की जगह अँग्रेज़ी का लफ़्ज लिखा जाता है। 'अनमोल बोल' वाले कोट

कर देते हैं। कोट नहीं, उद्धृत। तब बड़ी मुश्किल होती है। सौ आदमियों में हँसाई हो जाती हे। जो छींटाकशी होती है, सो अलग। एक एंगल के मारे दस कोण बिगड़ जाते हैं। उनमें से सात तो बच-बचा जाते हैं, तीन की घिसाई होने लगती है। दफ़्तर से वक़्त निकाल-निकालकर लोगों को लेख-वेख लिखने पड़ते हैं। सच, बड़ी मुश्किल होती है।

एंगल के बारे में कई सटल्टीज़ हैं। मतलब बारीकियाँ। कि डायरेक्ट हो। यानी सीधा। नहीं, सीधा नहीं। सीधे का मतलब कुछ और होता है। जैसे अपना एक दोस्त है जो सीधा है। बावजूद अपनी सारी पेचीदगियों के एंगल भी उसी की तरह सीधा हुआ तो मारे जाएँगे। लिखते वक़्त उस दोस्त की ही याद आती रहेगी और मज़ाक़ सूझते रहेंगे। तो सीधा हरगिज़ नहीं। सीधे के अलावा डायरेक्ट का और क्या अनुवाद हो सकता है?—(बृहत् अँग्रेज़ी-हिन्दी शब्दकोश, पृष्ठ तीन-सौ छयासी—) ऋतु। प्रत्यक्ष। सर्वथा। बिल्कुल। क़तई। असन्दिग्ध। सुस्पष्ट। स्पष्ट। सरल। खरा! ठीक। अनाश्रित। अनूप। अनुलोम। वंशक्रमानुगत। तुरन्त। फ़ौरन। व्यक्तिगत रूप से। इनमें से जो भी फ़िट होता हो, वही।

दूसरे कि मौलिक हो। मतलब एंगल। क्योंकि मौलिकता एंगल की ही हो सकती है। वरना इनसान नाम का ख़ुदाई मॉडल इतना पुराना पड़ गया है कि उससे आत्म या कथ्य में मौलिकता की उम्मीद करना ज़्यादती है। वही एक आत्म है जो अलग-अलग रूपों में हर आत्म में से प्रस्फुटित होता है। फ़र्क़ रखने के लिए कहीं आत्म को कथ्य पर अधिकार दे दिया जाता है, कहीं कथ्य को आत्म का शासन सौंप दिया जाता है। हालाँकि फ़र्क़ कुछ ख़ास नहीं, क्योंकि आत्म और कथ्य दोनों पर्यायवाची शब्द हैं। शब्दकोशवाले नहीं मानते, न मानें। यह उनकी ग़लती है।

मगर ग़लती को ग़लती कहना भी एक ग़लती है। यह ग़लती अकसर अपने से हो जाती है। अब यहीं हो गयी। अच्छा हुआ जो मान ली। मान लेने से आधी ग़लती ठीक हो जाती है। बाक़ी आधी हिसाब में एडजेस्ट हो जाती है। क्योंकि आधी ग़लती हर आदमी मानने को तैयार है। बशर्ते कि पहले आप आधी मान लें।

बात मौलिकता की हो रही थी...।

ज़िक्र कहाँ था...?

यहाँ, कि मौलिकता एंगल की होती है...।

पर नहीं! अपने को इसमें सन्देह है।

सन्देह होना अच्छी बात है। अपने पर होना और भी अच्छी बात है। इससे अपनी ईमानदारी पर विश्वास जमाता है। साथ ही दूसरे की ईमानदारी पर शक करने का हक़ हासिल होता है। सन्देह से शुरुआत अपने में बुरा एंगल नहीं।

इस एंगल की शब्दावली क्या होगी? कि जितना अपने बारे में सोचते हैं, उतना

ही मन में सन्देह जागता है। अपने प्रति और अपने लेखन के प्रति। लगता है, अभी अपने को ठीक से समझते नहीं। जो कुछ है, प्रयत्न तक है। कुछ पाएँगे या नहीं, कह नहीं सकते। कैसे कहें कि पाएँगे तो वह वास्तव में पाना ही होगा? क्योंकि न पाने की तरह पाना भी तो व्यक्ति-सापेक्ष है। कैसे कहें कि हमारे व्यक्ति में हमारी सापेक्षता नहीं या कि हमारी सापेक्षता में हमारा व्यक्ति नहीं?

पर यह एंगल चलेगा नहीं। लोग कहेंगे कि अभी-अभी दरियागंज से होकर आ रहे हैं। जो सन्देह की जगह आत्मस्वीकृति से शुरू किया जाए?

कि हम अन्दर से विभक्त हैं। हर बात दो तरह से सोचते हैं। दोनों तरह से उसे ठीक पाते हैं। दोनों तरह से स्वीकार करना चाहते हैं। नहीं कर पाते, यही अन्तर्द्वन्द्व है। अन्तर्द्वन्द्व ही नियति है। हमारी नहीं, सबकी। कोई न माने तो वह झूठा है। हम झूठे नहीं। हमारे मन में कई तरह के प्रश्न उठते हैं। लगता है, प्रश्नों की अन्धी गली में भटक गये हैं। उत्तर पा लें, तभी कुछ कहने का अधिकार अपने को दें। जब तक नहीं, तब तक नहीं...।

पर किसी ने पूछ लिया कि शुरू से ही चुप क्यों नहीं रहे, तो? इसके अलावा और भी दिक़्क़त होगी। बात रखने के लिए सचमुच चुप रहना पड़ेगा। कहने के लिए तो ठीक है, पर बात के वक़्त कैसे चुप रहे आदमी? रहने को रह भी ले, पर साथ दूसरे भी चुप रहें, तब तो? वे तो कलफ़दार कालर लगाकर और गरदन ऐंठकर जाने किस आसमान से बात करते हैं!

कालर एक बार लाये थे। साइज़ फ़िट नहीं आया। वापस कर आये। बाद में देखा किसी और ने लगा रखा है। हालाँकि उसे भी फ़िट नहीं था। उससे कहा, तो वह माना नहीं। दूसरों से कहा, तो वे भी नहीं माने। बोले कि आपकी गरदन में नुक्स है कालर में नुक्स नहीं। दूसरी बार मारे शरम के नहीं लाये। कि लोग कहेंगे, नक़ल की है।

हमेशा इसी तरह पीछे रह जाते हैं। एक बार कोई बड़े-से बाहर से आये थे। बड़ी-सी मोटर थी उनके पास। यहाँ कीचड़ में उसके पहिये ख़राब हो गये। उन्होंने नाक-भौं चढ़ायी। गाली दी। गाली देकर चले गये। पर अगले दिन देखा कि उस रास्ते से गुज़रते हुए यार लोग भी नाक-भौं चढ़ा रहे हैं। हालाँकि, सवार अपनी रोज़वाली साइकिलिया पर ही हैं। हाँ, हैंडल पर हाथ रखने का अन्दाज़ कुछ बदल गया है। वज़न पहले से कम डालते हैं।

वे साहब जो आये थे, उनका नाम भूल गया। यह और दिक़्क़त है। नाम अकसर भूल जाता है। एक बार अपना ही नाम भूल गया। बड़ी मुश्किल से याद आया। दस लोगों ने गाली दी, तब। पर बाद में और गाली खानी पड़ी। क्योंकि उन सबका नाम भूल गया।

नाम याद रखने में बड़ी सुविधा है। ठोस आधार पर बात की जा सकती है। वरना आधार कमज़ोर हो जाता है। बात ग़ालिब नहीं आती। ज़िम्मेदारी भी अपने ऊपर आती है। ख़ामख़ाह। बात वही होती है—जो उस दूसरे ने कही थी। ज़रूरी नहीं कि उसकी भी अपनी हो। वैसे बात अपनी तो कभी होती ही नहीं। किसी की भी। हर बात कही जाने के बाद दूसरे की हो जाती है। दूसरा उसे जो चाहे अर्थ दे सकता है। सो बात उसकी, अर्थ अपना। ज़िम्मेदारी उसकी। यह बात किसने कही थी? याद नहीं।

तो कोई और ही तरीक़ा होना चाहिए। याददाश्त ही सब कुछ नहीं। और भी हैं जिनकी याददाश्त कमज़ोर है। अपनी तरह। लेकिन वे किसी कॉम्प्लेक्स में नहीं पड़ते। सीधे जाकर चबूतरे पर खड़े हो जाते हैं और भाषण देने लगते हैं। चबूतरे की यही एक ख़ासियत है। जो भी जाकर खड़ा हो जाए, उसी से भाषण दिलाने लगता है। नीचे से तलुवों में गुदगुदी करता है। असल में भाषण वह ख़ुद देता है। चबूतरा। ऊपर खड़े होनेवाले को तो सिर्फ़ गुदगुदी होती है। कभी-कभी ग़लतफ़हमी भी हो जाती है। कि भाषण वह दे रहा है। चबूतरा केवल सन्दर्भ है। पर चबूतरा जानता है कि सन्दर्भ असल में कौन है और भाषण कौन दे रहा है। कई आये और कई गये। वही एक भाषण सबने दिया। हर एक को गुदगुदी मगर अलग तरह से हुई। चबूतरे की एक और शरारत।

तो चबूतरेवाला भाषण नहीं। कुछ और। चबूतरे से हटकर। भीड़ से अलग जाकर। वह जो कि बिल्कुल अपना हो। अपना यानी अकेले का। अकेले का यानी अकेलेपन का। कि हम वह नहीं जो और हैं। हम उनसे अलग हैं। कटे हुए हैं। वे सब भीड़ हैं। एक अलग इकाई। हम केवल हम हैं। एक अलग इकाई। भीड़ हमारे अन्दर हो सकती है, हम भीड़ के अन्दर नहीं हैं। अपनी जगह अलग खड़े हैं। मोहरबन्द। सील्ड-इन-यूनिट। लोग मज़ाक़ समझते हैं। हालाँकि हमारा उनसे सम्बन्ध केवल घृणा का है। वितृष्णा का। बल्कि वह भी नहीं। हमारा उनके साथ सम्बन्ध है ही नहीं। वे हमारे लिए अजनबी हैं। हम उनके लिए। ख़ुद अपने लिए भी। इस साल इरादा आत्महत्या का था। पर चौंकिए नहीं। इरादा पिछले साल भी था। अगले साल भी होगा।

लोग बहुत कैलस हैं। अकेलेपन, अजनबीपन और आत्महत्या, इन्हें फ़ैशनेबल चीज़ें समझते हैं। जैसे कि क्रिश्चियन दिओर के फ़ैशनजर्नल में से ली गयी हों। इसलिए कहने को मन होता है कि हमारे आत्म को कथ्य की अपेक्षा ही नहीं। क्योंकि आत्म शाश्वत है। और कथ्य—वह तो रोज़ बदल सकता है। जैसे कि धान शाश्वत है। पर उसका मूल्य हर रोज़ बदल सकता है। जब जैसा बाज़ार का रुख़ हो। बल्कि अकसर कल के भी रुख का अनुमान करके। कल का कोटेशन आज के कोटेशन को प्रभावित करता है। परन्तु धान धान है। उसका अपना कोई कोटेशन नहीं। यही हाल आत्म का

है। उसका भी अपना कोई कोटेशन नहीं। कोटेशन व्यावसायिकता है। बीच के आदमी का काम है। धान और आत्म कोटेशन निरपेक्ष हैं। उन्हें इन चीज़ों से मतलब नहीं। इसलिए आज इस समय हमारे आत्म-द्वारा जो कुछ लिखा जा रहा है, वह भी कल तक ग़लत हो सकता है। क्योंकि लिखते-लिखते लिखने का क्षण बीत गया है, इसलिए इस वक़्त भी उसे ग़लत मानने में हमें आपत्ति नहीं...।

पर यह सब झंझट है। लोग ऐसी बातें याद रखते हैं और ग़लत वक़्त पर उलटे-सीधे सवाल करके परेशान करते हैं। इसलिए सबसे अच्छा है कि अपनी तरफ़ से सवाल ही किये जाएँ। क्योंकि किसी भी सवाल का सही जवाब है—एक और सवाल। उन्होंने हमें आत्मकथ्य के लिए लिखा है। हमारा पहला सवाल है कि आत्म क्या है, कथ्य क्या है? वे कहें कि आत्म में वे मनुष्य के रूप में हमारे अस्तित्व को लेते हैं, तो सवाल है कि मनुष्य क्या है, अस्तित्व क्या है? वे कहें कि मनुष्य एक चिन्तनशील इकाई है, और अस्तित्व उसके होने की परिस्थिति, तो सवाल है कि चिन्तनशील इकाई क्या है, होना क्या है, परिस्थिति क्या है? वे कहें कि इनकी परिभाषा हम करें, तो सवाल है कि परिभाषा क्या है? वे कहें कि परिभाषा एक विशेष सन्दर्भ में शब्द की व्याख्या है, तो सवाल है कि विशेष क्या है, शब्द क्या है, सन्दर्भ क्या है? इस पर वे कहें कि हमें कुछ कहना-वहना नहीं है, हम ख़ाली हुज्जत कर रहे हैं, तो सवाल है कि हम क्या हैं, कहना-वहना क्या है, और ख़ाली हुज्जत क्या है?

दायरे

यथार्थ की परिधियाँ

'अर्थ और यथार्थ' के सम्बन्ध में श्री सच्चिदानन्द वात्स्यायन का स्वगत चिन्तन ('कल्पना') इस अर्थ में महत्त्वपूर्ण है कि उसमें उन्होंने अनुभूत यथार्थ के आग्रह पर बल देते हुए परोक्ष रूप से साहित्य और बाह्य यथार्थ के आधारभूत सम्बन्ध को स्वीकार किया है। 'कृति के लिए अनुभव की सर्वोपरि महत्ता' की बात को लेकर सम्भवत: किसी भी लेखक का उनसे मतभेद न होगा, उसका तो कदापि नहीं जो रचना को जीवन के परिस्पन्दनों की ही अभिव्यक्ति मानता है। खंजन हैं, सुन्दर लगते हैं। अर्जुन के पेड़ हैं, सौन्दर्य-वृत्ति को तोष देते हैं। खंजन न होते, अर्जुन न होते तो प्रतिक्रिया न होती, अनुभूति न होती। खंजन न होते, अर्जुन न होते तो कोई भी कल्पना हमें उनके साक्षात्कार का आह्लाद न दे पाती। और यह मान लेने पर कि यथार्थ की प्रतिक्रिया ही वस्तुत: अनुभूति को जन्म देती है, क्या अनिवार्यत: यह भी न मानना होगा कि अनुभूति की व्यापकता और गहराई यथार्थ की व्यापक और गहरी पकड़ पर ही निर्भर करती है?

अनुभव की कमी लेखक को असमर्थ बनाती है, यथार्थ का 'बौद्धिकीकरण' उसे आततायी होने की अतिरिक्त सामर्थ्य दे देता है। निस्सन्देह यथार्थ की परिधि में खंजन के जोड़े और अर्जुन के वृक्ष ही नहीं हैं। केवल कुछ मूर्त रूपात्मक आकृतियाँ ही यथार्थ नहीं हैं, उन मूर्त रूपात्मक आकृतियों के ह्रास और विकास की प्रक्रियाएँ भी यथार्थ हैं। वे परिस्थितियाँ भी यथार्थ हैं जो ह्रास और विकास का कारण बनती हैं। जो खंजन और गौरैया का अन्तर नहीं जानता, आम और अर्जुन में विवेक नहीं कर सकता, अपने पड़ोसी के विषय में इतना ही जानता है कि वह मद्रासी या बंगाली है और अमुक दफ़्तर में काम करता है, वह तो मूढ़ है। परन्तु जो मनुष्य को इकाई के चेहरे की रेखाएँ गिनकर ही जानता है या इकाई के ऐब्स्ट्रेक्शन को ही सब-कुछ समझता है, जिसके अनुसार मनुष्य की 'अलग-अलग जीवन्त और संवेदनशील इकाइयाँ' कभी समूह रूप में इकट्ठी नहीं होतीं, जो अपने पड़ोसी का नाम और फोन नम्बर तो जानता है, परन्तु नगर, देश और समाज के अन्तर्गत मनुष्य की

सामूहिक सत्ता के प्रति उदासीन है, जो किसी एक अकेले मनुष्य की छाया अपनी चेतना के लेन्स में देखकर सन्तुष्ट है, जो उससे आगे की परिधि को नहीं जानता, नहीं स्वीकार करता, जो सामूहिक जीवन के घात-प्रतिघातों से कट-छँटकर रहता और अपने आँगन के कैक्टस को पानी देकर अपने वैशिष्ट्य पर मुग्ध हो लेता है, उसे क्या विशेषण देकर स्मरण किया जाना चाहिए? एक ओर तो वे हैं जो नहीं जानते कि खंजन कैसा होता है और खंजन पर कविता लिखते हैं, परन्तु दूसरी ओर वे भी तो हैं जो क्योंकि खंजन को नहीं पहचानते, न ही पहचानने का कष्ट करना चाहते हैं, इसलिए खंजन की सत्ता को मानने से ही इनकार कर जाते हैं। एक बन्द दायरे में रहकर जितना जान पाते हैं उतने में ही सम्पूर्णता का साक्षात्कार कर लेते हैं, और अपने अनुभव की छोटी-सी सीमा को 'सीमा' मानने को तैयार नहीं होते! जिसने एक-एक कुआँ देख है, समुद्र नहीं देखा, वह कुओं के ऐब्स्ट्रेक्शन को ही सर्वोपरि सत्य मान ले और समुद्र के उफ़ान की बात सुनकर मुँह बिचका दे, तो उसे क्या कहा जाना चाहिए?

...जिस आँगन में कैक्टस उगते हैं उससे कुछ ही दूर ऐसे रास्ते भी हैं जहाँ चाहे खंजन नहीं नाचते, अर्जुन नहीं लहलहाते, परन्तु जहाँ मनुष्य के पैर—फटे-फटे और घुन खाये—रात-दिन अपनी छाप छोड़ते रहते हैं। वे मार्ग और वे पैर भी तो यथार्थ है! और जड़ यथार्थ नहीं, मनुष्य के चिरन्तन वैषम्य की स्थापना का उदाहरण-मात्र नहीं, गतिशील यथार्थ है जो कल कुछ और था, और आनेवाले कल में कुछ और होगा—जो बदला है, बदल रहा है और बदलता जाएगा। उस यथार्थ तक अपने अनुभव की परिधि को फैलाने की बात वात्स्यायनजी क्यों नहीं कह पाये? या कि कलाकार को उतने यथार्थ से ही मतलब है जितना उसकी खिड़की की धूप के ज़रिये उसके कमरे में 'स्वप्रकाश' हो आता है और शेष जो कुछ है, वह है तो होगा, कलाकार के लिए तो नहीं ही है।

'मॉसेज़' से सम्बन्ध न होते हुए जो लोग 'मॉसेज' की बात करते हैं उनका ज़िक्र कर देने से इस पर कोई प्रकाश नहीं पड़ता कि वात्स्यायन 'मॉसेज़' के सम्बन्ध में क्या दृष्टि रखते हैं और कृतित्व के किसी भी स्तर या सोपान पर इकाई के ऐब्स्ट्रेक्शन से हटकर समाज को एक 'जीवन्त और संवेदनशील' समूह के रूप में ग्रहण करने के समबन्ध में क्या सोचते हैं। बात को 'साइडट्रैक' करके निकल जाने में निपुणता तो है, परन्तु इंटेग्रिटी की माँग क्या यह नहीं कि सीधे प्रश्न पर सीधे ढंग से ही विचार प्रस्तुत किये जाएँ?

रंगपीठिका पर जो व्यक्ति स्वगत भाषण देता है, वह बात पीठिका के अन्य सदस्यों से छिपाकर कहना चाहता है। मानना होगा कि इस स्वगत चिन्तन से श्री

वात्स्यायन का ऐसा कोई अभिप्राय नहीं है, हालाँकि चिन्तन तो कभी भी 'परगत' नहीं होता, सदा 'स्वगत' ही होता है। आशा करनी चाहिए कि एक 'छोटी' सभा के मन्त्री के क्वार्टर में उठे हुए जिस प्रश्न को वे सभा-प्रसंग में लाये हैं, उस पर सम-सामाजिकों के सामने और भी खुलकर अपने विचार प्रकट करेंगे—इतना-सा स्वगत चिन्तन करके नहीं हट जाएँगे। यथार्थ और अनुभूति की परिधियों के प्रश्न पर यदि ठीक से विचार हो, तो सम्भवतः रचना की बहुत-सी विडम्बनाएँ स्वतः नष्ट हो जाएँगी।

अन्दर का घाव

''मैं...मैं लिखता हूँ...'' अँग्रेज़ी के उस नवयुवक लेक्चरर ने हाथ से हवा में जैसे कुछ टटोलते हुए कहा, ''मैं लिखता हूँ...अपने अन्दर के घाव को भरने के लिए।'' और जैसे अपने शब्दों का अर्थ ठीक से समझने के लिए पल-भर रुककर उसने फिर कहा, ''बस, इसीलिए मैं लिखता हूँ।''

पिछली रात ऊपर की पहाड़ियों पर बर्फ़ गिरी थी, इसलिए खुली धूप के बावजूद हवा बहुत ठंडी लग रही थी। हम लोग बियर के गिलास सामने रखे गुलमर्ग क्लब के लॉन में बैठे थे। बग़ल के गाल्फ़ ग्राउंड में दिल्ली के '...सिंह' परिवार की लड़कियाँ 'वुड' और 'आयरन' के स्ट्रोक्स का अभ्यास कर रही थीं। नवयुवक-लेक्चरर ने अपनी कुरसी का रुख उनकी तरफ़ कर लिया था जिससे अन्दर का पुराना घाव भरने के साथ-साथ वहाँ एक नया घाव बनता रहे जिससे उसकी लिखने की प्रेरणा में अन्तर न आये।

पहले दिन मिलने पर ही मेरा उससे अच्छा परिचय हो गया था। वह खुलकर हँसना जानता था और इस तरह की हँसी के साथ मुझे हमेशा आत्मीयता का अनुभव होता है। यह मुझे बाद में पता चला था कि उसे लिखने का भी शौक़ है। उसने बताया था कि वह अँग्रेज़ी में एक उपन्यास लिख रहा है और कुछ दिनों तक कॉलेज की नौकरी छोड़कर किसी अँग्रेज़ी-भाषी देश में जा बसने की बात सोच रहा है। ''मेरा फ़ील्ड यहाँ नहीं है।'' उसने कहा। ''अँग्रेज़ी के लिए इस देश में लिखनेवाले स्कोप कहाँ है? जिन्होंने यहाँ रहकर थोड़ा-बहुत लिखा है, वे बाहर 'बी' क्लास लेखक भी नहीं माने जाते। मैं अपने लिए इस तरह की मान्यता नहीं चाहता। जिन लोगों ने मेरे उपन्यास के कुछ अंश पढ़े हैं, उनका ख़याल है, और मेरा अपना भी ख़याल है, कि मैं बाहर के लोगों के मन पर मुल्कराज आनन्द वग़ैरह से ज़्यादा गहरी छाप बना सकता हूँ। तुम इसे मेरी शेख़ी मत समझो। यह मेरा ही नहीं, एक बहुत बड़े विदेशी लेखक की भी राय है। पिछले दिनों जॉन वेन दिल्ली आया था, तो मैं उससे मिला था...।''

फिर उसने बताया कि एक राजनीतिक-सांस्कृतिक संस्था के मन्त्री ने उसे

जॉन वेन से मिलाया था। जिस होटल में जॉन वेन ठहरा था, उस होटल में आकर मिलने पर जॉन बेन ने उससे सरसरी बात की और उससे अपने उपन्यास के कुछ अंश अगले दिन नीचे पिजन होल में छोड़ जाने के लिए कहा। दो-एक दिन बाद वह फिर वेन से मिलने गया। वेन तब तक न सिर्फ़ उसके लिखे हुए पन्ने पढ़ चुका था, बल्कि अपने टाइपराइटर पर उस समय उसी के नाम पत्र टाइप कर रहा था। इस घटना से मेरा लेक्चरर मित्र इतना अभिभूत हुआ कि जॉन वेन के कृतित्व के साथ-साथ उसके व्यक्तित्व के लिए भी उसके मन में बहुत श्रद्धा बन गयी।

रात की बर्फ़बारी के बाद सुबह से ही मौसम काफ़ी निखरा हुआ था। हम लोग क़ब्रगाह और आसपास के टीलों पर से घूमकर बड़ी सर्क्युलर रोड से होते हुए क्लब से आये थे। सारा रास्ता वह आज की साहित्यिक मान्यताओं के विषय में बात करता रहा था। कुछ शब्द उसे बहुत प्रिय थे—इमेज़, सिम्बॅल, सिम्बालिज़्म। लेखकों के नामों में सार्त्र, एज़रा पाउंड। पुस्तकों में 'यूलिसिस'। नवागत पुस्तकों में 'आय्'म् नाट स्टिलर'। समुदायों में एंग्री यंगमेन। व्यक्तियों में जॉन वेन। रमणीय स्थानों में गुलमर्ग। खाद्य पदार्थों में काजू। पेय द्रव्यों में 'गोल्डन ईगल' ('बेक्स' बहुत महँगी होने के कारण...!)।

और क्लब में आकर अपने उपन्यास की थीम के सम्बन्ध में बात कर चुकने पर अब वह मुझे अपनी रचना के उद्देश्य के विषय में बता रहा था।

मैं पिछले डेढ़ साल से लगभग नियमित रूप से टाइम्स का 'लिटरेरी सप्लीमेंट' और 'एन्काउंटर' के अंक देख रहा था। मुझे सुनते हुए लग रहा था कि जितनी बातें वह कह रहा है, उनमें से अधिकांश उन अंकों में प्रकाशित सामग्री का अध्यापकीय संक्षेप हैं। आख़िर जब वह 'अन्दर के घाव' की बात करने लगा, तो मुझे हँसी आने को हुई, पर आँखें बन्द किये मैं चुपचाप उसकी बात सुनता रहा।

"अन्दर का घाव अर्थात्?"—मैंने पूछ लिया।

"अन्दर का घाव अर्थात्...अन्दर की पीड़ा...अन्दर का दर्द...वूंडस ऑव माई सोल...।"—(मुझे न जाने क्यों जूलियस सीज़र की यह पंक्ति याद हो आयी, "आई मेंड ओल्ड सोल्ज़, सर!")

सिंह परिवार की लड़कियाँ गोल्फ़ खेलना छोड़कर घुड़सवारी के लिए निकल रही थीं। मेरा लेक्चरर-दोस्त भी बात करते-करते सहसा उठ खड़ा हुआ। "हो सकता है मैं अपनी बात ठीक से नहीं समझा सका," वह बोला। "फिर किसी दिन बैठकर विस्तार से समझाने की चेष्टा करूँगा! इस वक़्त सिर चकराने लगा है। सोचता हूँ घोड़ा लेकर थोड़ी दूर तक घूम आऊँ, क्योंकि अभी घंटे-भर में लौट आऊँगा।"

उसके चले जाने के बाद भी मैं देर तक हरियाली पर उतरती साँझ को देखता हुआ वहीं बैठा रहा। साँझ-जैसी ही एक उदासी धीरे-धीरे मन में उतर रही थी। लग रहा था

कि गुलमर्ग के उस रमणीय एकान्त में कहीं एक बेगानापन है। बर्फ़ से ढँकी चोटियों के नीचे नीडोज़ होटल के आसपास कितने ही छोटे-छोटे कॉटेज नज़र आ रहे थे—क्लब के लॉन से दिखाई देता वह सारा लैंडस्केप बहुत सुन्दर था। उस सारे विस्तार में एक हॉर्मनी थी। उस हॉर्मनी में कहीं बाधा पड़ती थी, तो बायीं ओर के महारानी मन्दिर के शिखर से। मन्दिर की घंटियाँ बजने लगीं, तो उनकी गूँज भी मुझे उस दृश्यपट के अनुकूल नहीं लगी। कुछ ही दिन पहले गुलमर्ग में आये एक विदेशी टूरिस्ट ने कहा था, ''जगह बहुत सुन्दर है, बहुत ही सुन्दर है। मगर यहाँ खड़े होकर न जाने क्यों मुझे यह नहीं लगता कि मैं हिन्दुस्तान में हूँ। यह भी नहीं लगता कि देश-चेतना से मुक्त केवल प्राकृतिक रमणीयता की भूमि पर हूँ। जब भी मैं चारों तरफ़ नज़र डालता हूँ, तो मुझे लगता है कि मैं इंग्लैंड के ही किसी हिस्से में—ख़ास तौर पर वेल्स के आसपास के किसी इलाक़े में हूँ। अँग्रेज़ अपने जातीय व्यक्तित्व की बहुत गहरी छाप यहाँ पर छोड़ गये हैं...।''

हो सकता है मुझे महारानी मन्दिर की घंटियाँ उस समय इसीलिए बेगानी लग रही थीं कि मुझे उस व्यक्ति की कही बात याद हो आयी थी। मगर यह सच है कि गुलमर्ग के खुले विस्तार को वहाँ के घरों की बनावट ने कुछ ऐसे कोण दे दिये हैं, कि वहाँ जीन्ज़ पहने (वहाँ के टूरिस्ट अफ़सर के शब्दों में टाइट बॉटम्ड) लड़कियों का घुड़सवारी करना अँग्रेज़ीनुमा हिन्दी में घोड़ेवालों को डाँटना, गॉल्फ़ खेलना और मार्केट में टिशू पेपर-जैसी चीज़ के न मिलने से परेशान होना ही स्वाभाविक लगता है—अस्वाभाविक लगता है गूजरों की टोलियों का वहाँ से गुज़रकर जाना, अस्पातल में कश्मीरी मरीज़ों की भीड़ का जमा होना, और किसी मनचले का क्लब के लॉन में बैठकर बाँसुरी बजाना। गुलमर्ग का सारा मानसिक संस्कार अपनी ही तरह का है। क्लब के पुराने सदस्यों को गर्व है कि किसी ज़माने में धोतीवाले आदमी को क्लब के अहाते में दाख़िल होने की इजाज़त नहीं थी। इसके विपरीत एक दिन एक स्विस डॉक्टर कह रहा था कि उसे क्लब में आकर बहुत निराशा हुई है क्योंकि यहाँ सब आगे और पीछे से लड़कों की तरह फ़्लैट और कसी हुई जीन्ज़ में भोंड़ी नज़र आती लड़कियाँ ही हैं, कोई भी वोमन रियल वोमन, ए वोमन एन ए ग्रेसफुल सारी दिखाई नहीं देती।

मुझे वहाँ बैठे हुए उस समय लग रहा था कि हमारे आसपास आज बहुत-से मस्तिष्क ऐसे हैं—अच्छे प्रतिभावान् मस्तिष्क—जिनके अन्दर झाँककर देखने पर भी मन में कुछ ऐसी ही निराशा जागती है। उनका आन्तरिक संस्कार भी एक ऐसे साँचे में ढला है जिसका उनकी अपनी ज़मीन के साथ कोई सम्बन्ध नहीं है। तंग जीन्ज़ में कसे हुए उनके मन अँग्रेज़ीनुमा हिन्दी या हिन्दीनुमा अँग्रेज़ी में अनपढ़ घोड़ेवालों पर रौब झाड़ने-जैसी प्रक्रिया में ही अपनी सार्थकता समझते हैं। मेरे लेक्चरर-मित्र

को शिकायत थी कि दूसरे देशों में जैसे साहित्यिक प्रयोग आज से दस साल पहले हो रहे थे, वैसे हमारे यहाँ आज हो रहे हैं—या शायद आज से भी दस-बीस साल बाद होंगे। दूसरे देशों का बुद्धिजीवी वर्ग जिस चेतना का बहुत पहले तिरस्कार कर चुका है, वह हमारे यहाँ नयी चेतना समझी जाती है। ''दूसरे देशों से हम हमेशा दस-बीस साल पीछे रहते आये हैं और रहेंगे,'' उसने कहा था और फिर यह कहता हुआ खिलखिलाकर हँस उठा था, ''हाँ, एक बौद्धिक आन्दोलन को पाँच हज़ार मील की दूरी से—यहाँ तक आने में इतनी देर तो लगती ही है।''

सार्त्र और एज़रा पाउंड! मेरा मित्र उनके समबन्ध में इतना कुछ जानता था कि सुनकर आश्चर्य होता था। परन्तु भारतीय लेखक और भारतीय साहित्य—इनके ज़िक्र से ही वह मुँह बिचका देता था। ''यहाँ क्या रखा है!'' ये शब्द उसने न जाने कितनी बार और कितनी तरह से दोहराये थे। यहाँ के साहित्य का उसने क्या-क्या पढ़ा है, यह पूछने पर उसने सिर्फ़ कन्धे हिला दिये थे। बांग्ला, गुजराती और तमिल से उसका वास्त हो ही क्या सकता था? और हिन्दी से? दुर्भाग्यवश (या सौभाग्यवश) हिन्दी उसने पढ़ी नहीं थी। वर्णमाला एक बार सीखी थी, पर उससे आगे सीखने की रुचि नहीं हुई। हाँ, हिन्दी की एक रचना उसने अँग्रेज़ी में पढ़ी थी—मुंशी प्रेमचन्द का गोडैन! एक सेकेंड सोचने के बाद मेरी समझ में आया कि गोडैन प्रेमचन्द का कौन-सा उपन्यास है।

''आप बताइए, कुछ है ऐसा हिन्दी में जो सचमुच पढ़ने लायक़ हो—जिसे पढ़ना समय का अपव्यय न हो?'' उसने शायद यह बात ईमानदारी से ही पूछी थी। मगर मुझे नहीं लगा कि कम से कम उसके लिए इसका कोई उत्तर हो सकता है। उसके बाद वहाँ से चलने के दिन तक उसने कई बार मुझे अपने अन्दर के घाव के विषय में विस्तार से बताया। वह बात करता था तो मुझे यह नहीं लगता था कि वह किसी घाव की बात कर रहा है। लगता था कि वह एक नये मकान का नक़्शा मुझे समझा रहा है, और उसे खेद है कि यह नक़्शा इस मुल्क़ में पास नहीं हो सकता। उसके नक़्शे के मुताबिक मकान बनवाने के लिए उसे विदेश में जाकर रहना पड़ेगा। ''कितना बड़ा दुर्भाग्य है,'' उसने कहा, ''कि मुझे सारी उम्र अपने देश से बाहर रहना पड़ेगा। जॉन वेन ने मुझसे कहा था कि...।''

भारत-भ्रमण और भारतीय साहित्यकारों के सम्बन्ध में जॉन वेन के उद्‌गार मैंने गुलमर्ग से लौटने के बाद पढ़े—'कल्पना' में डॉ. रघुवंश की टिप्पणी 'धूल, तिलचट्टों और अपाहिजों का देश' पढ़ने के बाद। अपने लेक्चरर-मित्र से भेंट होने पर जब मैंने उससे इसका ज़िक्र किया, तो वह थोड़ा फीका पड़कर बोला, ''मैंने भी किसी से इस विषय में सुना हे, हालाँकि वह लेख मैंने पढ़ा नहीं। 'एन्काउंटर' का वह अंक तुम्हारे पास हो, तो मुझे देना। मगर एक बात है। जो कुछ उसने लिखा है, उसमें

ग़लत क्या है? हम लोगों में यही तो कमी है कि हम अपनी सच्ची आलोचना भी बरदाश्त नहीं कर सकते। मैं जॉन वेन से अगली बार मिलूँगा, तो उसकी प्रशंसा ही करूँगा कि उसने...।''

उसने बातों-बातें में यह भी बताया कि वह बहुत जल्द अपने पासपोर्ट के लिए एप्लाई कर रहा है और अगले साल ज़रूर इंग्लैंड चला जाना चाहता है। ''छह महीने का ख़र्च तो मुझे मेरे पिता दे देंगे और उसके बाद का ख़र्च मैं वहाँ रहकर ख़ुद चला लूँगा। उसने कहा था कि मैं उपन्यास पूरा कर लूँ, तो वह किसी-न-किसी अच्छे प्रकाशक से मेरी बात करा देगा। सो यू सी...।''

उसने अर्थात् जॉन वेन ने।

सम्मेलन, प्रश्न, परिसंवाद

मिलते हैं, बिखर जाते हैं...

हमारे यहाँ का रिवाज है—कि जो जब होना चाहिए, वह तब न होकर उससे पहले होता है या बाद में। यह बात और चीज़ों के साथ सोच-विचार और बहस-मुबाहिसे पर भी लागू होती है। सोच-विचार अपने यहाँ काफ़ी गम्भीर स्तर पर होता है—बहस-मुबाहिसे में भी ख़ासी गरमागरमी आ जाती है—पर वक़्त से थोड़ा इधर-उधर। वक़्त पर सारी चीज़ों में न जाने क्यों एक अनिश्चितता, उदासीनता या हड़बड़ी-सी घिर आती है। कारण इसके हर बार अलग हो सकते हैं, होते हैं। पर कारण पैदा होते रहें, यह अपने में ही एक जातीय गुण-सा जान पड़ता है।

इसका एक उदाहरण वह परिसंवाद है, जो पिछले दिनों पत्र-पत्रिकाओं में चलता रहा है—पाँचवें अखिल भारतीय लेखक सम्मेलन के अध्यक्षीय भाषण में श्री वात्स्यायन की कही इस बात को लेकर कि अँग्रेज़ी हमारे लिए सहज और सार्थक अभिव्यक्ति की भाषा नहीं हो सकती। मुझे अँग्रेज़ी के पक्ष में दी जा रही दलीलों के सम्बन्ध में भी कुछ कहना है, पर इस पर मैं बाद में आऊँगा। यहाँ मेरा मतलब इतने से ही है कि यह सारी बातचीत—आभास रूप में भी—केरल के उतने बड़े जमघट में क्यों नहीं हुई? विभिन्न भाषाओं के इतने सारे लेखक, जो कई-कई दिन का सफ़र करके आसन (या आसान) नगर के पंडाल में जमा हुए थे, क्यों खुलकर इस विषय में विचारों का आदान-प्रदान नहीं कर सके?

कारण बहुत छोटा-सा था। छपे हुए कार्यक्रम में इसके लिए समय नहीं रखा गया था।

एक अकेली आवाज़ इस बात को लेकर वहाँ उठी थी—आवाज़ उठानेवाले थे नाट्य निर्देशक इब्राहीम अल्काज़ी। स्वयं अध्यक्ष को भी शायद इसकी आशा थी—अपने भाषण में उन्होंने कहा था कि उनकी बातें नयी न होने पर भी आज के सन्दर्भ में उत्तेजक सिद्ध होंगी, कि वे उत्सुकतापूर्वक उस सम्बन्ध में होनेवाले विचार-विनिमय की प्रतीक्षा करेंगे। पर वह विचार-विनिमय वहाँ हुआ नहीं। कार्यक्रम के अनुसार वह समय कॉफ़ी पीने का था। विचार-विनिमय होने लगता तो मेज़ों पर रखी कॉफ़ी ठंडी हो जाती!

इससे जो सवाल सबसे पहले मन में आता है, वह है इस तरह के सम्मेलन की रूपरेखा को लेकर। कुछ लोगों का कहना है कि यह सम्मेलन एक अच्छी मिल-बैठक थी—एक अच्छी पिकनिक—और कि इससे ज़्यादा की आशा ऐसे आयोजन से नहीं करनी चाहिए। इस रूप में देखा जाए, तो सचमुच इससे अच्छा आयोजन शायद नहीं हो सकता था। फ़िल्मों, प्रदर्शनियों और नृत्य-संगीत के अलावा दो दिन का केरल-दर्शन का कार्यक्रम (जिसमें कलकत्ता के कथा-समारोह के कारण हम शामिल नहीं हो सके थे), चार दिन तक कई-एक, परिचित-अपरिचित व्यक्तियों के साथ रहना-खाना-घूमना, पंडाल के बाहर आधी-आधी रात तक की ख़ुश-गप्पियाँ, अच्छे-से-अच्छे होटलों का-सा बढ़िया खाना, आने-जाने के लिए फ़र्स्ट क्लास गाड़ियाँ और रहने के स्थान पर सब तरह की आधुनिक सुविधाएँ! यह सब इतना अच्छा और इस हद तक सुव्यवस्थित था कि मनोज बसु ने अपने स्वस्ति भाषण में सबसे पहले इसी का उल्लेख किया। उनके शब्द थे : "मैं श्रद्धा और सम्मान के साथ पाँचवें अखिल भारतीय लेखक सम्मेलन की व्यवस्थापिका-समिति को, जिसके आमन्त्रण पर हम सब यहाँ एकत्र हुए हैं, नमस्कार करता हूँ।...हमने यहाँ आपके मुक्तहस्त आतिथ्य का उपभोग किया है—ऐसे आतिथ्य का जिसमें लुभावनी मुसकराहटें घुली-मिली थीं—मुसकराहटें जो कि सब जगह थीं—सम्मेलन के उच्चतम अधिकारी से लेकर निम्नतम शोफर या होटल बॉय तक सबके होठों पर थीं। मुझे संसार के बहुत-से देशों का विशाल अनुभव है, परन्तु ऐसे हार्दिक स्नेह की अभिव्यक्ति मैंने आज तक कहीं नहीं देखी। आप लोग इतने दिन अपनी कृपा के असह्य बोझ से हमें लादते रहते हैं... ।" (क्षमा याचना : शब्द मनोज बसु के नहीं, अनुवादक के हैं। मनोज बसु के शब्द अँग्रेज़ी में थे।)

इन शब्दों को सुनते हुए लगा था, जैसे सचमुच हम किसी राजसी आयोजन में भोक्ता अतिथि के रूप में आये हों और अब लौटकर जा रहे हों। मन में कहीं यह ख़याल भी था कि अगर हम अपने प्रदेश में ऐसे सम्मेलन का आयोजन करें, तो क्या इतने ख़र्च का भार उठा सकेंगे ? सम्मेलन पर कितना ख़र्च हुआ होगा, इस बारे में लोगों के अलग-अलग अनुमान थे। ये अनुमान एक लाख से शुरू होते थे और दो-ढाई लाख तक चले जाते थे। एक लेखक-सम्मेलन के लिए इतना पैसा जुटा लेना अपने में ही बहुत बड़ी बात लगती थी। जहाँ इस बात को लेकर आयोजकों के प्रति प्रशंसा का भाव मन में था, वहाँ कहीं एक प्रश्नचिह्न भी था—बाहर खड़े हड़तालियों को देखते हुए। (सम्मेलन का आयोजन 'फ़ैक्ट' की भवन-परिधि में किया गया था और आख़िरी दो दिन 'फ़ैक्ट' के हड़ताली मज़दूर पंडाल के बाहर प्रदर्शन करते हुए नारे लगाते रहे थे।)

अगर केवल एक मिल-बैठक के रूप में ही देखा जाए, तो भी एक बात थी, जो खटकती थी और वह यह कि केरल के ही अधिकांश सुप्रसिद्ध लेखक इस मिल-बैठक

में शामिल नहीं हुए। तेक्कड़ि (तकषि) शिवशंकर पिल्लै, टी. वासुदेवन् नायर, एन. वी. कृष्णावारियार, उरूब, मोहम्मद बशीर, के. दामोदरन्, ए. डी. हरि शर्मा, एन् गोपाल पिल्लै, सुरनाद, कुंजन् पिल्लै, एलामकुलम् कुंजन् पिल्लै तथा जोजेफ़ मुंडश्री—इनमें से कोई भी इस मिल-बैठक में उपस्थित नहीं था। शंकर कुरुप भी केवल उद्घाटन के समय आये थे, या अन्तिम दिन के उस अभिनन्दन समारोह में जो भारतीय ज्ञानपीठ का पुरस्कार प्राप्त करने पर विशेष रूप से उनके सम्मान में आयोजित किया गया था। इनके अतिरिक्त हिन्दी, उर्दू, बांग्ला, गुजराती तथा पंजाबी के जिन-जिन साहित्यकारों से हमने वहाँ मिलने की आशा की थी, उनमें से भी दो-तीन को छोड़कर कोई वहाँ नहीं था। अँग्रेज़ी में लिखनेवाले भारतीय सम्प्रदाय के सदस्यों में से केवल राजाराव ही वहाँ उपस्थित थे। अन्य भाषाओं में से मराठी और कन्नड़-जैसी दो-एक भाषाओं को छोड़कर शेष भाषाओं के प्रतिनिधित्व की भी लगभग यही स्थिति थी। सम्मेलन के लिए जो व्यवस्थापिका-समिति बनायी गयी थी, उसके भी कई सदस्य नहीं आये थे। सब लोग क्यों नहीं आये, इसका कारण या तो आयोजक ही जानते होंगे, या न आनेवाले ही। व्यवस्थापिका समिति के एक सदस्य, राजेन्द्र यादव से बात करने पर इतना ही पता चला कि कार्यक्रम की रूपरेखा बनाने तथा सम्मेलन के लिए साधन जुटाने में उनसे कोई परामर्श नहीं किया गया—दस ऐसे व्यक्तियों की सूची ज़रूर उनसे माँगी गयी थी, जो सम्मेलन में हिन्दी का प्रतिनिधित्व करें, पर वे व्यस्तता के कारण यह सूची भेज नहीं पाये।

परन्तु सम्मेलन का आयोजन केवल एक मिल-बैठक के रूप में ही नहीं, इससे कहीं अधिक गम्भीर स्तर पर किया गया था। इसका एक प्रमाण था, विषयों का निर्वाचन तथा वितरण, दूसरा, वह सारा प्रयत्न जो सम्मेलन से पहले सम्मेलन के जनरल सेक्रेटरी श्री श्रीकंठन् नायर से हुए पत्र-व्यवहार से झलकता था। चार दिन के कार्यक्रम में अध्यक्षीय भाषण तथा बिदा-समारोह के अतिरिक्त तीन मुख्य सेमिनार रखे गये थे। विषय थे : 1. आधुनिक भारतीय साहित्य, 2. कलाओं का अन्तरसम्बन्ध, और 3. सांस्कृतिक नवजागरण तथा भारतीय बुद्धिजीवी। इनमें से प्रत्येक सेमिनार के अन्तर्गत चार-चार गोष्ठियों में विचार-विनिमय की व्यवस्था थी।

काग़ज़ पर यह सब जितना महत्त्वपूर्ण लगता था, व्यावहारिक रूप में यह वैसा नहीं हो सका, इसका एक मुख्य कारण शायद यही था कि बहुत से उप-विषयों को खपा लेने के प्रयत्न में मुख्य विषयों पर खुले आदान-प्रदान की बात भुला दी गयी थी। हर जनरल सेमिनार में एक-एक निबन्ध-पाठ (या भाषण) के साथ बत समाप्त हो गयी, जिससे 'टोटल सेमिनार' एक भी नहीं हो सका। गोष्ठियों के अपने अलग-अलग विषय थे और अलग-अलग पेपर। वहाँ जो भी बातचीत हुई, वह उन-उन पेपर्स के आधार पर

ही हुई। यहाँ यह कह देना भी अप्रासंगिक न होगा कि पहले और दूसरे दिन के जनरल पेपर जिस रूप में लिखे गये थे, उस रूप में उन पर विचार-विनिमय की उतनी सम्भावना नहीं थी, जितनी 'उन्हें लेकर' विचार-विनिमय की। 'आधुनिक भारतीय साहित्य' के अन्तर्गत विभिन्न भाषाओं के आज के लेखन पर चौंतीस-पैंतीस व्यक्तियों से पेपर मँगवाये गये थे, जिनके आधार पर जी. कुमार पिल्लै को भारतीय साहित्य की आज की स्थिति के समबन्ध में एक विस्तृत पेपर प्रस्तुत करना था। पर पेपर के स्थान पर उन्होंने प्रस्तुत किया पाँच सौ शब्दों का 'साइनॉप्सिस'। उन्होंने बतलाया कि कुछ तो अस्वस्थता के कारण और कुछ व्यस्त रहने के कारण वे आये हुए सब पेपर पढ़ नहीं पाये। फिर भी 'जो कुछ पढ़ा था', उसके आधार पर अपने 'साइनॉप्सिस' में उन्होंने जो निष्कर्ष प्रस्तुत किये, वे काफ़ी दिलचस्प थे। उनमें से कुछ एक हैं : 1. नवलेखन का अर्थ है भारतीय नवजागरण के साहित्य की कमियों और दुर्बलताओं की क्षतिपूर्ति के प्रयत्न, 2. पिछले बीस साल में प्रतिबद्ध लेखक और सामाजिक यथार्थवाद का क्षय हो चुका है और कलागत मूल्यों की स्वायत्तता में विश्वास रखनेवाले स्वतन्त्र लेखक ने अपनी स्थापना कर ली है, 3. आर्थिक रूप से पिछड़े होने के कारण जिस तरह हम दूसरे देशों से आर्थिक सहायता ले ही सकते हैं, उन्हें दे कुछ नहीं सकते, कुछ वैसी ही स्थिति हमारी सांस्कृतिक क्षेत्र में भी है—उस दृष्टि से भी हम 'सबर्बन' और 'प्राविंशियल' हैं, 4. उपन्यास के क्षेत्र में हम बहुत कमज़ोर हैं, 5. छोटी कविता में हम गहनता और संश्लिष्टता लाने का प्रयत्न कर रहे हैं और उसमें मूल स्वर सांकेतिकता है, 6. छोटी कहानी में हमारा रुझान अन्तर्मुखता और अनुभव की संश्लिष्टता की ओर है, 7. नाटक हमारे साहित्य की सबसे पिछड़ी हुई विधा है, 8. गम्भीर आलोचना का हमारे यहाँ प्राय: अभाव है और 9. ये सब बातें कुछ-एक दिशा-निर्देश हैं, जिनके आधार पर विचार-विनिमय होना चाहिए। यह विचार-विनिमय कब और कहाँ होगा, इसकी हम अब तक प्रतीक्षा कर रहे हैं। यह भी अब तक तय नहीं कर पाये कि जी. कुमार पिल्लै का यह 'साइनॉप्सिस' वास्तव में भारतीय साहित्य की आज की स्थिति का विश्लेषण था या 'सांस्कृतिक स्वतन्त्रता' की राजनीति में विश्वास रखनेवाले एक व्यक्ति का घोषणापत्र।

कलाओं के अन्तरसम्बन्ध को लेकर दूसरे दिन का जनरल पेपर निसीम एजिकेल को प्रस्तुत करना था, पर जाने वह पेपर समय पर आ नहीं सका या क्या...जो पेपर वहाँ पढ़ा गया, वह प्रभाकर माचवे ने बैठकर रातों-रात तैयार किया था। 'समीक्षा' का एक विशेषांक जो वहाँ वितरित किया गया, उसमें निसीम एजिकेल का एक लेख छपा था। शीर्षक था : 'उभरते भारत में साहित्य और कला'। प्रभाकर माचवे का पेपर अपने में एक चमत्कार था, क्योंकि 'कलाओं का अन्तरसम्बन्ध', इस शीर्षक के अन्तर्गत ही नहीं, उसे साहित्य और कला सम्बन्धी किसी भी शीर्षक के अन्तर्गत पढ़ा जा सकता

था—शर्त इतना ही थी कि सुननेवाला उसे समझने या शीर्षक से उसका सम्बन्ध जोड़ने की कोशिश न करे। सुविधा के लिए लेख के अन्त में एक संकेत-तालिका और बिब्लियोग्रैफ़ी भी दे दी गयी थी। आदि स्रष्टा ब्रह्मा से लेकर स्वामिनाथन् तक इतने कलाकारों के नाम उसमें आ गये थे कि उसे एक अच्छे-ख़ासे 'हू इज़ हू' के तौर पर भी इस्तेमाल किया जा सकता था।

'सांस्कृतिक नवजागरण और भारतीय बुद्धिजीवी'—इस विषय पर एम. गोविन्दन् ने पेपर न पढ़कर एक लम्बा भाषण दिया। तीसरे जनरल सेशन का यह भाषण इस लिहाज़ से महत्त्वपूर्ण था कि उसमें आज के सन्दर्भ में भारतीय बुद्धिजीवी की समस्याओं पर विचार करते हए वक्ता ने कई-एक सम्बद्ध प्रश्न उठाये थे जिन पर विचार हो सकता था। उनकी स्थापनाएँ थीं कि हम लोग अब तक चिन्तन का सही धरातल नहीं पा सके हैं, कि परम्परा और आधुनिकता के बीच एक बड़ी खाई है, जिसे भरने का हमें प्रयत्न करना चाहिए, कि सही माने में अभी तक हमारे यहाँ सांस्कृतिक जागृति नहीं आयी, कि हमारे बुद्धिजीवियों में बहुत फ़्रस्ट्रेशन है, कि हमें आत्मनिर्भरता और अपने 'भारतीय व्यक्तित्व' के विकास की बात सोचनी चाहिए, कि इसके लिए आवश्यक है कि हम अपने बौद्धिक जीवन में एक तरह की 'जीवन शक्ति' लायें। परन्तु सवा दस बजे फिर रोज़ की तरह कॉफ़ी पी जानी थी, इसलिए ये सब बातें भी पंडाल की हवा में छोड़कर हम लोग कॉफ़ी पीने के लिए उठ गये।

इसके बाद एक ही आशा थी कि अन्तिम दिन जो रिपोर्टें पढ़ी जाएँगी, उन्हें लेकर शायद कुछ खुली बातचीत हो सके। तीन दिन में जो बारह गोष्ठियाँ हुईं, उन्हें लेकर बारह अलग-अलग व्यक्तियों को रिपोर्टें प्रस्तुत करनी थीं, पर उनकी जगह हुआ यह कि एक ही व्यक्ति ने सवा सौ पंक्तियों में सम्मेलन की उपयोगिता पर प्रकाश डालने के बाद कुछ-एक छपे हुए और साइक्लोस्टाइल्स भाषणों का सारांश देते हुए पाँच-पाँच, सात-सात पंक्तियों में प्रत्येक गोष्ठी का ब्यौरा प्रस्तुत कर दिया। एक उदाहरण है मोहन राकेश की अध्यक्षता में हुई नाटक गोष्ठी की यह रिपोर्ट : 'आधुनिक भारतीय नाटक' पर हुए विचार-विनिमय में सर्वश्री अल्काज़ी, हबीब तनवीर, आद्य रंगाचार्य, प्रो. पी. एस. रेगे, गिरीश कर्णाड, ए. रंगनाथ, डॉ. लुत्ज़े तथा जी. शंकर पिल्लै ने भाग लिया। बातचीत नाटक के सम्बन्ध में उतनी नहीं हुई, जितनी रंगमंच और नाटकों के प्रस्तुतीकरण के सम्बन्ध में। यूँ भाग लेनेवालों की यह सूची भी पूरी नहीं है। इसमें श्रीमती कपिला वात्स्यायन और श्री गंगाधर गाडगिल के नाम और जोड़े जा सकते थे। पर एक ही व्यक्ति नोट्स लेने के लिए एक-साथ चल रही चार-चार गोष्ठियों में कैसे उपस्थित रह सका, यह बात कम आश्चर्यजनक नहीं।

दिनों की मेहनत से लिखे गये विभिन्न भाषाओं के पेपर्स की परिणति थी जी.

कुमार पिल्लै का 'साइनॉप्सिस' और सम्मेलन की सारी कार्यवाही की परिणति यह रिपोर्ट। हमें इससे कहीं अधिक की आशा थी शायद इसलिए कि हम कलकत्ता के कथा-समारोह में भाग लेने के बाद सीधे वहाँ पहुँचे थे। कलकत्ता का समारोह एक सजीव संवाद था, जो तीन दिन तक नयी और पुरानी पीढ़ी के बीस-तीस लेखकों के बीच चलता रहा। उसमें बात विषयों पर हुई हो या उनसे हटकर, पर बातचीत का एक धरातल तो था ही। संवाद में जितने लोगों ने भाग लिया, उनकी उसमें दिलचस्पी ही नहीं, एक गहरा इन्वाल्वमेंट भी था। उसकी एक निश्चित उपलब्धि भी थी और वह यह कि दो पीढ़ियों (उम्र के लिहाज़ से नहीं, मानसिकता के लिहाज़ से) के अन्तराल पर उससे काफ़ी प्रकाश पड़ सका। पर केरल सम्मेलन में, कहीं अधिक सम्भावाओं के रहते हुए भी, किसी निश्चित संवाद का सूत्रपात नहीं हो पाया—यह कहना मुश्किल है कि इसका कारण कार्यक्रम की रूपरेखा ही थी या कुछ और भी। जो गोष्ठियाँ हुईं, उनमें सबसे सजीव गोष्ठी वह थी जिसमें सतीश बहादुर ने साहित्य और फ़िल्म के सम्बन्ध पर अपना पेपर पढ़ा। बाद में सतीश बहादुर ने कुछ फ़िल्मों के अंश दिखाकर अपनी स्थापनाओं को और स्पष्ट भी किया। पर सम्मेलन के पूरे कार्यक्रम को देखते हुए यह एक गौण विषय था।

दो मुख्य विषय थे जिन पर कि खुलकर बातचीत हो सकती थी, होनी चाहिए थी। एक, जिसका सूत्रपात एम्. गोविन्दन् ने किया था और दूसरा, जिसे अध्यक्षीय भाषण में उठाया गया था। प्रयोग और परम्परा की बात हमारे यहाँ एक अरसे से चल रही है—अब तक कई-कई दृष्टियों से उस पर विचार भी किया जा चुका है। प्रयोग को परम्परा से विच्छिन्न मानने या उससे अलग रखकर देखने की दृष्टि एक ओर है, तो दूसरी ओर वह दृष्टि है जो प्रयोग के अन्तर्बीज परम्परा में देखते हुए प्रयोगशीलता को परम्परा के अधुनातन संस्करण के रूप में ही देखना चाहती है। इन दो दृष्टियों को विनिमय के धरातल से दूर ले जाकर इनके अन्तराल को गहरा करनेवाली वे धारणाएँ हैं जो बाहरी प्रभावों के पक्ष या विपक्ष में अपनी युक्तियाँ लेकर सामने आती हैं। इस तरह परम्परा और प्रयोग प्राचीनता और आधुनिकता के पर्याय से माने जाने लगे हैं, और प्राचीनता और आधुनिकता, भारतीयता और पाश्चात्यता के। क्योंकि वस्तुस्थिति इससे अलग है और बात इस तरह की धारणाओं से स्पष्ट न होकर और उलझ जाती है, इसलिए सभी भाषाओं के साहित्यिकों के बीच खुले आदान-प्रदान से भारतीय सन्दर्भ में आधुनिकता के विश्लेषण की बात बहुत सम्भावनापूर्ण लगती थी। अलग-अलग गोष्ठियों में विषय के कुछ-एक पहलुओं पर थोड़ी-बहुत बात तो हुई, पर कहीं वह एक निश्चित संवाद का रूप नहीं ले पायी। विषय में लोगों का इन्वाल्वमेंट न हो, ऐसा नहीं था—फिर भी थोड़ी-बहुत सतही कुरेदन के साथ ही बात समाप्त हो गयी।

दूसरा विषय—जिस पर इधर कुछ लोगों ने अख़बारों में टिप्पणियाँ लिखी हैं—था कि हमारे राष्ट्र मानस की सार्थक अभिव्यक्ति के लिए अँग्रेज़ी कहाँ तक एक उपयुक्त माध्यम है। इस सम्बन्ध में जो कुछ मुझे कहना है, चाहता हूँ कि उसे कहने का अवसर सम्मेलन के अन्तर्गत ही आया होता। भाषा के प्रश्न के कई पहलू हैं, जिनमें से एक विशुद्ध राजनीतिक और दूसरा कुछ निहित स्वार्थों का भी है। बातचीत जब अख़बारी स्तर पर शुरू होती है, तो अधिकांश यही पहलू उभरकर सामने आते हैं। भाष का सृजनात्मक और रचनात्मक पक्ष ऐसे में गौण पड़ जाता है और जो युक्तियाँ दी जाती हैं वे वास्तविक समस्या को दूर से बचाकर निकल जाती हैं। पर वास्तविक समस्या, यदि उसे सही स्तर पर लिया जाए तो काफ़ी गम्भीर है, क्योंकि उसका सम्बन्ध हमारी तात्कालिक आवश्यकताओं से ही नहीं, हमारे राष्ट्रीय व्यक्तित्व—और उसके अन्तर्गत किसी भी इकाई के उत्कर्ष को ठीक से समाहित और अभिव्यक्त कर सकने की अपेक्षाओं से भी है। सहज अभिव्यक्ति के माध्यम के रूप में प्रादेशिक भाषाओं के विकास की बात को लेकर शायद किसी के भी मन में प्रश्न-चिह्न नहीं है। प्रश्न-चिह्न है कुछ प्रादेशिक भाषा-क्षेत्रों की ओर से राष्ट्रीय स्तर पर अँग्रेज़ी पर दिये जानेवाले बल को लेकर। एक सह-भाषा के रूप में अँग्रेज़ी को मान्यता दिये रहना और बात है, पर केवल तात्कालिक सुविधा की ख़ातिर अनिश्चित समय तक उसे उसके वर्तमान रूप में ढोये जाना बिल्कुल अलग बात है। अगर किन्हीं लोगों के लिए वह सचमुच उनकी सहज अभिव्यक्ति की भाषा है, तो वे उस रूप में उसका प्रयोग करते रहें; इस पर किसी को क्या आपत्ति हो सकती है? वात्स्यायन की तरह मैं यह नहीं कहूँगा कि अँग्रेज़ी लिखनेवाला कोई भी भारतीय लेखक विश्व-बिरादरी की पहली पंक्ति में कभी आ ही नहीं सकता—व्यक्ति स्तर पर किसी एक या किन्हीं दो-एक व्यक्तियों के लिए यह सम्भव हो भी सकता है। अगर कोई रूसी या फ़्रांसीसी लेखक भी अँग्रेज़ी को ही अपने माध्यम के रूप में चुनता है, तो यह चुनाव उसका अपना है।—इस 'निजी' चुनाव को राष्ट्रीय अभिव्यक्ति की बात करते हुए एक दलील के तौर पर नहीं रखा जा सकता। राष्ट्रीय अभिव्यक्ति की बात करते हुए अँग्रेज़ी के हक में दलील इतनी ही है कि एक लम्बे अरसे से हम राष्ट्रीय स्तर पर उसका ग़लत-सही इस्तेमाल करते आ रहे हैं और सहसा इस आदत को बदलना हमें सुविधाजनक नहीं लगता। अँग्रेज़ी की जगह हिन्दी का अपनाना एक नयी आदत होगी और यह आदत अन्ततः कितनी भी अनुकूल क्यों न सिद्ध हो, अपनाने की प्रक्रिया का एक अपना तरद्दुद तो है ही। फिर प्रादेशिक समानता की भावना को भी शायद इससे चोट पहुँचती है।

यह कितना बड़ा व्यंग्य है कि अँग्रेज़ी को हम केवल एक लम्बी आदत के कारण ही अपनाये रहें—या इस कारण कि प्रादेशिक भाषाओं में से एक न होने के कारण उसे

अपनाये रहने से किसी के भी प्रादेशिक अहं को चोट नहीं पहुँचती। इसका तो अर्थ है कि हमारा जो भी अहं है, वह प्रादेशिकता तक ही सीमित है, राष्ट्रीयता तक उसकी व्याप्ति नहीं है। अँग्रेज़ी के माध्यम से हमें सूचना-सम्प्रेषण में कितनी भी सहायता क्यों न मिलती हो, क्या यह सच नहीं कि उस भाषा के आरोपित होने के कारण ही पिछले दो सौ साल में हमारे राष्ट्रीय व्यक्तित्व की सही और स्वच्छन्द अभिव्यक्ति नहीं हो पायी? अँग्रेज़ी अपने में बहुत समर्थ भाषा होते हुए भी हमारे संस्कार की भाषा नहीं है। सीमा केवल हमारी ही नहीं कि उस भाषा के आन्तरिक संस्कार के साथ हमारा आत्मिक तालमेल नहीं है, सीमा उस भाषा की भी है कि अपने सारे शब्द-संचय और सूक्ष्म-बोध के बावजूद वह हमारे आन्तरिक संस्कार का ठीक-ठीक वहन नहीं कर सकती। यह सीमा, या ऐसी कोई सीमा, हिन्दी को लेकर नहीं है, क्योंकि हिन्दी का विकास उसी संस्कार परम्परा में हुआ है, जिसमें अन्य भारतीय भाषाओं का। शब्द-संचय सबका लगभग एक-सा है। संरचना में थोड़ा-बहुत अन्तर और दक्षिण की भाषाओं से मौलिक अन्तर होते हुए भी हिन्दी उन्हीं संस्कारों की उपज है, जिन संस्कारों ने उन सब भाषाओं को उनका आज का रूप दिया है।

भाषा का सूक्ष्म-बोध वास्तव में भाषा का नहीं, उन भावनाओं का होता है, जिनसे भाषा बनती है। सोचने की बात यह नहीं कि कौन-सी भाषा अपने में कितनी सम्पन्न और किस हद तक सूक्ष्म-बोध को अभिव्यक्त करने की दृष्टि से कितनी सम्पन्न है। राष्ट्रीय स्तर पर हमें केवल सूचना-सम्प्रेषण के लिए ही नहीं, अपने सूक्ष्म-बोध की अभिव्यक्ति के लिए भी एक भाषा की आवश्यकता है, और दो सौ साल के प्रयोग से यह प्रमाणित हो चुका है कि अँग्रेज़ी यह भाषा नहीं हो सकती।

हिन्दी भी अपने वर्तमान रूप में यदि अब तक पूरी तरह सम्पन्न और समर्थ नहीं है, तो यह और भी कारण है कि उसे सम्पन्न और समर्थ बनाने का सामूहिक प्रयत्न अभी से हो—कि सब भाषाओं के सूक्ष्म-बोध को उसमें समाहित करते हुए उसके राष्ट्रीय व्यक्तित्व को और विकसित किया जाए। यह शुरुआत राजनीतिक स्तर पर उस तरह नहीं हो पाएगी, जिस तरह सृजनात्मक लेखन के स्तर पर। इसीलिए केरल के अखिल भारतीय लेखक सम्मेलन में इस विषय पर खुलकर विचार-विनिमय उपयोगी हो सकता था। उसमें आगे के लिए एक स्वस्थ धरातल पर विभिन्न भाषाओं के लेखकों के बीच इस सम्बन्ध में आदान-प्रदान की सम्भावनाएँ खुल सकती थीं। पर वहाँ इस विषय को केवल दो बार छुआ गया—एक बार अध्यक्षीय भाषण में और दूसरी बार मनोज बसु के स्वस्ति-भाषण में। अध्यक्षीय भाषण में अँग्रेज़ी के प्रभुत्व से मुक्त होकर सहज चिन्तन और सहज अभिव्यक्ति के लिए प्रादेशिक भाषाओं को अपनाने की बात कही गयी। साथ ही अन्तरप्रादेशिक सम्बन्ध-सूत्रों की दृष्टि से भविष्य में एक राष्ट्रभाषा

के विकास की बात स्वस्ति-भाषण में इसकी क्षति-पूर्ति के रूप में अँग्रेज़ी के महत्त्व पर प्रकाश डाला गया। मनोज बसु ने चलते-चलते घोषणा की कि सृजनात्मक अभिव्यक्ति के लिए जहाँ प्रादेशिक भाषाएँ सही माध्यम हैं, वहाँ राष्ट्रीय स्तर पर सूचना-सम्प्रेषण की सुविधा के लिए अँग्रेज़ी को बनाये रखना लाज़िमी है। इसके बाद समय विसर्जन का था—अर्थात् चार दिन के निकट बन्धुओं से विदा लेकर घर लौट जाने का!

कमरे...कमरों से बाहर

बड़े खुले वातावरण में बैठकर लिख रही हूँ। भोर है...रोशनी है...हवा है पर जिसके बारे में लिख रही हूँ, वे हैं : 'अँधेरे बन्द कमरे' जिनमें कोई रोशनदान नहीं—रोशनी और हवा आने का सवाल ही कहाँ उठता है?

यों उपन्यास पढ़ते वक़्त यथार्थ का इतना सजीव बोध हो रहा था कि मैं कहीं भी किसी भी पात्र से अपने को अलग नहीं कर पायी। जैसे मेरा बहुमुखी व्यक्तित्व हो—मधुसूदन के साथ मैं भी मधुसूदन बन जाती हूँ और हरबंस, नीमिला, शुक्ला और सुरजती के साथ भी...वही। और फिर जैसे सारी दिल्ली मैं भी उनके साथ घूम आयी, कभी गलियों में, कभी सड़कों पर, कभी क़स्साबपुरा की बस्ती में और कभी कनॉट प्लेस।

सबसे पहले मधुसूदन...जो मुख्य पात्र न होते हुए भी एक आकर्षक और कुछ उलझा हुआ व्यक्तित्व है। उसी के माध्यम से मुख्य पात्रों से मेरा परिचय होता है। मधुसूदन कहीं भी अपने को समझ नहीं पाता। उसकी सारी ज़िन्दगी जैसे एक बन्द कमरा हो, जिसमें वह घुटता रहता है पर भाग नहीं पाता, न चाहते हुए भी उसमें रहता है। जैसे उसका अपना कोई अस्तित्व नहीं पर दूसरों के अस्तित्व के होने और न होने में वह 'इंटरेस्टेड' है...उनके ही चारों ओर वह चक्कर काटता है। यह शायद इसलिए कि हरबंस और नीमिला में उसका होना व्यर्थ ही है और एक व्यर्थ इकाई की सृष्टि करने के अतिरिक्त वह और कुछ नहीं कर पाता।

मधुसूदन के चारों ओर का वातावरण बड़ा घुटा-घुटा-सा है। वह उस वातावरण से भागना चाहता है पर भागकर फिर उसी की शरण में आ जाता है। (कारण शायद यही है कि आज की ज़िन्दगी हर जगह इसी ढर्रे पर चल रही है और यह घुटन हर जगह कुहरे की तरह छायी है। जो कभी हल्की तो हो जाती है पर पूर्णतः नष्ट नहीं होती।) उसके सामने 'धुन्ध के गोले आकाश में तैरते हुए सामने आ जाते हैं' और वह 'उन्हें इस तरह से हाथ से हटाने की चेष्टा करता है जैसे वे धुन्ध के गोले न होकर रुई के गोले हों' पर वह कहीं भी इन्हें हटा क्यों नहीं पाता? उसमें इतनी सामर्थ्य क्यों नहीं? क्या वह महज़ एक डायरी नहीं है जिसमें हरबंस और

नीलिमा अपने अन्तर्द्वन्द्व, अपनी समस्याएँ लिख जाते हैं और यह आशा नहीं करते कि वह उनकी समस्याओं में, उनके जीवन में कुछ संशोधन कर सकता है? उसे अपनी ज़िन्दगी इतनी उलझी हुई क्यों दिखती है जबकि वह न हरबंस है, न नीलिमा। यह उलझन उसके सामने धुन्ध के गोलों की तरह छायी रहती है। यह धुन्ध रोशनी में कम कयों नहीं होती, क्यों अँधेरे में ही वह चाहता है कि इन गोलों से मुक्ति पा सके? क्या वह रोशनी से डरता है, जिसमें वह ख़ुद को पहचान सकता है? बस की भीड़ से निकलकर जैसे किसी को आरामदेह कार में सुख मिले वैसे ही सबसे कटकर मधुसूदन अँधेरे कमरों में कम्बल ओढ़कर ही शान्ति पाता है। यह सब क्या केवल इसलिए कि वह एक पत्रकार है और दूसरों की उलझनें स्वयं उसकी उलझनें बन जाती हैं? क्या यही एक पत्रकार की ज़िन्दगी है जिसे आत्मतोष बदा ही नहीं?

मधुसूदन ही नहीं, हरबंस और नीलिमा भी इसी घुटन के वातावरण में जी रहे हैं। उपन्यास की मूल समस्या इन्हीं दो पात्रों के रूप में आती है। ये दो पात्र जैसे दो समानान्तर चलती हुई रेखाएँ—जो एक-दूसरे से हमेशा दूर ही कटकर चलती हैं, वे कहीं भी मिल नहीं पातीं। इस अन्तराल का कारण वैवाहिक बन्धन हो या नीलिमा का परिवर्तनशील चरित्र...पर दोनों पात्र स्थान-स्थान पर अपने को टूटता-सा अनुभव करते हैं। दोनों के भावों की विषमता तथा विपरीत व्यक्तित्व ही सारे परिवार के टूटने का कारण है। हरबंस के टूटने का कारण नीलिमा है और नीलिमा के टूटने का कारण हरबंस और सम्भवत: यह टूटना पति-पत्नी के रिश्ते को लेकर है। हरबंस कहता भी है—"मेरे अन्दर कहीं एक ख़ालीपन भी है जो धीरे-धीरे इतना बढ़ता जा रहा है कि मेरे व्यक्तित्व के सब कोमल रेशे झड़ते जा रहे हैं।" उसे 'अन्दर-ही-अन्दर घुन लग चुका है। हरबंस भागना चाहता है पर वह नहीं जानता कि कहाँ जा रहा है, क्यों जा रहा है, किस ओर, किस उद्देश्य से जा रहा है—जैसे वह कोई मशीन हो, किसी ने चाबी दे दी और वह ऑटोमेटिकली चल पड़ा—पहले तेज़ी से...पर स्प्रिंग ढीली होते ही उसकी चाल धीमी हो गयी, वह रुक गया और घिसटने लगा। और शायद यही कारण है कि पाठक को यदि उपन्यास के किसी पात्र से सहानुभूति होती है तो वह हरबंस ही है। पर हरबंस के टूटने का स्पष्ट कारण क्या है? नीलिमा? या नीलिमा का उसकी पत्नी होना? या वैवाहिक बन्धन? या नीलिमा को न समझने की असमर्थता? या अपनी दुर्बलता? या फिर शुक्ला के प्रति एक अस्पष्ट-सा आकर्षण? वह क्यों अनुभव करता है कि, "मैं तब से अब तक निरन्तर अँधेरे में भटक रहा हूँ। जहाँ मुझे किसी भी तरफ़ उजाले का कोई मार्ग नज़र नहीं आता।...मुझे लगता है जैसे मैं एक काल-कोठरी में बन्द हूँ और जीवन-भर के लिए उस काल-कोठरी में बन्द रहकर

हाथ-पैर पटकते जाना है।''

नीलिमा का अन्तर्द्वन्द्व सबसे अधिक सुलझे हुए रूप में उभरकर आया है (और शायद यदि आप मधुसूदन के बदले नीलिमा के रूप में आते तो उपन्यास और अधिक सुलझा हुआ होता)। नीलिमा हरबंस को समझती है और साथ ही स्वयं को भी। वह अनुभव करती है, ''हम दोनों के बीच कहीं कोई चीज़ है जो हम दोनों को कहीं खटकती है। हम दोनों चेष्टा करके भी उसे अपने बीच से निकाल नहीं पाते।'' नीलिमा आधुनिक नारी का प्रतीक है। उसके व्यक्तित्व में कुछ ऐसा है जो मुक्ति चाहता है। घुटे हुए वातावरण में वह अपना विकास नहीं कर पाती। वह अपनी प्रतिभा और योग्यता के उपयोग से कुछ और बनना चाहती है। यह 'बनना' ही कभी-कभी उसके और हरबंस के बीच एक बड़े अन्तराल का कारण बन जाता है। बन्धनों में घिरकर नीलिमा नहीं रहती। वह हरबंस से कटकर जीना चाहती है क्योंकि वह अनुभव करती है कि उसका 'न होना' उसके 'होने' से बेहतर है। नीलिमा हरबंस को वह नहीं दे पाती जिसकी हरबंस माँग करता है—एक पति के रूप में, और यहीं वे समझते हैं कि शायद उनकी ज़िन्दगी इतनी बोझिल न होती अगर वे दोस्त के रूप में रहते, पति-पत्नी के रूप में नहीं।

उपन्यास के सारे वातावरण पर ही एक धुन्ध-सी छायी है। कभी-कभी धुन्ध के हटने से कुछ क्षणों के लिए सजीवता उभर आती है...क़स्साबपुरा की बस्ती...दिल्ली की रौनक़...कोठे...सुरजीत का व्यक्तित्व...शुक्ला का चेहरा...भार्गव का आकर्षण... आदि-आदि...पर शीघ्र ही धुन्ध फिर गहरी हो जाती है और शायद अँधेरे बन्द कमरों में साफ़-साफ़ देखने में हम-जैसे असमर्थ हो जाते हैं...

इस उपन्यास का शीर्षक अगर 'अँधेरे बन्द कमरे' न होकर 'टूटते हुए' 'धुन्ध' या 'तो' होता तो ज़्यादा सार्थक होता। हर घटना के बाद एक 'तो ?...' लगता है और जैसे गेंद की तरह कथा या घटना उछाल दी जाती है और फिर कथा आगे को बढ़ती है...

मैं शायद 'अँधेरे बन्द कमरे' पढ़कर भी उन्हें रोशन नहीं कर पायी और मैंने जो भी लिखा है, अगर ग़लत हो तो क्षमा करें। पर अच्छा यही होगा कि यदि आप चिढ़ न गये हों और मेरे ख़त को 'एडोलेसेंड' की मुहर लगाकर वापस कर देने की इच्छा न हो तो उत्तर दें जिससे अँधेरे बन्द कमरों में कुछ उजाला तो हो।

'अँधेरे बन्छ कमरे, जिनमें कोई रोशनदान नहीं'...और उपन्यास का शीर्षक 'अँधेरे बन्द कमरे' न होकर 'टूटते हुए', 'धुन्ध' या 'तो' होता तो...मेरी समझ में नहीं आता कि एक उपन्यास (या किसी भी रचना) के शीर्षक को लेकर इतना आग्रह क्यों होता है। तुम्हारी दोनों बातों के अन्तर्विरोध के बावजूद मन में आता है कि क्या किसी भी रचना का कोई

एक पूरा शीर्षक हो सकता है? तुम्हारा तीन-तीन सुझाव देना अपने में ही हर शीर्षक के अधूरेपन की गवाही नहीं है? इस अधूरेपन से बचने का एक ही रास्ता है—कि कोई शीर्षक दिया ही न जाए। शीर्षक रचना की सार्थकता को बढ़ाता नहीं, हाँ, उसके अर्थ को सीमित ज़रूर कर सकता है। फिर भी एक या दूसरा शीर्षक देना आवश्यक हो जाता है, क्योंकि बिना शीर्षक के रचना की निजता स्थापित नहीं होती। और जब शीर्षक दिया जाता है तो उसके पीछे कोई-न-कोई मानसिक संगति भी रहती है। इसलिए अब भी चुनना हो, तो मैं इस उपन्यास के लिए फिर से यही शीर्षक चुनना पसन्द करूँगा।

'टूटते हुए', 'धुन्ध', 'तो'—ये तीनों शीर्षक एक प्रक्रिया का संकेत देते हैं, जबकि 'अँधेरे बन्द कमरे' का संकेत एक स्थिति को लेकर है। हरबंस और नीमिला (और वे सब लोग जो उनकी-सी ज़िन्दगी जी रहे हैं) अपने अन्दर और बाहर के परिवेश में आज जहाँ अपने को पाते हैं, वह प्रक्रिया से अधिक एक स्थिति है—कम-से-कम उनकी ज़िन्दगी के लिए तो है ही। कल को स्थिति बदल जाए, यह ऐतिहासिक दृष्टि से सच हो सकता है, पर उपन्यास का सम्बन्ध आज के यथार्थ से है। यह यथार्थ एक गतिरोध है—मध्यवर्ग के दाम्पत्य सम्बन्धों में आया गतिरोध। हरबंस और नीलिमा इस गतिरोध में रहकर छटपटाते हैं पर इससे उबर नहीं पाते। उनके अन्दर एक उफान है—आशा और प्रयत्न—पर यह उफान बार-बार 'अँधेरी गोल दीवारों से' टकराकर लौट आता है। आरम्भ से अन्त तक वे तनाव और निष्फल संघर्ष की स्थिति में जीते हैं। सारी कोशिशों के बावजूद जहाँ-के-तहाँ बने रहना उनकी अनिवार्य स्थिति है—स्थिति, नियति नहीं। नियति का संकेत मधुसूदन के जीवन में है, पर उसकी चर्चा मैं आगे चलकर करूँगा।

जो लोग स्थिति की वास्तविकता को स्वीकार करते हिचकिचाते हैं, उन्हें अन्त में नीलिमा का हरबंस के पास लौट आना ग़लत लगता है। पहले पेरिस से भी वह इसी तरह हरबंस के पास लौट आयी थी, इससे उनका ख़याल है कि एक ही स्थिति को उपन्यास में फिर से दोहराया गया है। पर क्या सचमुच ऐसा ही है? क्या नीलिमा के दूसरी बार लौट आने से वह मजबूरी अधिक रेखांकित नहीं होती—स्त्री और पुरुष के निर्भरता चाहते रेशों की मजबूरी—जो साथ जीने की सारी ऊब और कसमसाहट के बावजूद उन्हें एक-दूसरे से बाँधे रखती है? उनके बीच एक गहरी खाई है, और आसपास एक गहरा ख़ला—वे चाहकर भी इन्हें भर नहीं पाते पर न भर पाने की मजबूरी से बचकर क्या वे रह सकते हैं? एक-दूसरे से तटस्थ होकर जी सकते हैं? अँधेरे में भटकना और बन्द होकर रहना उनकी मजबूरी है, फिर भी वे एक ही कमरे में एक साथ हैं—यह कमरा उनकी साझी ज़िन्दगी है। अँधेरे या बन्द होने से मुक्ति एक-दूसरे से हटकर उनके लिए नहीं है—न एक के लिए, न दोनों के लिए। इसलिए रात-

दिन आपस में टकराते हुए भी एक साथ जिये जाते हैं, क्योंकि मुक्ति उनके लिए यदि है तो एक-दूसरे में, और एक-दूसरे की साझीदारी में ही है। पर मुक्ति उन्हें मिल नहीं पाती—इसका कारण उनके अलग-अलग व्यक्तित्व ही नहीं, वह वातावरण भी है जिसमें कि वे जीते हैं।

पर तुमने अपने पत्र में इस वातावरण की बात नहीं उठायी। तुम्हें शायद लगा कि वातावरण मूल कथा में अन्तराल देने और उपन्यास में सजीवता लाने-भर के लिए है। मधुसूदन, जो हरबंस और नीलिमा से कहीं ज़्यादा इस वातावरण का साक्षी है, 'कभी गलियों में, कभी सड़कों पर, कभी क़स्साबपुरा की बस्ती में और कभी कनॉटप्लेस' में क्यों भटकता है, महज़ एक पत्रकार होने के नाते? या इसलिए कि वह आज के उन अभिशापित व्यक्तियों से है जो सजग और सचेत होते हुए भी ज़िन्दगी की धुरी से अपने को टूटा हुआ पाते हैं? वह भटकता है, अलग-अलग लोगों के बीच जीता है, अलग-अलग परिस्थितियों को एक सूत्र में रखकर देखना चाहता है, क्योंकि टूटकर जीने की स्थिति उसे स्वीकार नहीं है, और वह इसे अपना 'दर्शन' बनाकर नहीं रह सकता। ठकराइन से लेकर पॉलिटिकल सेक्रेटरी तक और निम्मा से लेकर सुषमा श्रीवास्तव तक ज़िन्दगी का भूल-भुलैया उसके सामने है जिसके सिरे पर खड़ा वह अपने लिए रास्ता खोजना चाहता है। ऐसा रास्ता जो उसे 'निरन्तर टूटते जाने' से बचाकर सम्बद्ध होने की दिशा में ले जाए। इसीलिए वह हर व्यक्ति की ज़िन्दगी को जैसे अपने अन्दर भोगता है। हरबंस और नीलिमा का जीवन एक ऐसा संघर्ष और द्वन्द्व है जो उन दोनों तक ही सीमित है। लेकिन मधुसूदन का जीवन द्वन्द्व नहीं, क्राइसिस है जो उस तक ही सीमित नहीं। अपनी खिड़की के पास खड़ा वह दूर-दूर की बत्तियों को देखता हुआ इस क्राइसिस के सूत्रों को एक जगह समेटने का प्रयत्न करता है—और यह समेट सकने की प्रक्रिया ही उसकी रोज़ की ज़िन्दगी है। निरन्तर इस प्रक्रिया में रहने से ही आधी-आधी रात तक वह सो नहीं पाता—सराय रुहेला स्टेशन से सुनाई देती इंजन की चीख़ हर वक़्त उसके अन्दर गूँजती है। ओखला में घूमती लड़कियों की आँखों और आकाश में उड़ती चीलों की फड़फड़ाहट में वह एक संगति ढूँढ़ता है—ढूहों की नंगी ज़मीन और पुल के नीचे से गुज़रती गाड़ियों में, अपने ख़ुश्क होठों और नीमिला के ज़मीन खरोंचते पैरों में। उसे लगता है कि ज़िन्दगी का वास्तविक स्वर वह नहीं है जो कॉफ़ी-हाउस के क़हक़हों या आधी रात को कोलतार पर चिलकते पहियों में सुनाई देता है—वह स्वर वास्तव में दूसरा है—रात को शीशे का जग टूट जाने पर बाहर दरवाज़े पर दी जाती दस्तक का, या ठंडे ख़ाली प्लेटफ़ॉर्म पर प्रतीक्षा करते ठिठुरे पैरों का। वह इसी स्वर को पकड़ना, पहचानना और अपनी ज़िन्दगी में आत्मसात् करना चाहता है। यही खोज है जो टैक्सी का मीटर डाउन होने पर, और यह पूछे जाने पर कि उसे कहाँ चलना

है, उससे कहला देती है—'क़स्साबपुरा'। इसका यह अर्थ लेना—मेरे एक मित्र की तरह—कि मधुसूदन सुषमा-जैसी 'पढ़ी-लिखी' और 'व्यक्तित्व-सम्पन्न' लड़की के सम्पर्क से डरकर निम्मा-जैसी अनपढ़ लड़की से 'शादी करने' चल देता है, एक ऐसी सादगी है जिस पर कि कुछ भी नहीं कहा जा सकता।

मधुसूदन मात्र साक्षी, या दूसरों के 'होने' में 'इंटरेस्टेड' एक व्यर्थ इकाई नहीं, और न ही महज़ एक डायरी है, वह अपने समय का प्रतिनिधि पात्र है जिसकी ज़िन्दगी में 'पूरा' कुछ नहीं है, और 'अपना' कह सकने को भी बहुत कम है। उसे ज़िन्दगी में जो कुछ भी मिलता है—पैसा, प्यार या सम्मान—सिर्फ़ छोटे-छोटे टुकड़ों के रूप में ही मिल पाता है,—और हर टुकड़ा भी कहीं-न-कहीं से टूटा या ज़ंग खाया होता है। किन्हीं क्षणों में कुछ भी भरपूर 'पा' लेने का एहसास, उसके लिए नहीं है—सुषमा की बाँहों में अपने को खो देने के क्षणों में भी सहसा एक चुभन उसे साल जाती है जिससे उसे अन्दर और बाहर सब-कुछ पथराया हुआ लगने लगता है और सड़क, खम्भे, तारे और आकाश, सब (उसके लिए) एक क़ब्रिस्तान की तरह हो जाते हैं। वह ज़िन्दगी के इस खंडित रूप को स्वीकार कर सकता, तो शायद तटस्थ,उदासीन और कुछ हद तक प्रसन्न भी हो सकता था, पर समझौते के स्तर पर जीना उसके बस का नहीं, इसलिए वह लगातार भटकता और छटपटाता है। वह नियति आज किसी एक व्यक्ति की नहीं, उन हज़ारों-लाखों व्यक्तियों की है जो किसी भी परिस्थिति में 'जीने' के प्रति अपनी ईमानदारी का आग्रह नहीं छोड़ पाते।

मधुसूदन दो दुनियाओं के बीच जीता है—एक दुनिया निम्मा और ठकुराइन की है और दूसरी हरबंस और नीलिमा की। उसकी अपनी दुनिया इन दोनों के बीच में कहीं है क्योंकि आर्थिक और मानसिक रूप से वह संक्रमण की स्थिति में है। उसकी पूरी सम्बद्धता न यहाँ है, न वहाँ। दोनों दुनियाओं का जीवन दो अलग-अलग परिस्थितियाँ हैं जो उसे समान रूप से प्रभावित करती हैं। एक उसके आरम्भिक जीवन की खाद है, दूसरी आज के जीवन का हवा-पानी। वह अपने को किसी भी एक से अलग नहीं कर सकता। आज के व्यक्तित्व की यही मजबूरी इस उपन्यास के लिखे जाने की मुख्य प्रेरणा थी। यह मुझे भी लगता है कि मधुसूदन के दोनों ओर की परिस्थितियों में शायद ठीक सन्तुलन नहीं रह पाया जिससे हरबंस और नीलिमा का आपसी संघर्ष उपन्यास का केन्द्र-बिन्दु बन गया जान पड़ता है।

एक ओर तुमने लिखा है कि उपन्यास में "नीलिमा का अन्तर्द्वन्द्व सबसे सुलझे हुए रूप में उभरकर आया है" और दूसरी ओर कि "पाठक को यदि उपन्यास के किसी पात्र से सहानुभूति होती है तो वह हरबंस ही है।" यहाँ तुम्हारा मतलब किस तरह की सहानुभूति से है, यह मैं नहीं समझ सका। क्या तुम्हें इसलिए हरबंस से सहानुभूति होती है कि उसके चरित्र में तुम्हें किसी तरह की

निरीहता नज़र आती है? यदि ऐसा है तो वह सहानुभूति नहीं, दया है, 'दया' की भावना को हरबंस-जैसा व्यक्ति, कभी अपने लिए स्वीकार नहीं करना चाहेगा। पर यदि सचमुच तुम्हारी सहानुभूति ही है, तो शायद हरबंस के अन्तर्द्वन्द्व ने ही तुम्हें अधिक प्रभावित किया है, क्योंकि उसका अन्तर्द्वन्द्व किन्हीं मूल्यों को लेकर है जबकि नीलिमा का अन्तर्द्वन्द्व मुख्य रूप से उपलब्धि की खोज पर आश्रित है। हरबंस अपने अन्तर्द्वन्द्व से टूटता है, पर इसलिए नहीं कि नीलिमा उसकी पत्नी है, या कि वह वैवाहिक बन्धन से बचना चाहता है, न ही इसका कारण नीलिमा को समझ पाने में उसकी असमर्थता है, न ही किसी तरह की दुर्बलता, या शुक्ला के प्रति एक अस्पष्ट आकर्षण। वह टूटता है क्योंकि वह नीलिमा को उपलब्धि से हटकर मूल्यों के स्तर पर जीना सिखाना चाहता है और नहीं सिखा पाता। उसे अन्दर-ही-अन्दर जो घुन लग चुका है, वह किन्हीं कुंठाओं के कारण नहीं, बल्कि उस पराजय के कारण है जो नीलिमा के उपलब्धि-दर्शन से बार-बार टकराकर उसने महसूस की है। वह टूटने से बचने के लिए नीलिमा से दूर भागता है, मगर अन्दर के रेशों से वह इस तरह उससे जुड़ा हुआ है कि उससे अलग होकर वह किसी भी तरह नये सिरे से ज़िन्दगी शुरू नहीं कर पाता। शुक्ला की कुछ विशेषताएँ उसके अभाव को गहरा ज़रूर कर देती हैं, पर वह जो कुछ पाना चाहता है,नीलिमा से ही पाना चाहता है। नीलिमा से हटकर शुक्ला को पा लेने से समस्या हल हो सकती, तो उसका अन्तर्द्वन्द्व इतना गहरा न होता। वह विदेश में जाकर शुक्ला की जगह बाला या किसी भी और लड़की को अपना सकता था। तब वह नीलिमा के नाम इतने लम्बे-लम्बे पत्र न लिखता और न ही भीगी बॉलकॅनी पर बैठा उसके लौटकर आने-न-आने को ज़िन्दगी का केन्द्र बना लेता। नीलिमा उसकी कमज़ोरी को जानती है और शायद इसीलिए उससे इतनी दूर जा पाती है। हरबंस को नीलिमा के 'बनने' से चिढ़ नहीं है, (जैसा कि नीलिमा भी कई बार कहती है) उस रास्ते के 'बनने' से चिढ़ है जिसे कि वह अपनी ज़िन्दगी में अपना रही है। वह न सिर्फ़ नीलिमा से एक ऐसी मित्रता चाहता है जिसकी बुनियाद पारस्परिक ईमानदारी, भावनात्मक लगाव और मानसिक समदृष्टि पर हो, बल्कि साथ यह भी कहता है कि 'मुझे आज अपनी आँखों में एक भेंगापन दिखाई देता है जिसे मैं चाहता हूँ कि तुम मिटा सको—तुम मेरी चाह के साँचे में ढलकर मेरे लिए वह दृष्टि पैदा कर सको जो मुझे एक सीधे और प्रशस्त मार्ग पर ले जाए। यदि तुम्हें नृत्य में सचमुच इतनी रुचि है, और तुम समझती हो कि तुम अपने में इस कला का इतना विकास कर सकती हो कि वह सच्चे सौन्दर्य की प्रतीक बन जाए तो वह भी मेरे लिए एक मार्ग हो सकता है...।' इसीलिए वह अपना काम छोड़कर ट्रूप मैनेजर के रूप में उसके साथ-साथ सारे युरॅप में भटकता फिरता है। पर जिस सौन्दर्य की उसे कामना है, वह

उसे नीलिमा में ही नहीं, अपने में भी नहीं मिलता क्योंकि वर्षों के प्रयत्न से लिखे उसके अपने पन्ने भी अधूरी फ़ाइलों में सड़ते पड़े रहते हैं।

और—कि रोशनी नहीं है, कि उपन्यास के वातावरण में एक घुटन है जो साँस नहीं लेने देती—यह सब मुझे केवल शब्दों का खिलवाड़ जान पड़ता है। मैंने शुरू में भी कहा है कि एक रचना के शीर्षक को लेकर ऐसा आग्रह मुझे ग़लत लगता है।—इससे तो लगता है कि एक साहित्यिक कृति की नहीं, बल्कि एक इमारत की चर्चा की जा रही है।

उपन्यास के शीर्षक को लेकर और भी कई तरह की बातें कही जाती हैं—कि लेखक को सारी ज़िन्दगी अँधेरे बन्द कमरे में सिमटी नज़र आती है, कि हवा और रोशनी के लिए उसके ख़याल में आज की ज़िन्दगी में अवकाश नहीं है। पर क्यों कोई भी रचना पूरी ज़िन्दगी के किसी एक पहलू को ही चित्रित करती है, और हर रचना का अपना अलग क्षेत्र और विस्तार होता है। इस बात को जानते वे भी हैं जो इस तरह शीर्षकों से खिलवाड़ करते हैं—पर यह एक ऐसी आदत है जो आसानी से छूट नहीं पाती।

अकेलापन, विकासोन्मुखता और नया आदमी

अकेलापन

अकेला?...अकेला तो आदमी केवल गर्भाशय में होता है, हालाँकि जुड़े होने से वहाँ भी नहीं बच पाता। वहाँ रहकर कैसा लगता है, याद नहीं। पर ख़याल है कि कुछ लोग वहीं से आत्महत्या की बात सोचने लगते होंगे। जिन्हें बाहर की खुली हवा में रहकर इतनी घुटन महसूस होती है, उन्हें वहाँ की घुटन में रहकर क्या नहीं महसूस होता होगा?

ज़िन्दगी अच्छी है या बुरी, संगत है या असंगत—शायद किसी दिन तय हो जाए। फ़िलहाल सुबह ज़िन्दगी अच्छी लगती है, शाम को बुरी—कभी-कभी शाम को भी अच्छी लगती है। निर्भर इस पर करता है कि शाम कहाँ गुज़रती है, किसके साथ गुज़रती है, किस तरह से गुज़रती है। संगत और असंगत का फ़र्क़ इससे महीन है, कभी पकड़ में नहीं आता। बहुत-कुछ था जिसे संगत समझकर जेबों में भर लिया, पर बाद में पता चला कि उससे जेबों में सूराख हो गये हैं। बहुत-कुछ था जिसे असंगत समझकर दूर से छुआ तक नहीं, पर कुछ साल बाद उसी को पाने के लिए अपनी नसें छिला लेनी पड़ीं। फिर इस निर्णय के बीच आर्थिक परिस्थितियाँ हैं, विटामिंज़ और हॉरमोंज़ हैं। जब रीढ़ की हड्डी में दर्द रहता है, तो अकसर चीज़ें असंगत जान पड़ती हैं—'ट्रापिक ऑव कैंसर' अच्छा लगता है। जब दर्द ठीक हो जाता है, तो ट्रापिक छूट जाता है, सब स्त्रियाँ सिमों द बुवा नज़र आती हैं। इसके अलावा संगत और असंगत का अन्तर अख़बार की सुरख़ियों के अनुसार भी घटता-बढ़ता रहता है। इसलिए बेहतर है कि ज़िन्दगी को किसी तरह का विशेषण न दिया जाए। यूँ भी आज की वैज्ञानिकता किसी विशेषण को ज़िन्दा नहीं रहने देगी।

मृत्यु के दिन तक आदमी कभी अकेला नहीं होता, नहीं हो सकता। मृत्यु भी उसे अकेला नहीं कर सकती, क्योंकि मृत्यु के साथ ही उसकी 'आदमी' होने की स्थिति समाप्त हो जाती है। अन्तिम दिन तक ज़िन्दगी से जुड़े रहना, यह किसी के लिए भी उसका अपना विकल्प नहीं है। यह ज़िन्दगी की आन्तरिक अनिवार्यता है जिसे आत्महत्या द्वारा भी नहीं बदला जा सकता। आत्महत्या की बात वही करता है जो किन्हीं मानसिक

दुर्बलताओं के कारण इस 'जुड़े होने' की स्थिति का साक्षी नहीं रहना चाहता। ज़िन्दगी एक ठोस वास्तविकता है, और आत्महत्या—उस वास्तविकता से आँख मूँद लेने का प्रयत्न। जब व्यक्ति ऐसा प्रयत्न, या इस तरह के प्रयत्न की बात करता है, तो उसका अर्थ यही है कि उसके अन्दर अपने साक्षीत्व का साहस नहीं है।

मैं वैयक्तिक और साहित्यिक दोनों स्तरों पर अपने को ज़िन्दगी से जुड़ा हुआ पाता हूँ—पर जुड़े होने का अर्थ ज़िन्दगी की सब परिस्थितियों को स्वीकार करके चलना नहीं है। ज़िन्दगी में बहुत-कुछ है जिसके प्रति विद्रोह और आक्रोश मेरे मन में है, पर वह सब ज़िन्दगी के ऐतिहासिक उफ़ान के अन्तर्गत आता है। वह आज जैसा है, कल वैसा नहीं रहेगा, नहीं रहना चाहिए, और उसके बदलने की ऐतिहासिक चेतना मेरे साक्षीत्व की अनिवार्य शर्त है। इस विद्रोह और आक्रोश की ही कुछ परिस्थितियाँ हैं जिनमें मैं कई बार अपने को अकेला भी पाता हूँ। पर यह अकेलापन जूझने की एक स्थिति है, किसी तरह का अलगाव नहीं। यह ज़िन्दगी से अकेला होना नहीं है, ज़िन्दगी के बीच अकेला पड़कर अपने जुड़े होने का निर्वाह करना है।

विकासोन्मुखता

सृजन की दृष्टि से यदि हम विकसित और विकासोन्मुख देशों में अन्तर करते हैं, तो अनिवार्यत: उन-उन देशों के साहित्य को भी क्रमश: विकसित और विकासोन्मुख मानना होगा। यह स्थिति हीनता की नहीं है, क्योंकि एक की विकासोन्मुखता का अर्थ दूसरे के विकास का अनुकरण नहीं है। कल का विकसित देश और समाज आज फिर से 'विकासोन्मुख' हो सकता है—ऐतिहासिक दृष्टि से हमारी आज यही स्थिति है।

विकासोन्मुख होने का दूसरा अर्थ प्रयोगशील होना भी है—इसलिए सम्भावना की दृष्टि से जिस तरह की उपलब्धियों की आशा, आनेवाले को, एक विकासोन्मुख देश के साहित्य से की जा सकती है, वैसी शायद एक विकसित देश के साहित्य से नहीं की जा सकती। कम-से-कम इन उपलब्धियों का स्वरूप विकसित देशों की आज की उपलब्धियों से बहुत भिन्न तो होगा ही।

हम बदल रहे हैं, तेज़ी से बदल रहे हैं, और इस बदलने की प्रक्रिया का सीधा प्रभाव हमारे साहित्य पर पड़ रहा है—विशेष रूप से कथा-साहित्य पर। यह भी बदलने की ही एक परिस्थिति है कि जीवन की संवेदनात्मक अभिव्यक्ति का दायित्व कविता से हटकर मुख्यत: नाटक और कथा-साहित्य पर आ गया है। व्यापक रूप से कथा-साहित्य में आ रहे परिवर्तनों का सही-सही विश्लेषण शायद अभी नहीं किया जा सकता क्योंकि विकासोन्मुखता का अर्थ प्रभाव के स्वरूपों का और-और बदलते जाना भी है। पर जो दिशा हमारे सामने है, वह है मानव-सम्बन्धों के विशेषण में सब तरह की

भ्रान्तियों से मुक्ति की—इनमें कुछ ऐसी भ्रान्तियाँ भी हैं जो अब तक 'भावनाओं' और 'आदर्शों' के नाम से जानी जाती रही हैं। जीवन के बदलते मान-मूल्यों ने आज के कथाकार को एक ऐसी व्यापक यथार्थ दृष्टि दे दी है कि उसकी हर भावना या भावना का तिरस्कार, उसकी हर आस्था या आस्था से मुक्ति, उसके यथार्थबोध की ही परिणति है—उसकी अपनी परख और पहचान की प्रतिक्रिया। इससे उसकी रचना-दृष्टि में उत्तरोत्तर अधिक प्रामाणिकता आती गयी है। यथार्थ और प्रामाणिकता की इस खोज ने ही उसकी भाषा और अभिव्यक्ति को भी उत्तरोत्तर बदला और नये रूपों में ढाला है। पर जो चीज़ उसकी सामर्थ्य को सबसे अधिक प्रमाणित करती है, वह है उसकी 'बदलने की मान्यता', अर्थात् अपने हर प्रयोग को लाँघकर आगे बढ़ सकने की प्रवृत्ति। वह आज जिस प्रयोग को एक प्रौढ़ता तक ले जाता है, कल उसी को अपनी शुरुआत मानकर चलना चाहता है। यह स्थिति कुछ ऐसी है कि हर रात वह बूढ़ा होकर सोता है और हर सुबह फिर बच्चा बनकर जागता है—अनुभव के एक नये दिन में नये सिरे से जीने और जानने के लिए—वह सब जो बीते कल से आगे है।

नया आदमी

नया आदमी, हाँ, आज का आदमी। कोई नया विशिष्ट पात्र नहीं, साधारण आदमी। नये और विशिष्ट पात्रों को लाने का ज़माना कुछ अरसा पहले तक रहा है। तब लेखक की तरफ़ से दावा किया जाता था कि इस तरह का, इस वर्ग का, या इस क्षेत्र का आदमी पहली बार उसकी रचना में आया है। पर वह आदमी 'आता' नहीं था, ढूँढ़कर लाया जाता था। लाने में असुविधा होती थी, या वह आदमी मिल ही नहीं पाता था, तो लेखक अपने को ही रँगकर उस आदमी के रूप में प्रस्तुत करने लगता था। उस ज़माने के बहुत-से किसान हैं जो प्रयाग विश्वविद्यालय के स्नातकों की भाषा में सोचते हैं। मेकैनिक हैं जो लगता है 'शेखर : एक जीवनी' पढ़कर कारख़ाने में काम करने जाते हैं। पर अच्छा है वह ज़माना जल्दी लद गया है और आज का लेखक किसी कम्पनी के पर्सनल मैनेजर की तरह नये-नये पात्रों को भरती करने की ड्यूटी नहीं बजाता। वह उसी आदमी के बारे में लिखता था या लिखना चाहता है जिसे उसे 'लाना' नहीं पड़ता।

परन्तु जहाँ ढूँढ़कर लाने की बात अब नहीं रही, वहाँ एक और कोशिश इधर नज़र आने लगी है—अपनी रचना-दृष्टि के बाहर 'नो एडमिशन' का नोटिस लगाकर चलने की कोशिश। यह कोशिश उन गिने-चुने लेखकों की है जिन्होंने अपने रचना-संस्कार तथाकथित व्यक्तिवादी परम्परा से ग्रहण किये हैं और जो अपनी चेतना को एक ऐसा प्रायवेट लॉन समझते हैं जिसमें वे अकेले ही चहलक़दमी कर सकते हैं।

कोई राह चलता आदमी दस्तक देकर भी वहाँ चला आये, यह उन्हें गवारा नहीं। उनका कोई गली-मोहल्ला नहीं, पास-पड़ोस नहीं, नाता-रिश्ता नहीं—बस वे हैं और उनके लॉन में बिछी काल्पनिक सड़कें हैं जिन पर आते-जाते वे किन्हीं अमूर्त आकृतियों से अपना वैचारिक सम्बन्ध स्थापित करते रहते हैं। वे अपने पूर्ववर्तियों की तरह दूसरों के रंग में अपने को नहीं रँगते, पर सिवा अपने किसी और का रंग देखना भी नहीं चाहते। इनके लॉन के पास से गुज़रता साधारण आदमी पल-भर रुककर आशा की दृष्टि से इनकी तरफ़ देखता है, पर फिर कन्धे हिलाकर चुपचाप अपने रास्ते पर बढ़ जाता है।

पुस्तकों को चाहिए...

हिन्दी के किसी भी प्रकाशक या पुस्तक-विक्रेता से बात करें, तो सुनने को मिलेगा, 'हिन्दी में पुस्तकें नहीं बिकतीं।' बात कुछ इस तरह से कही जाएगी जैसे कि क़सूर ख़ुद पुस्तकों का ही हो...कि वही हैं जो बिकना नहीं चाहतीं।

इतना बड़ा हिन्दी-क्षेत्र...इतना बड़ा हिन्दी का रुतबा...और हिन्दी पुस्तकों की बिक्री नहीं के बराबर! किसी भी पुस्तक का पहला संस्करण दो या तीन हज़ार प्रतियों से ज़्यादा का नहीं छपता। अगर जल्दी बिके, तो दो साल में बिक जाता है, वरना मज़े से आठ-दस साल भी ले सकता है। यह भी सम्भव है कि लेखक की और अपनी ज़िन्दगी का वह एकमात्र संस्करण ही रहे...दीमक और चूहों का हिस्सा निकाल देने के बाद भी उसकी तीन सौ प्रतियाँ गोदाम में बची रह जाएँ।

मेरे एक बहुत अच्छे मित्र हैं। साथ ही वे उतने ही अच्छे प्रकाशक भी हैं। उनके ख़याल में पुस्तकों के न बिकने या कम बिकने की ज़िम्मेदारी अगर ख़ुद पुस्तकों पर नहीं, तो ज़रूर आज के लेखकों पर है। सिवाय लेखकों के और किसी पर हो ही कैसे सकती है...क्योंकि प्रकाशक ओर पुस्तक-विक्रेता तो वे स्वयं हैं, और यह वे अच्छी तरह जानते हैं कि ज़िम्मेदारी उन पर बिल्कुल नहीं है।

कई साल के तजुर्बे से मेरे मित्र इस नतीजे पर पहुँचे हैं कि आज के हिन्दी लेखक केवल अपने साथी-लेखकों को नज़र में रखकर लिखते हैं, पाठकों को नहीं। अगर पाठकों को नज़र में रखकर लिखें, तो कोई वज़ह है कि बिक्री की वही हालत रहे, जो आज है? इधर बंगला पुस्तकों की बिक्री के आँकड़े जानकर वे और भी नाख़ुश हैं। उनका ख़याल है कि बंगला लेखक ज़रूर जनसंख्या का ब्योरा सामने रखकर, उसी लिहाज से लिखने बैठते हैं। तभी तो न बंगला में एक पुस्तक के साल में दस-दस संस्करण बिक जाते हैं!

मेरे मित्र को अगर इस बात का हवाला दिया जाए कि हिन्दी में भी पॉकेट बुक्स और कई एक पत्र-पत्रिकाएँ हज़ारों-लाखों की संख्या में बिकती हैं...और उनके लेखक भी वही हैं जो 'पाठकों को नज़र में रखकर नहीं लिखते'...तो वे बात

का जवाब नहीं देते। चपरासी से चाय लाने को कहकर मेज़ पर रखे ज़रूरी काग़ज़ों पर दस्तख़त करने लगते हैं।

मगर यह सच है कि हिन्दी में पुस्तकें नहीं बिकतीं...मतलब गत्ते की जिल्दों में बँधी पुस्तकें...जो बहुत ढूँढ़ने पर भी आसपास कहीं नज़र नहीं आतीं।

स्वतन्त्रता के बाद हिन्दी को कई दृष्टियों से मान्यता प्राप्त हुई है...हिन्दी पढ़नेवालों की संख्या इन पन्द्रह सालों में पहले से कई गुना बढ़ गयी है...पर हिन्दी पुस्तकों की बिक्री में इससे इतना ही अन्तर आया है कि छह-आठ सौ या हज़ार प्रतियाँ पुस्तकालयों में पहले से ज़्यादा जाने लगी हैं। दूसरी तरफ़ व्यक्ति-पाठकों, मतलब ख़रीदकर पुस्तकें पढ़नेवालों की संख्या एक तरह से पहले से भी कम हो गयी है। एक तरह से इसलिए कि इसी अरसे में प्रकाशित दो-चार-दस पुस्तकें ऐसी भी हैं जिनकी (न जाने कैसे!) दस-दस, बीस-बीस हज़ार प्रतियाँ बिक गयी हैं,—बावजूद इसके कि वे किसी युनिवर्सिटी में नहीं लगीं, और पुस्तकालयों ने भी उनकी बीस-बीस प्रतियाँ नहीं ख़रीदीं। इससे शक होता है कि ख़रीदकर पुस्तकें पढ़नेवाला एक वर्ग हिन्दी में है ज़रूर, पर वह जान-बूझकर (शायद प्रकाशकों को तंग करने के लिए ही!) बहुत कम पुस्तकें ख़रीदता है। उस वर्ग तक तो मेरे मित्र की पहुँच है नहीं...पहुँच है अपने लेखकों तक। सो ले-देकर वे लेखकों को ही कोसने लगते हैं...और लेखकों के साथ उस सबको जिनका कि पुस्तकों के प्रकाशन और वितरण के साथ कोई सीधा सम्बन्ध नहीं है। इनमें आलोचक, राजनीतिज्ञ, डाक-विभाग, प्रेस-विभाग और इन्कॅमटैक्स के कर्मचारी, सभी आ जाते हैं।

लेखकों में क्योंकि आज की पीढ़ी के कुछ लोगों से उनकी ज़्यादा घनिष्ठता है, इसलिए ज़्यादा ज़िम्मेदारी भी वे इस पीढ़ी के सिर पर ही डालते हैं। तर्क है कि पुरानी पीढ़ी के कुछ लेखकों की पुस्तकें आज भी इस पीढ़ी की पुस्तकों से ज़्यादा बिकती हैं। सो सवाल सिर्फ़ 'अच्छी' पांडुलिपियों का है, जो आज के लेखकों से उन्हें नहीं मिल पातीं। (अगर पता होता कि आज के लेखक ऐसे निकलेंगे, तो शायद चालीस साल पहले वे प्रसाद और प्रेमचन्द से कुछ और पांडुलिपियाँ तैयार करा रखते!)

इसमें शक नहीं कि पुरानी पीढ़ी के कुछ लेखकों की पुस्तकें 'ज़्यादा' बिकती हैं। 'ज़्यादा' से मतलब बांग्ला की तरह बीस-बीस, तीस-तीस हज़ार नहीं, साल में बारह सौ या डेढ़ हज़ार...और वह भी उनकी हर पुस्तक नहीं। यही बिक्री हिन्दी में छपकर बांग्ला की बीस-हज़ारी और तीस-हज़ारी पुस्तकों की रह जाती है...बांग्ला-भाषी जनसंख्या से हिन्दी भाषी जनसंख्या के कई गुना होने के बावजूद। हिन्दी की

इस 'ज़्यादा' बिक्री में कितना श्रेय उन पहले के प्रकाशकों को है, जिन्होंने उन लेखकों को पाठकों तक ले जाने का काम आज से तीस-चलीस साल पहले किया था, इसका ज़िक्र हम नहीं करेंगे। ऐसा करना तब शायद मुश्किल भी नहीं था, क्योंकि प्रकाशक उन दिनों बहुत कम थे और नयी पुस्तकें बहुत थोड़ी संख्या में लिखी जाती थीं। प्रचार के साधन सीमित होते हुए भी ख़रीददार-पाठक तक पहुँचने की कोशिश उन प्रकाशकों द्वारा कहीं ज़्यादा की जाती थी। मुझे याद है मेरे बचपन के दिनों में इलाहाबाद और कलकत्ता की कुछ प्रकाशन-संस्थाओं के प्रतिनिधि पुस्तकों के बक्से लिये हमारे घर पर पुस्तकें बेचने आया करते थे। पुस्तकालयों की संख्या तब ज़्यादा नहीं थी, राजकीय और अर्द्ध-राजकीय संस्थाओं की ओर से इकट्ठे और बड़े ऑर्डर मिलने की सम्भावना भी नहीं रहती थी, इसलिए शायद ख़रीददार-पाठक तक पहुँचने के सिवा तब के प्रकाशकों के पास कोई चारा भी नहीं था। उस समय के लेखकों के लिए एक पाठक-वर्ग तैयार करने में आर्यसमाज-जैसी संस्थाओं ने जो कार्य किया, उसे भी नज़र में रखने की बात हम नहीं कहेंगे। पर इतना कहने का हक़ तो हमारे प्रकाशक मित्र हैं देंगे ही कि उन्हीं पाठकों का एक वर्ग आज भी उस पीढ़ी के लेखकों की रचनाएँ ख़रीदता-पढ़ता है। एक और वर्ग उन पाठकों का भी है, जो मैट्रिक से एम.ए. तक उन्हीं इने-गिने लेखकों की रचनाएँ कोर्स में पढ़ते आये हैं। इन पहले से तैयार पाठक-वर्गों को छोड़कर उन लेखकों के लिए भी आज के प्रकाशकों ने कौन-सा नया पाठक-वर्ग तैयार किया है? छह सौ की जगह बारह सौ प्रतियाँ बेच लेना क्या सचमुच आज के पाठक की रुचि और माँग पर कुछ प्रकाश डालता है? बात तब मानी जा सकती, अगर इन 'लोकप्रिय' लेखकों की रचनाएँ ही, हिन्दी-भाषी क्षेत्र में बांग्ला-भाषी क्षेत्र की तुलना में, तीन-चार-गुना ज़्यादा बिक रही होतीं। पर वस्तुस्थिति यह है कि भगवती बाबू के उपन्यास की भी यहाँ साल में बारह सौ प्रतियाँ ही बिकती हैं, चालीस या पचास हज़ार नहीं।

स्वतन्त्रता के बाद हिन्दी प्रकाशन का एक नया ही दौर शुरू हुआ। पुस्तकालयों की संख्या बढ़ने के साथ पुस्तकों की और ही तरह की माँग सामने आयी। पुस्तकालयों के पास बजट के पैसे थे, और ज़्यादा-से-ज़्यादा पुस्तकें ख़रीदकर उन्हें अपनी सूचियाँ बढ़ानी थीं, सो उनकी माँग थी नये-नये शीर्षकों की। इस माँग से रातों-रात नये-नये प्रकाशक और नये-नये लेखक पैदा हो गये, और हज़ारों की संख्या में नयी पुस्तकें छपकर सामने आने लगीं। पुस्तक का अर्थ अब पुस्तक नहीं रहा—अर्थ हो गया कोई भी ऐसा विषय जिस पर पुस्तकें लिखी जाती हों, एक ख़ास तरह का

काग़ज़, एक ख़ास तरह का साइज़, एक ख़ास तरह का गेटअप, और...एक नया चुभता हुआ शीर्षक। निहायत ग़ैर-ज़िम्मेदारी के साथ लिखी गयी, उससे ज़्यादा ग़ैर-ज़िम्मेदारी के साथ ख़रीदी गयी पुस्तकें पुस्तकालयों में अलमारियों का वज़न बढ़ाने लगीं। विश्वविद्यालयों और पुरस्कार-समितियों में पुस्तकें भेजने की अन्तिम तिथि...मार्च में अपना बजट पूरा करने के लिए पुस्तकालयों द्वारा अन्धाधुन्ध ख़रीददारी...और सरकारी तौर पर पैदा हुई इस या उस तरह की पुस्तकों की माँग...बस इन दबावों में पड़कर, जो एक बार पुस्तकों की जगह शीर्षकों का उत्पादन शुरू हुआ, तो आज तक रुकने में नहीं आया। इससे किसी भी समझदार पाठक के लिए यह तय करना असम्भव हो गया कि इस ढेर में से वह अपने लिए कोई एक भी पुस्तक चुने तो कैसे! शीर्षक...और-और शीर्षक...और उन शीर्षकों को जोड़नेवाली मालाओं के शीर्षक। यह ग्रन्थमाल और वह ग्रन्थमाला। चौंकानेवाले बड़े-बड़े विज्ञापन। हर लेखक अपनी पीढ़ी का अग्रणी! हर पुस्तक में सूक्ष्म संवेदनाओं की अभिव्यक्ति! इतनी प्रतियाँ ख़रीदनेवाले को इतने प्रतिशत कमीशन! इतनी प्रतियाँ ख़रीदने पर इतनी प्रतियाँ मुफ़्त। इस तारीख़ तक ऑर्डर देनेवाले को डाक-व्यय माफ़। इस धूम-धड़ल्ले ने ख़रीददार-पाठक के मन में यदि पुस्तकें ख़रीदने के प्रति अरुचि पैदा कर दी...दस बार दस घटिया पुस्तकें ख़रीदकर ठगे जाने के बाद अगर आगे से कोई भी पुस्तक ख़रीदने से उसने तोबा कर ली...तो इसकी ज़िम्मेदारी किस पर है? मेरे मित्र बात के धनी हैं, इसलिए वे फिर भी यही कहेंगे, 'लेखकों पर।'

हिन्दी के ख़रीददार-पाठक के सामने यह समस्या तो है ही कि वह क्या ख़रीदे, साथ ही दूसरी समस्या यह भी है कि कहाँ से ख़रीदे। बम्बई में मेरे एक मित्र हैं, जिन्हें और कई बीमारियों के साथ हिन्दी की पुस्तकें ख़रीदने की भी बीमारी है। इधर-उधर से सुनकर उन्हें किसी पुस्तक के बारे में पता चल जाता है, तो फ़ौरन गाड़ी लेकर वे पुस्तक ख़रीदने के लिए निकल पड़ते हैं। तीन लीटर पैट्रोल जलाकर और दस मिनिट की कोशिश से कालबादेवी या माधोबाग़ के भीड़-भड़क्के में गाड़ी पार्क करके, जब वे पुस्तकों की दुकान में दाख़िल होते हैं, तो काउंटर पर ऊँघता हुआ एक आदमी अचानक अपने को झटककर गाहक के स्वागत के लिए तैयार हो जाता है। पूछने पर बताता है कि जिस पुस्तक की तलाश की जा रही है, उसका नाम तो उसने सुना है, पर शक्ल अभी तक नहीं देखी। पर गाहक को ख़ुश करने के लिए वह जल्दी-जल्दी कुछ काग़ज़ी कार्रवाई करता है। पुस्तक का नाम अपने पास नोट कर लेता है और दिलासा देता है कि पन्द्रह-बीस रोज़ के अन्दर वह पुस्तक उनके लिए ख़ास तौर से मँगवा दी जाएगी। पर तब से पुस्तक मिलने तक मेरे दोस्त को तीन चक्कर उस दुकान के और लगाने पड़ते हैं। कभी-कभी तो चार दिन और बीस

लीटर पैट्रोल ख़राब करने के बाद भी यही पता चलता है कि पुस्तक के लिए प्रकाशकों को लिखा गया था, पर उनका अब तक कोई जवाब नहीं आया...या कि पुस्तक उनकी बिल्टी के साथ आएगी, और अगले से अगले महीने तक उन्हें मिल ज़रूर जाएगी।

दिल्ली, इलाहाबाद और लखनऊ के कुछ बिक्री-केन्द्रों को छोड़ दें, तो सब जगह यही हालत है। जिस तरह हिन्दी का हर अध्यापक छोटा-मोटा लेखक होता है, उसी तरह हर पुस्तक-विक्रेता छोटा-मोटा प्रकाशक होता है। सबसे पहले तो उसकी कोशिश होती है कि आनेवाला किसी तरह उसी की छापी पुस्तकें ख़रीदकर ले जाए...और जब यह नहीं हो पाता, तो पुस्तकों की बिक्री के समबन्ध में उसका एक दार्शनिक दृष्टिकोण बनने लगता है। नहीं, हिन्दी में पुस्तकें नहीं बिकतीं। दूसरे प्रकाशकों की पुस्तकें वह मँगवाता है...बेचने के लिए नहीं, सप्लाई करने के लिए। जितनी प्रतियों की सप्लाई का ऑर्डर हो उतनी से ज़्यादा प्रतियाँ मँगवाना जोख़िम का काम है। ख़रीददार तो हवा का रेला है...जाने कब आये, और आये भी या नहीं! सो बेहतरी इसी में है कि किसी भी पुस्तक की कम-से-कम प्रतियाँ मँगवायी जाएँ। और एक बार किसी तरह उनसे पिंड छूट जाए, तो दूसरी बार मँगवाने का नाम न लिया जाए...मतलब तब तक कि जब तक और कहीं से सप्लाई का ऑर्डर न मिल जाए। और फिर साहब जगह का भी तो सवाल है! आठ फ़ुट, बारह फ़ुट के रक़बे में आदमी अपनी गद्‌दी लगाये कि पुस्तकें रखे!

और शिकायत बिल्कुल सही है कि पुस्तकें नहीं बिकतीं। इस पर भी वे लगातार छापी जा रही हैं, यही क्या कम है? और जो थोड़े-बहुत ऊँघते हुए बिक्री-केन्द्र हैं, वे भी न होते, तो क्या होता? जो छह सौ-आठ सौ प्रतियाँ आज बिकती हैं, वे भी न बिक पातीं। इससे ज़्यादा प्रतियाँ अगर नही बिकतीं, तो इसमें दोष न प्रकाशकों का है न पुस्तक-विक्रेताओं का। दोष है, तो पुस्तकों का, जिन्हें ख़ुद ही चाहिए कि अच्छे स्तर की हुआ करें; और अपने बिकने की कोई व्यवस्था करें। और पुस्तकों से कुछ न हो तो लेखकों को ही कुछ करना चाहिए। पुस्तकों की पांडुलिपियाँ उनके पास से आती हैं,...आख़िर उनकी भी तो कुछ ज़िम्मेदारी है।

रचना-दृष्टि

अनुभूति से अभिव्यक्ति तक

कई बार ऐसा होता है कि एक विचार मस्तिष्क में जुगनू की तरह चमकता है और सहसा विलीन हो जाता है। बहुत चेष्टा करके भी मस्तिष्क उसे पकड़ नहीं पाता और अपने में ही खोयी हुई उस अज्ञात रश्मि के लिए उसे खेद रह जाता है।

क्या व्यक्ति से स्वतन्त्र विचार की कोई सत्ता है? हम जानते हैं कि बाह्य परिस्थितियों का हमारी चेतना पर बहुत गहरा प्रभाव पड़ता है। परन्तु यह भी देखते हैं कि कई बार हमारे मस्तिष्क में ऐसे विचार उत्पन्न होते हैं जिनका बाह्य जीवन के साथ कोई प्रत्यक्ष सम्बन्ध नहीं होता। कभी हम किसी समस्या में उलझ जाते हैं और बहुत सोचने पर भी उसका कोई समाधान हमारी समझ में नहीं आता। सहसा बिजली के कौंधने की तरह एक समाधान सूझ जाता है। यह कैसे हुआ? क्या किसी दिव्य शक्ति ने वह समाधान हमें भेज दिया? और कई बार समय से पहले हमें किसी होनेवाली घटना का आभास मिल जाता है। यह किस तरह? क्या यह अन्तर्ज्ञान (इंट्यूशन) है? और इस अन्तर्ज्ञान का सम्बन्ध भी मनुष्य की चेतना से है या किसी बाह्य शक्ति से? आख़िर विचार का मूल स्थान क्या है? विचार कहाँ से आता है?

अन्तर्ज्ञान या प्रातिभ स्फुरण में विश्वास रखनेवाले लोग भी मानवी चेतना से बाहर उसकी स्थिति का आधार नहीं खोज पाते। यह तो मानना होगा कि विचार की उत्पत्ति के लिए एक स्थूल आश्रय की अपेक्षा है। मानव-मस्तिष्क में ही उसका धारण और पोषण सम्भव है। अब प्रश्न यह रह जाता है कि आश्रयस्थान में अंकुरित होने से पहले विचार की बीजरूप में क्या स्थिति रहती है। क्या बीजरूप में वह सूक्ष्म कुछ है जो हवा में मँडराता रहता है और समुद्र-तट पर, पार्वत्य घाटियों में और मेघांकित क्षितिज के पास अधिक मात्रा में पाया जाता है? और कछ समय भी है जब वातावरण में उसकी मात्रा बढ़ जाती है—जैसे प्रात: और सन्ध्योत्तर काल? विचार की ऐसी स्थिति स्वीकार करना हास्यास्पद होगा। कट्टर विचारवादी भी यह स्वीकार करना नहीं चाहेगा कि विचार कीटाणुओं की तरह हवा में मँडरानेवाली

चीज़ है। ऐसी कल्पना तो विचार को ही स्थूल चीज़ बना देगी। और यदि ऐसा नहीं, तो मस्तिष्क में अंकुरित होने से पहले विचार कहाँ था? इसका एक ही सम्भव उत्तर है कि वह विचार रूप में कहीं नहीं था—बीच रूप में वह अनुभूति है जो किसी-न-किसी स्थूल वस्तु की प्रतिक्रिया के रूप में जन्म लेती है। एक ही वस्तु की भिन्न-भिन्न चेतनाओं पर भिन्न-भिन्न प्रतिक्रिया हो सकती है और तदनुसार अलग-अलग मस्तिष्क में अलग-अलग विचार का उदय हो सकता है। परनतु वस्तु के अभाव में विचार की उत्पत्ति सम्भव नहीं। जब मस्तिष्क में कुछ जुगनू की तरह चमककर विलीन हो जाता है, तो या तो वह वस्तु की प्रतिक्रिया का क्षण होता है, या अवचेतन की किसी अनुभूति के स्फुरण का, जिसे चेतन मन ग्रहण नहीं कर पाता। जब हमें लगता है कि हमारे मस्तिष्क में ऐसा विचार आया है जिसका बाह्य परिस्थिति के साथ कोई सम्बन्ध नहीं, तो उसके भी दो कारण हो सकते हैं। या तो बाह्य परिस्थिति के साथ उसका ऐसा सम्बन्ध है जिसे हमारा चेतन मन समझ नहीं पाता, या वह अनुभूति रूप में पहले से विद्यमान बीज है जो देर से अंकुरित हुआ है। किसी उलझी हुई समस्या का सहसा समाधान मिल जाना भी प्रातिभ चमत्कार नहीं है। उलझन के समय स्नायुओं में जो तनाव आ जाता है उसके कारण मस्तिष्क जिस निष्कर्ष तक नहीं पहुँच पाता, तनाव दूर होने पर वह उस निष्कर्ष को पा लेता है। तनाव की स्थिति उसकी पूरी क्षमता को उद्‌बुद्ध करने में सहायक होती है—परन्तु उस उद्‌बोध का फल तनाव दूर होने पर प्राप्त होता है। कई बार स्नायुओं को उचित विश्राम प्राप्त हो जाने पर वह फल स्वप्न की स्थिति में प्राप्त हो सकता है। यह प्रतिक्रिया का स्वाभाविक क्रम है।

परन्तु हमें भविष्य में होनेवाली घटनाओं का पूर्वाभास किस तरह मिल जाता है—इसका उत्तर ढूँढ़ने से पहले यह देखना चाहिए कि पूर्वाभास की बात कहाँ तक सही है। प्राय: हम अपने मन की उस आशा और आशंका को पूर्वाभास का नाम दे लेते हैं जो ठीक प्रमाणित हो जाती है। ऐसी अनेक आशाएँ और आशंकाएँ हमारे मन में रहती हैं जिनकी पूर्ति भविष्य में नहीं होती और इस तरह हमारे अनेक पूर्वाभास झूठे प्रमाणित होकर रह जाते हैं। परन्तु उन्हें हम महत्त्व नहीं देते। महत्त्व देते हैं उन्हीं को जिनकी भविष्य के साथ संगति बैठ जाती है। हम उन पर आश्चर्य करते हैं और उन्हें पूर्वाभास का नाम देकर प्रसन्न हो लेते हैं। कभी-कभी अवश्य कुछ असाधारण संयोग सामने आते हैं। परन्तु उन्हें संयोग से अधिक महत्त्व नहीं दिया जा सकता।

हर अनुभूति, वह किसी विचार को जन्म दे या न दे, किसी-न-किसी रूप में अभिव्यक्त अवश्य होती है। यदि वह शब्दों में अभिव्यक्त न हो, तो मुखमुद्रा और

अन्य चेष्टाओं के रूप में अभिव्यक्त होगी। और यदि उस रूप में भी अभिव्यक्त न हो सके, तो अन्तर में पैदा होनेवाले किसी विकार के रूप में अभिव्यक्त होगी। हम जानते हैं कि कई मानसिक रोग दबे हुए विचारों और अनुभूतियों की प्रतिक्रिया के रूप में ही जन्म लेते हैं। वे रोग उनकी अभिव्यक्ति ही हैं।

अनुभूति जिस किसी रूप में भी अभिव्यक्त हो, उसका प्रभाव उसके आश्रय-स्थान से बाहर भी रहता है। कोई व्यक्ति यह नहीं कह सकता कि वह जो अनुभव करता है, उसका प्रभाव केवल उसी तक सीमित है। हर अभिव्यक्ति अनुभूति को दूसरों तक ले जाने की क्षमता रखती है। यह और बात है कि किसी विशेष अवस्था में, या किसी विशेष कारण से, एक विशेष अभिव्यक्ति को कोई ग्रहण करनेवाला न मिले। जो विचार और अनुभूतियाँ शब्दों के माध्यम से अभिव्यक्त होती हैं, उनकी दूसरों तक पहुँच अपेक्षाकृत शीघ्र होती है।

इस तरह अनुभूति और अभिव्यक्ति दोनों सामाजिक प्रक्रियाएँ हैं और अभिव्यक्ति अनुभूति का अनिवार्य परिणाम है। इस अनिवार्यता का यह अर्थ नहीं कि अभिव्यक्ति मात्र एक अवचेतन प्रक्रिया है जो एक व्यक्ति की अनुभूति को दूसरों तक सम्प्रेषित करती है। अभिव्यक्ति एक अनिवार्य प्रक्रिया है परन्तु उसे नियन्त्रित किया जा सकता है। यह नियन्त्रण ही कला है। नियन्त्रण द्वारा दी गयी मर्यादा के रहते हुए भी अनुभूति अपनी पूरी तीव्रता के साथ अभिव्यक्त हो, यही कला की सार्थकता है। यदि कला की मर्यादा अनुभूति के सम्प्रेषण को कुंठित कर दे तो वह कला का उद्देश्य-च्युत होना है। कलात्मक अभिव्यक्ति के बिना भी जहाँ अनुभूति अनुभूति है, वहाँ अनुभूतिहीन कला कुछ भी नहीं है। कलावादी जो कला की स्वतःपूर्ति की बात करते हैं, वे यह भूल जाते हैं कि जिसे विशुद्ध कला का नाम दिया जाता है, वह वास्तव में कला नहीं, कला का व्याकरण है। चित्रकला में विशेष रूप से ऐसे प्रयोग दिखाई देते हैं जिनमें कला की कुछ तर्कसंगत अपेक्षाओं के पालन के अतिरिक्त और कुछ विशेषता नहीं होती। ऐसी कला का महत्त्व उतना ही है जितना व्याकरण की अपेक्षाओं को दृष्टि में रखकर लिखे गये एक आदर्श वाक्य का। कला की व्याख्या के लिए अवश्य ऐसी रचनाओं का महत्त्व है, परन्तु उनसे कला के उद्देश्य की पूर्ति नहीं होती। कला वह मार्ग है जिसमें अनुभूति प्रवाहित होती है। यदि मार्ग प्रवाह को ही सोख ले या अवरुद्ध कर दे, तो वह कितना ही सुन्दर क्यों न हो, उसकी सराहना नहीं की जा सकती। और यदि प्रवाह के अभाव में ही सुन्दर मार्ग की रचना की गयी हो तो उसका महत्त्व एक 'डमी' के रूप में ही स्वीकार किया जा सकता है, एक रचना के रूप में नहीं।

एक कला-कृति के आन्तरिक गुण की पहचान यह है कि उसमें सम्प्रेषणीयता

कितनी है—वह एक अनुभूति को कितनी तीव्रता और कितनी ईमानदारी के साथ सम्प्रेषित करने में समर्थ है। सामर्थ्य का निश्चय कला की मर्यादा को दृष्टि में रखकर ही होगा, अन्यथा जितनी सम्प्रेषणीयता गालियों में होती है, उतनी किसी कलात्मक अभिव्यक्ति में शायद ही आ सकती हो। तो मात्र सम्प्रेषणीयता ही कसौटी नहीं, कसौटी है मर्यादागत सम्प्रेषणीयता। कला की मर्यादा क्या है? वस्तुतः, प्रश्न यह न होकर, यह होना चाहिए कि कलागत मर्यादा की अपेक्षाएँ क्या हैं, क्योंकि कला स्वतः एक मर्यादा है। अभिव्यक्ति को नियन्त्रित करने में ही उसकी सिद्धि है। कलागत मर्यादा की अपेज्ञाओं में सौन्दर्यबोध आदि का उल्लेख किया जाता है। परन्तु यह मर्यादा तभी सार्थक है, जब यह प्रभाव की अभिवृद्धि में सहायक हो—क्योंकि कला की दूसरी परख यह है कि वह क्या प्रभाव छोड़ती है और वह प्रभाव कितना स्थायी है।

प्रभाव का प्रश्न हमें विवाद के नये क्षेत्र में ले आता है। पहली बात तो यह कि प्रभाव किसका? सम्प्रेषण का या सम्प्रेष्य अनुभूति का? ऊपर की संगति में इसका उत्तर स्पष्ट है। सम्प्रेषणगत सौन्दर्य या चमत्कार का प्रभाव एक उद्देश्य लिये रहता है और वह उद्देश्य है सम्प्रेष्य अनुभूति के प्रभाव को विशिष्ट करना। एक कटु अनुभूति की सुन्दर अभिव्यक्ति तभी सार्थक कही जा सकती है जब वह उस कटुता को बनाये रख सकती है और कटुता के अपेक्षित प्रभाव की सृष्टि कर सकती है। परन्तु एक कलाकृति कटु प्रभाव के वहन का साधन बने, यह कहाँ तक अपेक्षित है? क्या कलाकृति की वास्तविक सफलता कटुता को भी मधुर प्रभाव में बदल देने में नहीं है? क्या कला ऐसी अभिव्यक्ति नहीं जो असुन्दर को सुन्दर में बदल देती है? क्या अनिवार्य रूप से वही अभिव्यक्ति कलात्मक नहीं जो कुत्सिक का सम्प्रेषण करके भी आनन्द की सृष्टि करती है?

नहीं!

कला की सृष्टि अनुभूति के सत्य को किसी तथाकथित कलात्मक रूप में ढालने के लिए नहीं, बल्कि अपनी मर्यादा में उसको व्यक्त करने के लिए है। उसकी सफलता मधुर प्रभाव की सृष्टि में नहीं, बल्कि वास्तविक प्रभाव के सम्प्रेषण में है। हमारे साहित्य-शास्त्रियों ने बीभत्स में भी उतनी ही रसता स्वीकार की है, जितनी शृंगार और शान्त में। रसोद्‌बोध साधारण अर्थ में आनन्द-प्राप्ति नहीं है। उसे विरेचनजनित आनन्दप्राप्ति कह सकते हैं। एक जुगुप्साजनक अनुभूति की मधुर प्रभावजनक अभिव्यक्ति से बीभत्स रस का उद्‌बोध नहीं हो सकता। रसोद्‌बोध तभी होगा जब जुगुप्सा स्थायीभाव जाग्रत हो और उसके लिए यह आवश्यक है कि अभिव्यक्ति में उसे जगाने की योग्यता हो। जिसमें यह योग्यता नहीं, वह अभिव्यक्ति,

वह कला, सार्थक नहीं कही जा सकती।

इस प्रश्न पर एक और दृष्टि से भी विचार किया जा सकता है। एक कलाकृति के प्रभाव से कटु या बीभत्स कुछ न हो, यह चाहनेवाले प्रभाव की कसौटी उसकी स्वीकार्यता को मानते हैं। जिसे हृदय पा लेना चाहता है, स्वीकार कर लेना चाहता है, वह प्रभाव ही अपेक्षित है और जिससे वह बचना चाहता है, जिसे वह निराकृत करना चाहता है, वह प्रभाव अपेक्षित नहीं। इसमें सन्देह नहीं कि जिन बिम्बों के माध्यम से अनुभूति एक हृदय से दूसरे हृदय तक जाती है, उनमें से कुछ को हृदय आग्रह के साथ ग्रहण कर लेता है और कुछ का अपवारण करता है। परन्तु उन बिम्बों का सम्प्रेषण होता ही इसलिए है कि हृदय उनका अपवारण करना चाहे, उन्हें दूर रखना चाहे, उनसे बचना चाहे। इस प्रक्रिया द्वारा उस पर जो प्रभाव पड़ता है, वह शायद स्वीकार्य बिम्बों के प्रभाव की अपेक्षा अधिक गहरा होता है। यह प्रभाव उसे झिझोड़कर क्रियाशील बनाता है, जबकि स्वीकार्य बिम्बों का प्रभाव उसे यह झूठी सान्त्वना दे देता है कि संसार में सब-कुछ वैसा ही है जैसा होना चाहिए और वह भुलावे की नींद सो रहना चाहता है। यथार्थवादी कलाकार जब जीवन के कुत्सित बिम्ब अपनी रचना के माध्यम से सम्प्रेषित करता है, तो वह इसलिए नहीं कि उसे कुत्सिक का मोह रहता है या वह वैसे चित्र सम्प्रेषित करने में किसी विशेष आनन्द का अनुभव करता है, या उसे इसमें अपनी व्यक्तिगत हताशा का प्रतिशोध लेने का सन्तोष प्राप्त होता है—बल्कि इसलिए कि वह उस नरक को फ़ोकस में लाकर दूसरों के मन में उसके प्रति जुगुप्सा पैदा करना चाहता है। कहा जा सकता है कि जब यह नरक जीवन में ही चारों ओर नज़र आ जाता है, तो साहित्य या किसी भी कला द्वारा उसका निदर्शन अधिक प्रभावोत्पादक कैसे हो सकता है? जीवन में हम उस नरक में स्वयं रहते हुए भी कई बार उसे नहीं देखते, और देखते भी हैं तो उसकी भयावहता के प्रति चेतन नहीं होते, क्योंकि हमारी दृष्टि ठीक कोण से उस पर नहीं पड़ती। कलाकार जो उसे ठीक कोण से देखकर तीव्र चुभन का अनुभव करता है, अपनी अभिव्यक्ति द्वारा हमें वास्तविकता को उसी कोण से देखने के लिए बाधित करता है। फिर कोई भी व्यक्ति वास्तविकता के हर पहलु का प्रत्यक्ष अनुभव प्राप्त कर नहीं सकता। कलाकृतियाँ हमें वास्तविकता के उन अपरिचित पहलुओं से परिचित कराती हैं। जीवन के कुत्सित पहलुओं का चित्रण करनेवाली बहुत-सी कलाकृतियों की असफलता का कारण उनका विषय नहीं, बल्कि अनुभूति की न्यूनता या अभिव्यक्ति की असमर्थता है। इस क्षेत्र में पहले से बनी हुई परम्पराएँ नहीं हैं, इसलिए कलाकार को मार्ग बनाने के लिए जो हाथ-पैर मारने पड़ते हैं, कई बार वही उसकी विवशता बन जाते हैं। उसकी अभिव्यक्ति ईमानदारी के साथ

उसकी अनुभूति को वहन नहीं कर पाती। अभिव्यक्ति की कमज़ोरी अपने में बिल्कुल अलग चीज़ है। ठीक प्रभाव की सृष्टि के लिए अभिव्यक्ति की समर्थता आवश्यक है। हृदय वास्तवकिता के कुरूप बिम्बों से प्रभावित होकर उन्हें निराकृत करे, यह अपेक्षित स्थिति है। परन्तु अभिव्यक्ति की असमर्थता के कारण प्रभावित होने की स्थिति ही न आये, और बीच में ही उस रचना का निराकरण कर दिया जाए वह बिल्कुल अलग स्थिति है।

इसके अतिरिक्त कई ऐसी रचनाएँ हैं जिनमें बिना तीव्र अनुभूति के जीवन के कुत्सित यथार्थ का चित्रण करने के प्रयास दृष्टिगत होते हैं। ऐसी रचनाओं का मूल्य एक साधारण समाचारपत्र से अधिक नहीं है—बल्कि उससे भी कम, क्योंकि इनमें समाचारपत्र जितनी सामयिकता नहीं होती। किन्हीं बौद्धिक निष्कर्षों या फ़ार्मूलों के आधार पर दो और दो का योग करने से एक कलाकृति की रचना नहीं होती।

मात्र कुत्सित के चित्रण का आग्रह भी बहुत-सी रचनाओं को एकांगी बनाकर उनके प्रभाव को कम कर देता है। जीवन में बहुत-कुछ है जो सुन्दर है और सुन्दर का आग्रह ही कलाकार को असुन्दर की अभिव्यक्ति के लिए विवश करता है। इसलिए सुन्दर की ओर से सर्वथा आँखें मूँद लेने से वह अपेक्षित प्रभाव की सृष्टि नहीं कर सकता। सुन्दर और असुन्दर का सन्तुलन ही हृदय में सुन्दर के प्रति आग्रह की सृष्टि करता है। यह असम्भव है कि एक कलाकार के हृदय में सौन्दर्य की कोई अनुभूति हो ही नहीं। सौन्दर्य की अभिव्यक्ति केवल तथाकथित कलावादियों का एकाधिकार नहीं है और न ही यथार्थवादी कलाकार जीवन के कुत्सित-मात्र का चित्रण करने का दायित्व लिये है। वह जिस उद्देश्य से कुत्सित का चित्रण करता है, उसकी पूर्ति तभी सम्भव है, जब वह वैषम्य-प्रभाव की सृष्टि कर सके। इस वैषम्य-प्रभाव की सृष्टि बिना सौन्दर्य के अनुभूति-प्रेरित चित्रण के नहीं हो सकती। सौन्दर्य के उपादानों की परिगणना-मात्र से, या सौन्दर्य के स्पर्द्धापूर्ण संकेतों से यह प्रभाव उत्पन्न नहीं होता। उसके लिए सौन्दर्य की स्वीकृति, और उससे पैदा हुई वासना का होना अनिवार्य है।

साहित्य और अन्य कलाकृतियाँ हमें अपने को समझने में सहायता देती हैं। उनके माध्यम से अपने को देखकर हमारी अपने से पहचान घनिष्ठ होती है। इस पहचान को बढ़ाने में जो कलाकृति जितनी सहायक है, उसे उतनी ही महान् कहा जा सकता है। इसके लिए आवश्यक है कि कलाकार की दृष्टि यथार्थ के पूरे पट को देख सकती हो। हर कृति में उस पूरे पट को अंकित करना न तो सम्भव है और न वांछनीय ही—परन्तु कलाकार के अन्तर में उस पूरी पृष्ठभूमि की चेतना का होना आवश्यक है। साहित्यकार को यह सुविधा है कि वह अपनी रचना में उस पृष्ठभूमि

का आभास सर्वत्र दे सकता है। उसका माध्यम अधिक व्यापक है और वह उस विशाल पृष्ठभूमि को दृष्टि में रखकर मानव के हृदय, रूप और वाणी—तीनों की वास्तविकता का चित्रण कर सकता है। चित्रकार को हृदय और वाणी को भी रूप के माध्यम से ही व्यक्त करना होता है, संगीत में वाणी हृदय को भी व्यक्त करती है, और रूप का भी संकेत देती है। यह ठीक है कि शब्द का माध्यम अपेक्षया अधिक सुविधापूर्ण है। परन्तु इससे साहित्यकार का दायित्व और भी बढ़ जाता है। उसकी रचना की पहुँच स्थान और समय की दृष्टि से अधिक व्यापक और अधिक शीघ्र होती है, इसलिए मानव की वास्तविकता का सर्वांगीण चित्रण करने का भार मुख्यतया उसी पर आता है।

साहित्य से अपने जीवन की वास्तविकता का परिचय प्राप्त कर, भले ही वह परिचय गहरी झुँझलाहट को जन्म दे, व्यक्ति को सन्तोष प्राप्त होता है। साहित्य में अपनी वास्तविकता को देखकर भी हमें झुँझलाहट होती है और न देखकर भी झुँझलाहट होती है। पर दोनों तरह की झुँझलाहट की प्रकृति में अन्तर है। जहाँ पहली झुँझलाहट अपने कुत्सित रूप की जानकारी से उत्पन्न होती है, वहाँ दूसरी झुठलाये जाने की अनुभूति से। पहली हमें भविष्य के प्रति सचेत बनाती है, दूसरी नहीं। एक अपने प्रति चुनौती है, दूसरी केवल अपनी विवशता का खेद। इसलिए सार्थक रचना वही है जो पहली तरह की झुँझलाहट को जन्म देती है।

साहित्य अपने सामाजिक दायित्व का निर्वहण तभी कर सकता है जब वह विशाल जनसमुदाय को प्रभावित कर सके। परन्तु इसकी कसौटी यह नहीं है कि कितने लोग एक रचना को पढ़ते हैं, बल्कि यह कि जितने लोग उसे पढ़ते हैं, उनमें से कितने लोगों के हृदय पर उसका स्थायी प्रभाव पड़ता है। बहुत-सा सस्ता साहित्य इसलिए लोकप्रिय हो जाता है कि वह पढ़नेवाले को क्षणिक भुलावा दे सकता है और उसे उसकी उलझनों से दूर रख सकता है। पर उस तरह की साहित्य-कृति का महत्त्व पढ़नेवाले के लिए चाय की एक प्याली से अधिक नहीं होता। नियत मात्रा में काम करके जिस तरह एक व्यक्ति रोज़ चाय की एक प्याली की आवश्यकता का अनुभव करता है, उसी तरह वह एक जासूसी, तिलिस्मी या रूमानी उपन्यास उठा लेता है। वही एक चीज़, या एक-सी चीज़, रोज़-रोज़ उसे एक-सा ही क्षणिक सन्तोष देती है। उसके लिए दो कृतियों में उतना ही अन्तर रहता है जितना चाय की एक प्याली और दूसरी प्याली में। परन्तु यह इस बात का प्रमाण नहीं कि अच्छा साहित्य एक विशिष्ट वर्ग तक ही सीमित रहता है, या कुछ गिने-चुने लोग ही उसका आस्वादन कर सकते हैं। जो कृतियाँ विश्वसाहित्य में स्थायित्व प्राप्त कर सकी है, वे अपने समय में काफ़ी लोकप्रिय भी रही हैं। उनके पाठक कुछ

इने-गिने बुद्धिजीवी ही नहीं, बल्कि सभी समुदायों और सभी वर्गों के लोग रहे हैं। कालिदास, शेक्सपीयर, टॉल्स्टॉय, गोर्की, शरत् और प्रेमचन्द की रचनाएँ इसका प्रमाण हैं। अच्छा साहित्य भी लोकप्रिय होता है यदि उसकी पहुँच इतनी व्यापक हो कि यह सामान्य जन-जीवन के विविध पहलुओं को छू सके—उसकी संवेदनाएँ सामान्य जन-जीवन की संवेदनाएँ हों। सामान्य से हटकर एक विशिष्ट व्यक्तिगत विश्व की अनुभूतियों से उस प्रभाव की सृष्टि सम्भव नहीं। इसीलिए कछ असाधारण पात्रों का मनोविश्लेषण करनेवाली या कुछ असाधारण स्थितियों में मानव-व्यवहार का वर्णन करनेवाली रचनाएँ उतना स्थायी प्रभाव उत्पन्न नहीं कर पातीं। उनके रचयिता जहाँ स्वयं साधारणेतर (कुछ अहंसीमित) प्राणी होते हैं, वहाँ उनके पाठक भी या तो ऐसी श्रेणी के व्यक्ति होते हैं जिन्हें बौद्धिक अजायबघर में प्रवेश करके अपनी वैचित्र्य की कामना की पूर्ति करनी होती है, या वे हताश बुद्धिवादी—जिन्हें अपने को विश्वास दिलाना होता है कि जीवन असंगतियों से भरा है, या फिर वे किशोरहृदय लोग जो जीवन का मानदंड ही उसकी असाधारणता को समझते हैं।

जीवन में बहुत-कुछ ऐसा है जो बहुतों के साथ समान रूप से घटित होता है या जिससे वे परिचित होते हैं, और जिसका विश्लेषण यदि उन्हें साहित्य में मिले तो उनके अपने अन्तर के आनन्द ओर वेदना, प्रेम और घृणा के प्रवाह फूट पड़ते हैं। इसलिए साहित्यिक अभिव्यक्ति में कलात्मकता और ईमानदारी के साथ-साथ यह शक्ति भी अपेक्षित है कि वह उन प्रवाहों को छेड़ दे। इसके लिए साहित्यकार को कई जगह बहुत साहस से काम लेना पड़ता है। बहुत बार साहित्य या समाज की रूढ़ियाँ उसके रास्ते में आती हैं। उन रूढ़ियों से टक्कर लेने में कभी-कभी उसे लेखक के रूप में अपने अस्तित्व को भी ख़तरे में डालना होता है। परन्तु इस ख़तरे की स्वीकृति ही उसकी सजीवता को प्रमाणित करती है। 'यामा द पिट' के लेखक कुप्रिन को अपने समकालीन रूसी समाज से कितनी आलोचनाएँ नहीं सुननी पड़ीं? उसकी कृति के प्रकाशन में क्या-क्या बाधाएँ नहीं आयीं? परन्तु आज वह रचना जीवित भी है अैर लोकप्रिय भी। ज़ोला और फ़्लाबेयर, जिन पर कभी फ्रांस के लोग अंडों के छिलके फेंका करते थे, विश्व के महान साहित्यकारों में अपना विशिष्ट स्थान रखते हैं। इतिहास साक्षी है कि जो लेखक अपने समय में जितने निन्दित हुए हैं, बाद में उनकी रचनाओं को उतनी ही ख्याति प्राप्त हुई। इसके विपरीत समकालीन आलोचकों की प्रशंसा प्राप्त करनेवाले बहुत-से 'जीनियस' अपने जीवनकाल में ही, और कई बार जीनियस घोषित किये जाने के चार-पाँच वर्ष के अन्दर ही, प्रकाशकों की आलमारियों में खोकर रह गये हैं।

सामान्य अनुभूतियों की अभिव्यक्ति अभिप्रेत है, इसका अर्थ यह नहीं कि

साहित्यकार के लिए अनुभूतियों के सीमित क्षेत्र में रहकर साहित्य-रचना करना ही अपेक्षित है। इसके विपरीत उसका अनुभूति-क्षेत्र इतना विस्तृत होना चाहिए कि परिस्थित के प्रति मानव की कोई भी प्रतिक्रिया उसके लिए अपरिचित न हो। इसके बिना वह जीवन की सम्पूर्णता का आभास देने में सफल नहीं होगा।

इस प्रसंग में मौलिकता का प्रश्न भी उठाया जा सकता है। कहा जा सकता है कि सामान्य अनुभूतियों की अभिव्यक्ति से एक रचना में वह विशेषता नहीं आ सकती जो किन्हीं विशिष्ट अनुभूतियों की अभिव्यक्ति से आ सकती है। सामान्य की अभिव्यक्ति तो सर्वत्र लगभग एक-सी ही हागी, जिससे साहित्य में नवीनता और मौलिकता की सम्भावना ही नहीं रह जाएगी और सारा साहित्य पिष्टपेषण-मात्र बना रहेगा। परन्तु यह भ्रान्त धारणा है। व्यक्ति-सीमित विश्व के चित्रण का नाम नवीनता नहीं है, और न ही मौलिकता, जो कुछ कहा गया है, उससे अलग या विपरीत कुछ कहने का नाम है। कुछ लोगों को इस तरह की मौलिकता का विशेष आग्रह रहता है और वे अपनी रचनाओं के शीर्षक भी चौंका देनेवाले-से रखना पसन्द करते हैं। नि:सन्देह इस बाज़ीगरी का नाम मौलिकता नहीं। जीवन निरन्तर विकासशील है और उमसें सामान्य समुदाय को प्रभावित करनेवाली अनेक नयी स्थितियाँ सामने आती रहती हैं। उन नयी स्थितियों में जीवन की प्रतिक्रियाओं का चित्रण नवीनता का एक क्षेत्र है। और ऐसी स्थितियाँ न भी हों तो भी जीवन इतना विशाल है और साहित्य इतना सीमित कि अभाव का प्रश्न ही नहीं उठता। फिर मौलिकता का सम्बन्ध उतना अनुभूति से नहीं, जितना अभिव्यक्ति से है। अभिव्यक्ति में ही लेखक के अपने व्यक्तित्व की छाप आ जाती है। वह छाप रचना में ताज़गी ले आती है। इससे सहज ही एक लेखक की रचना में दूसरों से भिन्नता आ जाती है, जो न सूरज को काला करने से आ सकती है, न दरख़्त को पानी का बना देने से—भले ही इनकी प्रतीकात्मक व्याख्याओं का कितना सिक्का बैठाने की चेष्टा की जाए।

लेखक की शैली के निर्माण में परम्परा और व्यक्तित्व दोनों का योग रहता है। यदि परम्परा व्यक्तित्व को दबा ले तो रचना में वह गुण नहीं आएगा जो साहित्य में उसे एक विशिष्ट स्थान दे सकता है। व्यक्तित्व का प्रभाव ही उसमें वह गुण ला सकता है और अनुभूति में तीव्रता होने पर यह प्रभाव स्वत: पैदा हो सकता है।

एक रचना के प्रभाव का क्षेत्र विस्तृत हो, इसके लिए अभिव्यक्ति में एक और गुण अपेक्षित है और वह है लेखक और पाठक के बीच घनिष्ठता स्थापित करने की योग्यता। इसी से रचना में ग्राहिता आ सकती है। लेखक, व्यक्ति रूप में परोक्ष में रहकर भी इस घनिष्ठता की स्थापना कर सकता है। कथाकृतियों के सम्बन्ध में यह

बात विशेष रूप से कही जा सकती है। उनमें यह विशेषता न हो तो लेखक और पाठक के बीच की दूरी, शेष सब बातों के रहते हुए भी अपेक्षित प्रभाव की सृष्टि नहीं होने देगी। जहाँ यह आवयक है कि लेखक की अनुभूति जीवन के घनिष्ठ परिचय से उत्पन्न हो, वहाँ यह भी कि अभिव्यक्ति में वही आग्रह और वही आत्मीयता हो जो घनिष्ठ परिचितों के सम्पर्क में रहती है। इससे वह वास्तविकता के ऐसे वातावरण की सृष्टि भी कर सकता है जो अपनी विश्वसनीयता के कारण कला और जीवन की विभाजन-रेखा का ज्ञान भुला देता है। यहाँ लेखक के व्यक्तित्व की देन बहुत महत्त्वपूर्ण हो जाती है। अनुभूति तो स्वाभाविक प्रक्रिया है ही, परन्तु अभिव्यक्ति में स्वाभाविकता लाने के लिए बहुत दक्षता और शिल्प के अधिकार की अपेक्षा है और यह स्वाभाविकता ही शायद एक रचना की सबसे बड़ी परीक्षा है।

उपन्यास और यथार्थ-चित्रण

सबसे पहले हमारे सामने यह प्रश्न है कि यथार्थ क्या है? क्या जिसकी स्थूल सत्ता का प्रमाण हमारे पास है वही यथार्थ है? जिस अनुभूति के आधार में स्थूल की चेतना किसी-न-किसी रूप में विद्यमान रहती है क्या वही यथार्थ की अनुभूति है? यथार्थ के विपरीत हम आदर्श और कल्पना—इन दो शब्दों का प्रयोग करते हैं। आदर्श का अर्थ एक ऐसी स्थिति या ऐसी अवस्था है जो हमें अप्राप्त है, पर जिसकी हम कामना करते हैं। कामना का अंश अनिवार्य होने से और अप्राप्त का एक मानसिक चित्र बना रहने से आदर्श यथार्थ और कल्पना के बीच की चीज़ है। कल्पना आदर्श द्वारा अनुप्राणित भी हो सकती है और उससे रहित भी। आदर्श की प्राप्ति के पीछे सदा वर्तमान यथार्थ से आगे प्रगति करने की चेतना निहित रहती है। कल्पना के क्षेत्र में प्रगति की चेतना का होना अनिवार्य नहीं। कल्पना चेतना की वह स्थिति है जो किसी भी असंगति को संगति में बदल लेती है। जो संगति सम्भव को लेकर चलती है वह कोरी कल्पना रह जाती है। मनुष्य में कल्पना-शक्ति का होना यथार्थ है। भावुकता की प्रवृत्ति का होना यथार्थ है। यथार्थ का चित्रण करनेवाला लेखक जब उचित संगति में अपने चरित्र की कल्पना या भावुकता का चित्रण करता है तो वह यथार्थ का ही चित्रण है। भेद वहाँ पैदा होता है जहाँ लेखक जीवन की संगति को छोड़कर किसी अप्राप्त या अप्राप्य संगति को सामने ले आता है। जिस मात्रा में वह जीवन की प्राप्त संगति से दूर जाता है, उसी मात्रा में उसकी रचना यथार्थ से दूर हट जाती है। जीवन की परिस्थितियों द्वारा पुष्ट भावुकता के अनेक उदाहरण हमें मिल सकते हैं। इस तरह हम इस निष्कर्ष पर पहुँचते हैं कि यथार्थवादी रचना का क्षेत्र मनुष्य का अन्तर्मन और उसकी अन्तर्वृत्तियाँ भी हैं—जहाँ तक उनका अनुकूल संगति में चित्रण किया जा सकता है। अनुकूल संगति में जो अपील एक अर्धध्वनित शब्द में होती है वह अनुकूल संगति के अभाव में किसी के पचास बार 'भुवन, भुवन, मेरे भावशिशु, देवशिशु' कहने में नहीं आ सकती। जीवन की संगति से ही वेदना को भी शक्ति प्राप्त होती है। वेदना की बौद्धिक स्वीकृति किसी को वेदनाक्षम नहीं बना देती। वेदना निस्सन्देह हृदय को पिघलाती है परन्तु वेदना का दर्शन नहीं। इसलिए 'ले मिज़राब' के ज्याँवेल्ज्याँ की वेदना हृदय को द्रव

की स्थिति में ले जाती है, पर 'नदी के द्वीप' के भुवन और रेखा की वेदना-स्वीकृति हृदय को उस स्थिति में नहीं ला पाती।

इसी सन्दर्भ में हम उपन्यासों में लम्बे-लम्बे सैद्धान्तिक विवेचन या व्याख्यान भर देने की प्रवृत्ति पर भी दृष्टिपात कर सकते हैं। कुछ उपन्यासों में तो कथा का ढाँचा जैसे पहले से तैयार किये गये भाषणों को स्थान देने के लिए ही खड़ा किया जाता है। ऐसे भाषणों द्वारा यथार्थ या आदर्श का पोषण किसी रचना को यथार्थवादी या आदर्शवादी नहीं बना देता। यदि ऐसे किसी उपन्यास में कोई नयी शृंखलाबद्ध चिन्तन-धारा मिले, तो उसे अधिक-से-अधिक उपन्यास-रूप में लिखा गया सिद्धान्त-ग्रन्थ कहा जा सकता है। वह उपन्यास तभी होगा जब उसके पात्रों द्वारा कहा गया एक-एक शब्द उनके जीवन की परिस्थितियों द्वारा कहलाया गया हो। तभी उसमें हम यथार्थ की शक्ति का परिचय पा सकते हैं। तब यदि लम्बे-लम्बे भाषण भी हों तो वे रेडीमेड बाहर से लाकर वहाँ रखे गये प्रतीत नहीं होंगे। उदाहरण के लिए हम शरत् के 'चरित्रहीन' की किरणमयी के उद्गारों को ले सकते हैं। किरणमयी का आक्रोश उसके जीवन की परिस्थितियों द्वारा पुष्ट है। इसीलिए उसके एक-एक शब्द में चुभ जाने की शक्ति है। यह शक्ति आज के उन सिनिक पात्रों के उद्गारों में नहीं है जो अपने को हीरो की स्थिति में देखते हुए जीवन के प्रति आक्रोश प्रकट करते हैं। इसी तरह दास्तॉव्स्की के पात्रों के धर्म और नैतिकता आदि के सम्बन्ध में लम्बे-लम्बे भाषण उनकी रचनाओं के उपन्यास-तत्त्व को हीन नहीं करते क्योंकि वे भाषण कथा के प्रवाह में अनिवार्य कड़ियाँ बनकर आते हैं। जीवन की पृष्ठभूमि उनके लिए स्थान तैयार करती है। परन्तु 'मुक्तिदूत'-जैसे उपन्यास में हमें जो भाषण मिलते हैं, वे जीवन की पृष्ठभूमि के आगे उभरकर नहीं आते। ऐसे उपन्यास का वातावरण यथार्थ का वातावरण नहीं कहा जा सकता।

यथार्थ चित्रण के प्रसंग में एक प्रश्न यह भी पैदा होता है कि जीवन की पृष्ठभूमि में स्थानीय रंगत का लाना कहाँ तक वांछनीय है। कुछ लोगों की यह धारणा संगत प्रतीत नहीं होती कि स्थानीय रंगत के लाने से उपन्यास की अपील एक वर्ग-विशेष तक ही सीमित रह जाती है। यह ठीक है कि मानव-प्रकृति में और उसकी भौगोलिक पृष्ठभूमि में बहुत-कुछ ऐसा है जो सब जगह समान है और उसका ऐसा ही चित्रण होना चाहिए जो व्यापक रूप से ग्राह्य हो। परन्तु साथ ही हम यह भी देखते हैं कि भौगोलिक, ऐतिहासिक तथा अन्यान्य कारणों से एक देश या देश-खंड की प्रकृति में कुछ विशेषताएँ पैदा हो जाती हैं जो उसे दूसरों से किन्हीं दिशाओं में अलग कर देती हैं। 'जोश' मलीहाबादी की ज़मीन 'ज़र्राते ख़ाकी' से बनी है; मगर त्रिवांकुर के लेखक के लिए ज़मीन ख़ाकी नहीं है, गेरुआ रंग की है। कन्याकुमारी के तट के रेत में हम कई तरह के रंग झलकते देखते हैं जो अरब सागर, हिन्द महासागर और बंगाल की खाड़ी की अलग-अलग देन का परिणाम हैं।

संस्कृति के इतिहास में भी विभिन्न जातियों की ऐसी देन के अनेक उदाहरण मिलते हैं। यथार्थ का तक़ाज़ा है कि हमारी रचनाओं में उन रंगों का सही चित्रण हो—वे रंग मिट्टी के हों या मानव के सामाजिक व्यवहार के।

सामान्यतया भारतीयों को भावुक कहा जाता है। भावुकता मन की तरल दशा है—और एक गरम देश के लोगों का भावुक होना स्वाभाविक है। इसी से हमें सहिष्णुता, स्निग्धता और सहानुभूतिपूर्ण दृष्टि मिली है। साथ ही यही कारण हमारी स्नायविक दुर्बलता का है। भिन्न-भिन्न प्रदेशों में हमारी भावुकता ने भिन्न-भिन्न रूप ले लिये हैं। कहीं यह भावुकता रूढ़ियों के प्रति विशेष आग्रह के रूप में दिखाई देती है, तो कहीं नवीन के प्रति अन्ध आस्था के रूप में। हमारी भावुकता ही हमारे लिए राजनीति को धर्म, और धर्म को राजनीति बना देती है। पिछली कई शताब्दियों की आर्थिक परिस्थितियाँ भी हमारी कई स्वभावगत विशेषताओं के लिए उत्तरदायी हैं। इन विशेषताओं से सम्पन्न विशुद्ध भारतीय चरित्र हमें शरत् और प्रेमचन्द की रचनाओं में तो मिलते हैं पर उनके बाद के साहित्य में बहुत कम दिखाई देते हैं। शरत् का विप्रदास और प्रेमचन्द का सूरदास इसी भूमि की उपज हो सकते हैं, और हैं। परन्तु 'अज्ञेय' का 'शेखर' किसी भी भूमि की उपज हो सकता है। ऐसे सार्वभौम-से चरित्रों के साथ संवेदनशील हृदय निजत्व का सम्बन्ध स्थापित नहीं कर पाता—अधिक-से-अधिक वे देव-प्रतिमाओं की तरह उसकी आस्था के विषय बन सकते हैं। रोम्याँ रोलाँ का 'ज्याँ क्रिस्तफ़' भी जिससे लेखक ने 'शेखर' की रचना की प्रेरणा ली है, अपने देश की स्थानीय मिट्टी का बना पात्र है। उसके शरीर में जर्मनी का ख़ून खौलता है और वह फ़्रांस में रहकर भी अपनी इस भिन्नता को छिपा नहीं पाता। फिर क्रिस्तफ़ के चरित्र में वह सन्तुलन भी है जो उसके क़दमों को सामान्य जीवन के धरातल पर टिकाये रखता है। उपन्यासकार की सफलता ऐसे चरित्रों की सृष्टि में नहीं जो लेखक के निजी अहं का या किन्हीं बँधी हुई विचारधाराओं का प्रतिनिधित्व करते हैं, बल्कि ऐसे चरित्रों की सृष्टि में है जो आसपास के जीवन में पहचाने जा सकते हैं—जिनके नक़्श, जिनकी भाव-मुद्राएँ और जिनके पसीने की गन्ध तक हमारी पहचानी हुई हो, और जिनके विषय में हम तुरन्त कह सकें कि ऐसी परिस्थिति में इस व्यक्ति का यह आचरण स्वाभाविक था, या ऐसी परिस्थिति में यह व्यक्ति ऐसा आचरण कर ही नहीं सकता था। वे चरित्र हमारे इतने अपने होते हैं कि सहज ही हमारा उनके साथ तादात्म्य स्थापित हो जाता है।

इन पैंतीस वर्षों में हिन्दी में जो उपन्यास लिखे गये हैं उनमें कुछ तो ऐतिहासिक उपन्यास हैं, जिनकी अपनी एक श्रेणी है। प्रेमचन्द, जैनेन्द्र, यशपाल, भगवतीचरण वर्मा, इलाचन्द्र जोशी और उपेन्द्रनाथ 'अश्क' प्रभृति लेखकों ने इस

काल में अपने आस-पास के जीवन और उसकी परिस्थितियों को लेकर लिखा है और जीवन के प्रवाह में रहकर उससे दिशा ग्रहण करते हुए और उसे दिशा देने की चेष्टा करते हुए लिखा है। प्रेमचन्द के उपन्यासों में नि:सन्देह प्रेमचन्द का समय मुखर हो उठा है। उनके चरित्रों के साथ हमारा तादात्म्य तुरन्त स्थापित हो जाता है। परन्तु वहाँ उनके चरित्र कमज़ोर हो गये हैं जहाँ उन्होंने अपने आदर्शोन्मुख यथार्थवाद के दृष्टिकोण के निर्वहन के लिए उनसे प्रचार का काम लिया है। वे चरित्र उसी हद तक कमज़ोर हो गये हैं जिस हद तक वे यथार्थ की उपज न होकर आदर्श की उपज हैं। मानव में आदर्शभाव का होना यथार्थ है। एक आदर्शवादी चरित्र का सन्तुलित चित्रण उसे अयथार्थ नहीं होने देता। यह अयथार्थ तब हो जाता है जब चरित्र में नहीं, चित्रण में आदर्श का पुट आ जाता है। चित्रण की भावुकता चरित्र की भावुकता से अलग है। 'गोदान' में आकर प्रेमचन्द की दृष्टि उतनी भावुक नहीं रही। वहाँ उनकी दृष्टि ने यथार्थ को उसके अधिक सत्य रूप में देखा है। इसीलिए उस रचना की अपील प्रेमचन्द की अन्य रचनाओं की अपेक्षा कहीं अधिक है।

जैनेन्द्र ने अपनी रचनाओं में राजनीति को केवल बौद्धिक रूप में ग्रहण किया है। उनके चरित्र राजनीतिक हलचलों से उतना प्रभावित नहीं होते जितना उनके विषय में सोचते हैं। उन पात्रों के आदर्श भी समय की परिस्थितियों से उपजनेवाले भविष्य के आदर्श नहीं। 'सुनीता', 'सुखदा' और 'व्यतीत' में जो जीवन हमारे सामने आता है वह एक बुद्धिवादी को टेबल पर बनता और घटित होता जीवन है—हमारे चारों ओर उमड़ता और हमें प्रभावित करता हुआ जीवन नहीं। सुनीता-जैसी नारी की चरम भावुकता जिस संगति मे् उत्पन्न होती है वह संगति किसी फ़ैंटेसी की संगति प्रतीत होती है। फिर राजनीतिक जागरूकता के बावजूद, जैनेन्द्र की रचनाओं में ऐसा तत्त्व बहुत कम है जो उनके समय की देन हो—उस समय की जो जलियाँवाला बाग़ के हत्याकांड से आरम्भ होता है और आज के 'आत्मन: समर्पये' के युग तक आता है।

आज हमारा जीवन प्रतिदिन विश्व की और अपने देश की आन्तरिक हलचलों से प्रभावित हो रहा है। आज हम निरन्तर एक उत्कम्प की स्थिति में जी रहे हैं। इस उत्कम्प में मिले हुए हैं कुछ संकुल स्वार्थ, कुछ ईर्ष्या-द्वेष, कुछ नन्हीं-नन्हीं चोंचों की-सी महत्त्वाकांक्षाएँ, कुछ थैली पर बैठे साँपों-जैसे अहं और इन सबके प्रति असन्तोष, विद्रोह और इन सबको उखाड़ फेंकने की प्रवृत्ति। साथ ही राजनीतिक हलचलें जीवन पर इस तरह हावी हो रही हैं कि जीवन का हर पहलू रूखा और फीका पड़ता जा रहा है। कुछ बड़े-बड़े केन्द्रों की बात छोड़ दें तो अन्यत्र हमारा सांस्कृतिक जीवन बहुत-कुछ मिटता-सा रह गया है। पुरानी परम्पराएँ छूटती जा रही हैं और नयी परम्पराएँ विकसित नहीं हो पा रहीं। इकाइयों में उबलती हुई चेतना

है, पर उस चेतना के सामूहिक उफान के अवसर नहीं आ पाते। आज वर्तमान की यही संकुल पृष्ठभूमि हमें प्राप्त है। इस पृष्ठभूमि के आगे, तेज़ी से बनते इतिहास की साक्षी में, हम जो कुछ देख रहे हैं, जो कुछ अनुभव कर रहे हैं, जैसे जीना चाहते हैं और जैसे जी रहे हैं, इन सबका चित्रण आज के उपन्यास में क्यों नहीं हो पा रहा?

समकालीन बिन्दु

सन्दर्भों की भाषा

भाषा केवल शब्द-योजना नहीं। अत: शब्दों के प्रयोग और अप्रयोग के आधार पर भाषा की समस्या पर विचार नहीं किया जा सकता।

शब्द, वह किसी भी भाषा का हो, अपने में एक रूढ़ अर्थ या कुछ-एक रूढ़ अर्थों को अभिव्यक्त करने की ही क्षमता रखता है; हालाँकि जिस प्रक्रिया से यह क्षमता उसे प्राप्त होती है, वह स्वत: अर्थ की रूढ़ियों को तोड़ती चलती है। भाषा का सम्बन्ध इस प्रक्रिया के ही साथ है जो कि प्रयोग के नये सन्दर्भों में शब्दों को नयी अर्थवत्ता प्रदान करती है।

भाषा की सजीव अर्थवत्ता, जो कि शब्दों की रूढ़ अर्थयुक्तता से अलग है, कुछ अंश तक ध्वनि, स्वराघात और शब्दों के विशिष्ट विन्यास पर निर्भर करती है। परन्तु मुख्य रूप से इस अर्थवत्ता की उपलब्धि प्रयोग की ऐतिहासिकता, विचार और अनुभूति की आन्तरिक लय तथा बिम्बों के संयोजन में लेखक की आन्तरिक अपेक्षा से होती है। भाषा का अर्थ साथ-साथ रखे गये शब्दों का सम्मिलित अर्थ ही नहीं, उस संयोजन से प्राप्त होनेवाला एक और अर्थ भी है जिसका श्रेय संयोजित शब्दों में से किसी एक या किन्हीं एक को नहीं दिया जा सकता। भाषा के अन्तर्गत शब्द का उपयोग एक उपकरण के रूप में है : उपकरण के रूप में उसकी सामर्थ्य या असमर्थता ही एक विशेष सन्दर्भ में उसकी स्वीकृति या अस्वीकृति का कारण बन सकती है।

हिन्दी में अँग्रेज़ी शब्दों के प्रयोग की बात को प्राय: शब्दों के स्तर पर ही उठाया गया है, भाषा के स्तर पर नहीं। यहाँ-वहाँ से सन्दर्भहीन पंक्तियाँ उठाकर कितनी ही बार 'बेचारी हिन्दी' के पक्षधरों ने उनमें प्रयुक्त अँग्रेज़ी शब्दों को रेखांकित किया तथा उनके लेखकों का मज़ाक़ उड़ाया है। बातें प्राय: उसी स्तर पर कही गयी हैं जिस स्तर पर कुछ अरसा पहले उर्दू-फ़ारसी के, और बाद में आंचलिक शब्दों के प्रयोग को लेकर कही जाती रही हैं।

शब्दों के सम्बन्ध में एक कोशकार की दृष्टि रचनाकार की दृष्टि से बहुत अलग होती है : शब्दों से दोनों का सम्बन्ध एक ही तरह का नहीं होता। रचनाकार शब्दों के रूढ़ अर्थों तक अपने को सीमित नहीं रखता : न ही अभिप्रेत अर्थों के लिए धातु-

प्रत्ययों की सहायता से शब्द तराशने का काम करता है। हाँ, शब्दशास्त्रियों द्वारा दिये गये नये-नये शब्दों को भी वह अपनी भाषा में आत्मसात् कर लेता है, बशर्ते कि भाषा के जीवन्त सन्दर्भों की अपेक्षा उनसे पूरी होती हो। जिन शब्दों से यह अपेक्षा पूरी नहीं होती, उन्हें, उनकी धातुगत क्षमता के बावजूद, वह स्वीकार नहीं कर पाता।

इसके विपरीत, कई बार इस अपेक्षा की पूर्ति ऐसे शब्दों से होती और हो सकती है जिन्हें शब्दशास्त्रियों की मान्यता प्राप्त नहीं रहती। चूँकि हर सन्दर्भ में रचनाकार को उपयुक्त शब्दों के चुनाव की चुनौती का सामना करना पड़ता है; इसलिए समर्थ, सार्थक और सजीव अभिव्यक्ति के लिए कई बार ऐसे शब्दों का चुनना उसके लिए अनिवार्य हो जाता है जिन्हें पवित्रतावादी विदेशी कहकर भाषा से निकाल फेंकना चाहते हैं। एक शब्द की जगह दूसरा शब्द रख देने से भाषा की अपेक्षा पूरी नहीं हो जाती : भाषा की सजीव अर्थवत्ता को कई बार इससे क्षति भी पहुँच सकता है। पवित्रतावादी वाक् और अर्थ के सम्बन्ध पर तो दृष्टि रखते हैं, उनकी सम्पृक्ति और प्रतिपत्ति की बात को नज़र-अन्दाज़ कर जाते हैं। यदि कोई यह कहे कि विदेशी शब्दों के प्रयोग से सम्पृक्ति और प्रतिपत्ति में ही अनिवार्य रूप से बाधा पहुँचती है, तो यह समस्या हिन्दी की ही न रहकर संसार की किसी भी भाषा की हो सकती है।

अपने विकास-क्रम में प्रायः सभी भाषाओं ने दूसरी भाषाओं के शब्दों को आत्मसात् किया है। अन्य भाषाओं के अतिरिक्त एक ओर अँग्रेज़ी तथा दूसरी ओर संस्कृत पर भी यह बात लागू होती है। कोई भी भाषा एक स्थिर-निश्चित और अन्तिम रूप में अवतरित नहीं होती; समय के संस्कार से निरन्तर अपने को बदलती रहती है। जब नहीं बदल पाती, तब वह सजीव अभिव्यक्ति की भाषा नहीं रह जाती। हिन्दी, जिस रूप में आज हम इसे जानते हैं, पिछले सौ वर्षों में ही कितना बदली है! बदलने के क्रम में अब तक इसमें कई अलग-अलग शैलियाँ विकसित हुईं और हो रही हैं। विकास और अर्थशक्ति के विस्तार की जितनी सम्भावनाओं का परिचय इस भाषा ने अब तक दिया है, उन्हें दृष्टि में रखते हुए यह 'बेचारी हिन्दी' निःसन्देह नहीं है; हाँ, एक ऐसी संघर्षशील भाषा अवश्य है जो अपनी भाव, विचार और बिम्ब-सम्पत्ति के सम्प्रेषण की समस्या से निरन्तर जूझ रही है। प्रसाद और प्रेमचन्द-जैसे लेखकों के हाथों इसे अलग-अलग तरह का संस्कार प्राप्त हुआ—उत्तरवर्ती लेखकों ने इन सम्भावनाओं का और भी विकास किया। परन्तु हर जीवित भाषा निरन्तर एक संक्रमण की स्थिति में रहती है : उसके जीवित होने का प्रमाण ही यह है। आज की भाषा का आन्तरिक रूप-परिवर्तन, उसके ह्रास का नहीं, बल्कि विकास की सम्भावनाओं का ही संकेत है। आज के रचनाकार की अपेक्षाएँ यदि उसे भाषा के नये रूप-विधान की ओर

प्रेरित करती हैं, तो उसके प्रयोगों को आशंका और अविश्वास की दृष्टि से देखना उसके साथ न्याय करना नहीं है। हमारी अपेक्षा विभिन्न प्रभावों को आत्मसात् करने की है, उनसे कुढ़ने या उन पर फ़ब्तियाँ कसने की नहीं।

आज के लेखक के भाषा-संस्कार पर अँग्रेज़ी शब्दों का ही नहीं, उनकी सम्पृक्ति और प्रतिपत्ति का भी काफ़ी प्रभाव है : इस स्थिति को हम चाहकर भी नकार नहीं सकते। शब्द-संस्कार की न्यूनता के कारण अँग्रेज़ी शब्दों का अन्धाधुन्ध प्रयोग, यह एक अलग स्थिति है जिसकी कदापि सराहना नहीं की जा सकती। परन्तु रचना की अवचेतन प्रक्रिया में यदि सन्दर्भ की अपेक्षा किसी विशेष शब्द से ही पूरी होती है—ऐसे शब्द से जिससे कि रचनाकार और उसका पाठक समान रूप से परिचित हैं और जिसका स्वल्पान्तर किसी और शब्द के प्रयोग से ग्रहण नहीं होता—तो 'बेचारी हिन्दी' के नाम पर उसे बुहार देना भाषा के विकास में योग देना नहीं है। वाक्य की लय में, अनायास रूप से प्रयुक्त हुए एक शब्द के स्थान पर दूसरे शब्द का पैबन्द भाषा के स्वाभाविक ताने-बाने को जो क्षति पहुँचाता है, उसके प्रति कम-से-कम एक रचनाकार उदासीन नहीं रह सकता।

शब्दों के चुनाव की समस्या बहुत-कुछ वस्तु की अपेक्षा पर भी निर्भर करती है। रचना का वस्तु पक्ष भी आज बहुत-से शब्दों के आयात के लिए उत्तरदायी है। इसके अतिरिक्त अँग्रेज़ी के कई-एक ऐसे शब्द हैं जो अब तक हमारी जनभाषा का अंग बन चुके हैं। साहित्यिक अभिव्यक्ति से उनका बहिष्कार जनभाषा का बहिष्कार है। पवित्रतावादी कुछ भी कहें 'बैंक' की जगह 'अधिकोष' का प्रयोग भाषा का परिष्कार नहीं है। तथाकथित साहित्यिक भाषा और जनभाषा के बीच का अन्तराल हमारे रचनात्मक साहित्य के ख़ासे बड़े अंश की प्राणहीनता के लिए उत्तरदायी है; हालाँकि जिनका भाषा-संस्कार उस रूप में ढल चुका है, उन्हें इस बात को स्वीकार करने में कष्ट होगा। जिनकी भाषा में यह खाई उतनी गहरी नहीं, और इसलिए सम्प्रेष्णीयता अपेक्षया अधिक है, उन पर ये प्राणहीन साहित्य के स्रष्टा प्राय: 'लोकप्रिय' होने की तोहमत लगाते हैं—जैसे कि 'अलोकप्रिय' होना ही साहित्यिक श्रेष्ठता की सबसे बड़ी कसौटी हो।

समय और यथार्थ के शिल्प में

कई बार कुछ अजीब-अजीब-सी बातें मन में आती हैं...कि आदमी बिना पुल की घाटी को हवा में चलकर पार क्यों नहीं कर सकता...कि पीछे से आगे तक के विस्तार को वह एक ही नज़र में क्यों नहीं देख सकता...कि अपने बदलते चेहरे को उसकी असलियत में न देखकर, एक या दूसरे अक्स में देखने के लिए वह मजबूर क्यों है!

कभी सपना देखा करता था कि घुटने तानकर मैं इस दीवार से उस दीवार तक, या इस कगार से उस कगार तक, ज़मीन और पानी के ऊपर-ऊपर से जा सकता हूँ। पर नींद खुलने पर इसे सच न पाकर मन उदास होता था। तेरह साल पहले पहाड़ी पगडंडी से सतलज की घाटी में उतरते हुए एक बार कोशिश की थी दरिया के पूरे लहराव को एक साथ देखने की...साथ उस तरफ़ के पठार और तलहटी के गाँव को...पैर-तले की ज़मीन और सामने के रास्ते को...इन सबकी आपसी दूरियों, ऊँचाइयों और गहराइयों के साथ। फिर एक बार कोशिश की थी कन्याकुमारी में, केप होटल की छत पर खड़े होकर, अरब सागर, हिन्द महासागर और बंगाल की खाड़ी को एक साथ आँखों में भर लेने की...दूर झिलमिलाती जहाज़ों की बत्तियों और पास सरसराते नारियल के पेड़ों समेत...हवा और लहरों के पूरे उन्माद के साथ। जानते हुए भी कि ऐसा कभी सम्भव नहीं, प्रयत्न का अपना एक सुख था कि शायद कोई कोण ऐसा हो जिससे किसी क्षण, उस क्षण-भर के लिए, पूरे को एक साथ देखा जा सके। पर जहाँ तक अपने चेहरे का सवाल है...उसकी बदलती रेखाओं का...उन्हें पकड़ पाने की तो कभी कोशिश भी नहीं की। उसके लिए हर बार नये अक्स को ही अपना चेहरा मान लिया है...वही चेहरा... हालाँकि कल का अक्स आज के अक्स के सामने अजनबी लगता है, अँधेरे का अक्स रोशनी के अक्स के सामने और पानी का अक्स आईने के अक्स के सामने। पर अलग और अजनबी लगने से ही कोई अक्स चेहरे की ज़िम्मेदारी से मुक्त नहीं हो जाता...हालाँकि हर बार के नये अक्स में उसका भी चेहरा शामिल रहता है, जिसने अक्स को अपने में लिया हो...और साथ उसका जो इसलिए जाने में कारण बना हो। कारण समय और परिवेश भी हो

सकता है। ज़िम्मेदारी भी एक हद तक उस पर डाली जा सकती है, पर चेहरे की अपनी 'होने' और 'बदलने' की ज़िम्मेदारी को बचाकर नहीं।

इकाई के रूप में आदमी का अपना एक अलग अस्तित्व है...उस अर्थ में लेखक और कलाकार का भी...पर दूसरी इकाइयों से स्वतन्त्र और निरपेक्ष वह कहीं पर भी नहीं है। इकाई के रूप में अपने को जानना भी उसके 'पूरे' के अन्दर जीने का ही परिणाम है। चेतना के स्तर पर हर आदमी अपनी जगह 'एक' है। अकेला हालाँकि वहाँ भी नहीं, पर बोध के स्तर पर वह किसी भी तरह 'एक' या 'अकेला' नहीं है। बोध में वह प्रभावों को समेटता है...और प्रभावों की शुरुआत से ही उसके 'एक' होने की स्थिति समाप्त हो जाती है। यह एक अनिवार्य वैज्ञानिक परिस्थिति है कि इकाई का इकाई के रूप में अपना कोई गणित नहीं है।

प्रभाव सन्दर्भ हैं और सन्दर्भों में आते ही व्यक्ति की चेतना उनसे निर्धारित होने लगती है। निर्धारित होना ही उसका वास्तविक समयबोध है।

इसलिए कथ्य जो भी है, वह किसी अकेले व्यक्ति का नहीं, हमारे समय का है...और वह है एक आकुलता—निरन्तर बढ़ती हुई आकुलता। आकुलता में एक गहरा असन्तोष भी है और विद्रोह भी, हालाँकि शब्दों की सीमाएँ उसे बाँधने में असमर्थ हैं। लगता है कि अधिक शब्दों में घेरकर उसे अधिक सीमित ही किया जा सकता है।

आकुलता की परिणति आस्था, संकल्प और संघर्ष में हो सकती है—साथ ही अनास्था, दुविधा और समर्पण (रेजिग्नेशन) में भी परिणति के ये दोनों रूप हम आज अपने में और आसपास देख सकते हैं। समर्पण पलायन की दृष्टि देता है, साथ ही आडम्बरपूर्ण आत्म-निषेध की, सिनिसिज़्म की। सिनिसिज़्म की दृष्टि लगातार बनी रहे, तो उसके तीख़े कोने भी धीरे-धीरे झड़ जाते हैं और उसमें अपनी एक सहजता आ जाती है। यह सिनिकल सहजता वैचारिक सहजता की भ्रान्ति पैदा कर सकती है। बीसवीं सदी के शुरू से ही—पर ख़ास तौर से दूसरे महायुद्ध के बाद से—इस भ्रान्ति ने बहुतों को छला है। आस्था, संकल्प और संघर्ष के प्रति उदासीनता ही नहीं, विरोध और अवरोध की भावना को भी जन्म दिया है। निष्क्रियता का अपना एक आकर्षण होता है। क्रिया की जगह निष्क्रियता का दर्शन यदि अपनाया जा सके, तो कम-से-कम वह अधिक सुविधापूर्ण तो है ही :

इसलिए स्पर्धा होती है उन अकेले 'दार्शनिकों' से, जो समय को क्षणों में बाँटकर जी लेते हैं—जो समय के साथ हलका-सा, आंशिक और अनिश्चित सम्बन्ध जोड़कर अपनी प्रतिबद्धता की बात कर लेते हैं—जो जीवन को उसके रचते-बदलते परिवेश में नहीं, केवल कुछ स्थितियों के अन्तर्गत देखते हैं...जो युग-

सन्त्रास की बात करते हुए भी अपनी इकाई को युग की इकाई से अलग रख लेते हैं...और जिनके लिए आज की सारी मानसिकता आनेवाले कल की ओर एक यात्रा नहीं, केवल एक मन:स्थिति है, स्थावर मन:स्थिति। यह समय को लेकर एक तरह का नियतिवाद है, हालाँकि शब्द नियतिवाद के प्रयोग पर उन्हें आपत्ति हो सकती है, होगी।

कुछ और हैं—किनारे खड़े, तटस्थ। उनके लिए आज का सारा परिवेश सतह का झाग है, जिससे उन्हें कुछ मतलब नहीं। मतलब है अपने ही किन्हीं, मानव-मूल्यों से—जैसे कि 'मानव' और 'मूल्य' अतीत के कुहासे में भटकती आत्माएँ हों, जिनसे केवल उन्हीं की किसी ज़माने की जान-पहचान हो। उस कुहासे से बाहर 'मानव' या 'मूल्यों' का कोई भी बदला हुआ रूप उन्हें स्वीकार नहीं। जो कुछ बदलकर सामने है, वह सब उनकी नज़र में 'एक-सा' विकृत अमानवीय और मूल्यहीन। चार-छह साल में एक बार वे नये पैदा हुए 'झाग' की तरफ़ झाँककर देख लेते हैं, और बिना झाग से आगे नज़र बढ़ाये, बिना काटती धार में एक उँगली तक डुबायें, फिर से 'मानव-मूल्यों' की माला जपते हुए अपनी बेरोंवाली झाड़ी में लौट जाते हैं।

और वे जिनका समय के साथ सम्बन्ध एक सफ़री मुलाक़ात का-सा है। बहुत गर्मजोशी के साथ वे इस सम्बन्ध को निभाते हैं...पर तब तक ही जब तक कि किसी ठिकाने की रोशनियाँ नज़र नहीं आने लगतीं। एक बार ठिकाने पहुँच जाने के बाद सम्बन्ध सम्बन्ध नहीं रह जाता—कभी रहा था, यह याद भी नहीं रह जाता। पर कभी-कभी, किसी-किसी के लिए यह सफ़री सम्बन्ध जीवन-भर की 'पीड़ा' और 'यन्त्रणा' का कारण बन जाता है—क्योंकि समय हर बार और हर-एक के लिए, अच्छा हमसफ़र साबित नहीं होता।

फिर वे जो समय के साक्षी हैं—साक्षी-मात्र! इनका समय के साथ रिश्ता उसे आज जानने और कल अंकित कर देने तक का ही है—वह भी अपने सम्पर्क से नहीं, दूसरे जानकारों के माध्यम से। साक्षी होने में भी अपने परिवेश का समय इनका समय नहीं, इनका समय दूसरों के परिवेश का है और ख़ास-ख़ास लिटरेरी जर्नल्ज के रास्ते इन तक पहुँचता है। आधुनिकता, समकालीनता और प्रयोगशीलता—ये इनके लिए बँधे अर्थों के शब्द हैं, जिनके बारे में पढ़-सुनकर इन्हें युगबोध होता है। युगबोध होते ही तुरन्त ये बोधिसत्त्व अपने लिए वैसी ही 'आधुनिक', 'समकालीन' और 'प्रयोगात्मक' सामग्री जुटाने में व्यस्त हो जाते हैं...कि किसी 'बड़े' के हाथों प्रतीक रूप में इस्तेमाल हुआ कोई कील-काँटा इनके हाथ से बचा न रह जाए...कि किसी का भी जर्नल्ज में चर्चित नपुंसकत्व, अर्थ-सम्भोग, या यौनातिक्रमण, इनके 'इन्द्रिय-बोध' से अछूता न चला जाए...कि उस प्रतीक या इन्द्रिय-बोध की पहल

यहाँ उन्हीं के हाथों से हो...कि वे हिन्दी में उस नये युगबोध को लाने के दावेदार और उसके प्रवर्त्तक बन सकें। कोफ़्त होती है उन्हें कि दूसरे देशों के जीवन में तो वह सामग्री इतनी अधिक मात्रा में है और अपना जीवन है कि अभी उस सामग्री के स्तर तक 'विकसित' ही नहीं हो पाया! ऐसे में सिवाय इसके चारा ही क्या है कि मजबूरन बाहर के 'विकसित' जीवन का ही चित्रण अपनी रचनाओं में करें, जो कि कब का 'आधुनिकता' और 'समकालीनता' के परिभाषित स्तरों तक पहुँच चुका है!

और इन सबके अलावा वे जो शिद्दत के साथ महसूस करते हैं कि वे इस चौमुँहे अयथार्थ में घिरे हुए हैं—जिनकी आकुलता में यह घिरे होने की आकुलता और आ मिली है—जो अपनी सहजता और ईमानदारी को अछूता रखने के लिए इस अयथार्थ से ही नहीं किसी भी विचार या दर्शन से कोई ताल्लुक़ नहीं रखना चाहते...और जो इस सारे झूठ के प्रति इतने 'सेन्सिटिव' हैं कि अपनी तात्कालिक प्रतिक्रियाओं के सिवा और किसी सच को स्वीकार ही नहीं करते—यह और बात है कि बिना चाहे भी उनकी आत्मपरकता उनका सम्बन्ध एक विशेष दर्शन या विचारधारा के साथ जोड़ दे। जो उतने आत्मपरक नहीं, वे भी अपने को 'कन्फ़्यूज़्ड' कहकर अपनी ईमानदारी की कसौटी पर खरे उतरना चाहते हैं—हालाँकि इस 'कन्फ़्यूज़्ड' ईमानदारी की अपेक्षा पहले वर्ग का इनकार ज़्यादा ठोस और वास्तविक है। वह इनकार भी बढ़ते 'कन्फ़्यूज़न' में दिशा न मिलने से पैदा हुआ है...पर 'कनफ़्यूज़न' को अपनी नियति न मानकर दिशा के अस्तित्व के बारे में सवाल उठाता है। क्योंकि सवाल उसमें हैं, इसलिए वह इनकार इनकार ही है, निषेध नहीं। निषेध की शुरुआत यहाँ से हो सकती है, पर साथ ही सवालों से दिशा लेकर अपना मार्ग खोजने की भी। 'कन्फ़्यूज़न' कितना भी गहरा क्यों न हो—और आतंक कितना बड़ा—सृजन की शक्तियाँ उसकी हर चुनौती का सामना कर सकती हैं, बशर्ते की सृजन की धरती से पैदा हुए सवालों का जवाब उन्हें उखाड़ देने या झुलसा देने की कोशिश से न दिया जाए—जैसा कि स्वतन्त्रता के बाद कई बार हमारे यहाँ हुआ है। पिछले सत्रह साल में—पिछले दस साल में विशेष रूप से—हिन्दी आलोचना की एक उपलब्धि यह रही है कि उस चौमुँहे अयथार्थ में अपना भी मुँह जोड़कर उसने स्थितियों को और उलझाया है...जहाँ भी सवाल उठे, वहीं उन्हें दबा देने की कोशिश की है...और जब यह नहीं बन पड़ा, तो उनसे आँख बचाकर निकल जाना चाहा है। ज़्यादातर सवाल क्योंकि कहानी-सम्बन्धी प्रयोगों को लेकर पैदा हुए, इसलिए कुछ आलोचक काव्यालोचना की शाश्वत छेनी लेकर इस क्षेत्र में आये, पर कुछ ही दिन उसकी नज़ाकत यहाँ आज़माकर वापस अपने शाश्वत क्षेत्र में लौट गये। लौटते हुए कई रोचक निष्कर्ष उन्होंने निकाले...कि कहानी साहित्यिक विधा नहीं है...कि कहानी नयी विधा नहीं है...कि कम-से-कम वहाँ वह नयी और

साहित्यिक हरगिज़ नहीं है जहाँ सवालों से सवालों के रूप में दो-चार होने का प्रयत्न है...कि अगर कहीं वह नयी और साहित्यिक है, तो वहीं जहाँ वह आदि विधा कविता का रूपान्तर है...।

केवल कहानी नहीं लिखता, इसलिए माध्यम के रूप में कहानी की बात अपनी वक़ालत नहीं है। आज की कहानी या नयी कहानी के बारे में सोचते हुए किसी एक व्यक्ति या एक तरह के प्रयोगों की बात मन में नहीं आती...पहले से ऐसा रूप मन में रख लेने पर सजीव कला की सृष्टि सम्भव ही नहीं। कला के शिल्प को कला की वस्तु या कलाकार की अनुभूति से अलग करके देखना भी मुझे ग़लत लगता है...क्योंकि अनुभूति का अपना ही एक शिल्प होता है जिसकी अपने माध्यम की सीमाओं में, हर कलाकार खोज करता है। हर युग की वास्तविक कला अपने युगकथ्य को अपने में समेटकर चलती है...और उसी के अनुसार, अपने अन्दर से अपने शिल्प का विकास करती है। इसलिए शिल्प को तराशने या बदलने की बात सवाल बनकर मेरे सामने नहीं आती...सामने आती है यथार्थ और उसकी अनुभूति को उसके अपने शिल्प में व्यक्त करने की बात...जो कि हर-एक के लिए हर बार एक नयी चुनौती हो सकती है। इसलिए वह हर कहानी मेरे लिए नयी है, जो यथार्थ और अनुभूति के आन्तरिक शिल्प की खोज के लिए हर बार एक नया प्रयत्न करती है। इस दृष्टि से हर 'नयी' कहानी एक प्रयोग है...और वही प्रयोग 'नयी कहानी' जिसमें इस आन्तरिक शिल्प की खोज की जा सकी हो। यह खोज अपने में एक महान् प्रयास है...जबकि केवल शिल्प के स्तर पर किये गये प्रयोग महज़ चौंकाने और ध्यान खींचने के बाज़ारू प्रयत्न।

मेरे लिए अनुभूति का सीधा सम्बन्ध मेरे यथार्थ से है और यथार्थ है मेरा समय और परिवेश—व्यक्ति से परिवार, परिवार से राष्ट्र और राष्ट्र से मानव-समाज तक का पूरा परिवेश। मैं इनमें से किसी एक से कटकर शेष से जुड़ा नहीं रह सकता—अपने पास के सन्दर्भों से आँख हटाकर दूर के सन्दर्भों में नहीं जी सकता। मेरे लिए नयी कहानी की दृष्टि अपने सन्दर्भों में रहकर उनके अन्दर से अपने समय और परिवेश को आँकने की दृष्टि है जो हर बार, हर नये प्रयोग में, यथार्थ को उसकी सजीवता में व्यक्त करने की एक नयी कोशिश करती है। जहाँ यह कोशश नहीं, केवल दोहराव है, वहाँ कहानी हो सकती है, नयी कहानी नहीं...। जो व्यक्ति अपने परिवेश में जीता और उसकी गतिशीलता को अपने में महसूस करता है, उसके लिए अपने को, या किसी को भी, दोहराने का अवकाश नहीं होना चाहिए! जहाँ दोहराव है, वहाँ अवश्य ही एक मानसिक गतिरोध भी है—कुंठा और संशय—कलागत मूल्यों को जीवन से अलग मानकर चलने की नियति। इस गतिरोध में

रहकर ही कोई आज की या कल की सम्भावनाओं के चुक जाने की बात कर सकता है...जहाँ मन में यह गतिरोध न हो, वहाँ आज के बाद कल की कहानी, या एक नयी कहानी की सम्भावना कभी नहीं चुकेगी...क्योंकि जीवन की सम्भावना कभी नहीं चुकेगी।

हिन्दी में नयी कहानी की बात एक विधा के रूप में नहीं, कलावादी दृष्टि के मानसिक गतिरोध से बाहर एक नितान्त यथार्थपरक दृष्टि लेकर चलने के आग्रह से उठी है—व्यक्ति को उसके परिवेश से अलग न मानने के आग्रह से। इसीलिए उसका विरोध दोनों ओर से हुआ है—उनकी ओर से जो इस ज़माने में भी नितान्त कलावादी दृष्टि लेकर चल रहे हैं और व्यक्ति को अकेलेपन की चादर ओढ़ाकर उसे उसके परिवेश से अलग कर लेना चाहते हैं, और उनकी ओर से जो आज के वास्तविक परिवेश को स्वीकार करने का साहस नहीं रखते, इसलिए आदर्शवाद के नाम पर व्यक्ति के आस-पास एक काल्पनिक परिवेश बुन लेना चाहते हैं। दृष्टियाँ अलग-अलग होने पर भी यथार्थ में दोनों का अविश्वास एक-सा है। इसलिए आश्चर्य नहीं होता जब कभी-कभी वे एक मंच पर इकट्ठे होकर भी बात करने लगते हैं। पर नयी कहानी किसी नये साहित्यशास्त्र की एक नयी परिभाषा नहीं, जिसे लेकर खींचतान करने की ज़रूरत हो, वह केवल एक दृष्टि है। मनुष्य को उसके सामाजिक यथार्थ के अन्दर से देखने की—उस यथार्थ को यथार्थ के रूप में स्वीकार करने की—और साथ ही उस संघर्ष की जो मनुष्य को उसके आज के यथार्थ से आगे कल के यथार्थ की ओर ले जा सकता है। इस तरह वह आज की ही नहीं, आनेवाले कल की भी कहानी है और उससे आगे आनेवाले कल की भी। कलागत उपलब्धि की दृष्टि से हर नये व्यक्ति और नये प्रयोग के साथ वह नये सिरे से परिभाषित होगी। जो कहानी एक नये लेखक के हाथों लिखी जाकर भी परिभाषा को फिर से गठित करने का संकट पैदा नहीं करती, वह नयी नहीं है...हर नये कहे जानेवाले लेखक की हर कहानी नयी नहीं है...नयी कहानी वही है, जो नितान्त यथार्थपरक सामाजिक दृष्टि की मर्यादा में अनुभूति के आवेग को एक नयी और सहज अभिव्यक्ति देती है...सहजता ही जिसका शिल्प है...और जो व्यक्ति लेखक के स्तर पर नहीं, स्वयं अपने स्तर पर पहले की परिभाषाओं के सामने एक प्रश्नचिह्न बन जाने की सामर्थ्य रखती है।

□□□

णाणं पयासयं

वीर नि० 2470

ई० सन् 1944

भारतीय ज्ञानपीठ